MÉMOIRES

SECRETS

POUR SERVIR A L'HISTOIRE DE LA RÉPUBLIQUE DES LETTRES EN FRANCE, DEPUIS MDCCLXII JUSQU'A NOS JOURS.

ANNÉE M. DCC. LXIV.

2 *J*Anvier 1764. Les Italiens ont aujourd'hui donné la premiere Repréſentation du *Sorcier*, Comédie en deux actes mêlée d'ariettes, paroles de M. Poinſinet, muſique de Philidor. Un amant oublié, qui revient, ſe fait paſſer pour le Devin qu'on attend dans ce village, & profite de ſon traveſtiſſement pour découvrir ſi ſa maîtreſſe lui eſt fidele : il oblige les parens à la lui accorder en mariage. Tel eſt le cadre peu neuf, qui enchâſſe ce Drame ſuſceptible d'une bien meilleure exécution. La muſique eſt ſavante, pittoreſque, mais reſſemble à beau-

coup de chofes du même genre. Malgré ces défauts, le fpectacle a reçu des applaudiffemens auffi extraordinaires que foutenus : on a demandé l'auteur à la fin, événement fingulier & unique au Théâtre Italien. M. Poinfinet s'eft fait tirer à quatre, & quand on l'a vu on a demandé l'autre : M. Philidor a été obligé de comparoître auffi.

3 *Janvier.* Les Italiens ayant fenti la néceffité d'avoir quelqu'un pour doubler *Cailleau* en cas de maladie, ont repris *Audinot.* Cet acteur a reparu aujourd'hui dans *Blaife le Savetier* & dans le *Maréchal.* Il a été reçu avec tranfport, il étoit attaché au Prince de Conti, & l'on n'a remarqué aucune diminution dans fes talens.

4 *Janvier.* On a fait deux nouveaux Couplets à joindre aux autres : ils font fur un air différent, fur celui : *or dites-nous, Marie.*

Dumefnil de Grenoble
Arrive avec hauteur,
Quoi qu'il ne foit pas noble
Il fait le grand Seigneur.
La Vierge le regarde
Et Jofeph dit tout bas :
Dites-lui qu'il nous carde
Un petit matelas (*a*).

Fitz-James vient enfuite
Et dit de par le Roi,
Que l'Enfant & fa fuite
Reftent chacun chez foi.

(*a*) Il paffoit pour le fils d'un cardeur de laine.

MÉMOIRES
SECRETS
POUR SERVIR À L'HISTOIRE
DE LA
RÉPUBLIQUE DES LETTRES
EN FRANCE,
DEPUIS MDCCLXII JUSQU'À NOS JOURS;

O U

JOURNAL
D'UN OBSERVATEUR,

CONTENANT les *Analyses des Pieces de Théâtre qui
ont paru durant cet intervalle ; les Relations des
Assemblées Littéraires ; les notices des Livres nouveaux, clandestins, prohibés; les Pieces fugitives,
rares ou manuscrites, en prose ou en vers; les Vau-
devilles sur la Cour; les Anecdotes & Bons Mots;
les Eloges des Savans, des Artistes, des Hommes de
Lettres morts, &c. &c. &c.*

TOME SECOND.

.... *huc propius me,*
.... *vos ordine adite,*
Hor. L. II. Sat. 3. vs. 81 & 82.

A LONDRES,
CHEZ JOHN ADAMSON,

M. DCC. LXXX.

Si c'eſt une ſottiſe
Le Roi s'en chargera ,
Et pour qu'on l'autoriſe
Mon Corps (*a*) s'aſſemblera.

5 *Janvier* 1763. L'auteur anonyme que Freron avoit annoncé dans une de ſes feuilles pour avoir fait un Relevé conſidérable des erreurs omiſſions , reticences , tranſpoſitions de l'auteur de l'*Eſprit des Loix* , vient de ſe montrer au grand jour , en faiſant imprimer ſon livre , qui forme un in-12 aſſez conſidérable. C'eſt M. Crevier. Perſonne ne lira cette rapſodie , & les Oeuvres de ce grand homme ſurnageront ſur le fleuve du tems.

6 *Janvier.* L'auteur de l'Anti-financier a été arrêté avant-hier ; il ſe nomme Darigrand. L'imprimeur , nommé Lambert , a été auſſi mis à la Baſtille. On prétend que le premier n'eſt qu'un prête-nom.

7 *Janvier.* M. de Voltaire a répondu à M. de la Harpe. Cette Lettre court manuſcrite , la voici :

" Après le plaiſir que m'a fait votre Tragédie , Monſieur , le plus grand que je puiſſe recevoir eſt la Lettre dont vous m'honorez. Vous êtes dans les bons principes , & votre piece juſtifie bien tout ce que vous dites dans votre Lettre. Racine , qui fut le premier qui eut du goût , comme Corneille fut le premier

***

(*a*) Les Ducs & Pairs convoqués le 30 Décembre 1763 , ſur un décret rendu par le Parlement de Touloule contre M. le Duc de Fitz-James.

A 3

qui eût du génie ; l'admirable Racine , non
affez admiré, penfoit comme vous. La pompe
du Spectacle n'eft une beauté que quand elle
fait une partie néceffaire du fujet, autrement
ce n'eft qu'une décoration. Les incidens ne
font un mérite que quand ils font naturels , &
les déclamations font toujours puériles , furtout
quand elles font remplies d'enflure „.

" Vous vous applaudiffez de n'avoir point
fait de vers à retenir ; & moi , Monfieur , je
trouve que vous en avez fait beaucoup de ce
genre. Les vers que je retiens le plus aifément,
font ceux où la maxime eft tournée en fentiment, où le poëte cherche moins à paroître
qu'à faire paroître un perfonnage, où l'on ne
cherche point à tonner, où la nature parle, où
l'on dit ce qu'on doit dire : voilà les vers que
'aime : jugez fi je ne dois pas être content de
votre ouvrage „.

" Vous me paroiffez avoir beaucoup de mérite , attendez-vous donc à beaucoup d'ennemis. Autrefois , dès qu'un homme avoit fait un
bon ouvrage, on alloit dire au Frere *Vatblé*
qu'il étoit Janféniste ; le Frere *Vatblé* le difoit
au Pere *le Tellier*, qui le difoit au Roi. Aujour-
d'hui , faites une bonne Tragédie & l'on dira
que vous êtes Athée : c'eft un plaifir de voir les
pouilles que l'abbé *d'Aubignac*, prédicateur du
Roi, prodigue à l'auteur de *Cinna*. Il y a eu de
tout tems des *Frerons* dans la Littérature ,
mais on dit qu'il faut qu'il y ait des chenilles ,
parce que les roffignols les mangent, pour mieux
chanter ,,.

8 *Janvier* 1764. Les Comédiens François font
un peu arriérés par l'hiftoire qu'on a racontée

au ſujet de la *Confiance trahie.* Le même auteur a une autre comédie, intitulée l'*Epreuve indiſcrette*, qui va paſſer. On l'étudie à préſent.

8 *Janvier* 1764. *Oeuvres de M. de Sivry.* On eſt d'abord étonné de voir le nom d'un auteur qu'on ne croit pas connoître, à la tête de pluſieurs ouvrages dont on a quelque réminiſcence : point du tout ; c'eſt M. Poinſinet, qui, reniant ce nom comme de mauvais augure, ſe contente de celui de *Sivry.* Il ne veut point être confondu avec ſon couſin. Il n'a pas peu contribué lui-même à jetter un grand ridicule ſur ſon nom, qui s'étendra juſques ſur celui de *Sivry.*

10 *Janvier.* Vers à M. *de Laverdy*, Contrôleur Général.

C'eſt en vain que la modeſtie
Vous fait dédaigner la grandeur,
Déſormais vous ſerez, en dépit de l'envie,
Des Graces, des Bienfaits l'heureux diſpenſateur.
Envain vous faites réſiſtance.
Le Prince a fait un juſte choix :
Peut-il mieux placer ſa Finance
Que ſous les auſpices des Loix ?
On verra dans ce choix, dont je vous félicite,
Et dans votre refus juſtement combattu,
La récompenſe du mérite
Et l'éloge de la vertu.

11 *Janvier.* On parle avec beaucoup d'éloges du *Traité de la Tolérance* de M. de Voltaire. On prétend qu'il l'a d'abord adreſſé à M. le Duc de Choiſeuil, avec une lettre cava-

liere , où il l'appelle fon Colonel. Il fuppofe qu'un Hollandois lui a apporté le livre pour le préfenter à ce Miniftre : il part de-là pour dire des fadeurs au Duc, & lui donne des éloges qu'on eft toujours fâché de voir proftituer baffement par un homme de Lettres. Au refte , on annonce le livre comme très-bien fait, & plus conféquent que ne le font ordinairement les ouvrages raifonnés de ce grand Poëte. Il eft furtout dirigé contre l'*Inftruction Paftorale* de M. l'Evêque du Puy, quoi qu'il ne paroiffe pas l'attaquer directement , & qu'il n'en faffe aucune mention.

12 *Janvier* 1764. Mlle. *Faunier* a débuté hier aux François dans le *Diffipateur* & dans le *Préjugé Vaincu* : elle fait les rôles de Soubrette. Il paroît qu'elle a été affez accueillie. On ne lui reproche qu'un organe des plus imparfaits & très-défagréable, défaut qui ne peut gueres fe corriger.

13 *Janvier.* On parle d'une plaifanterie manufcrite contre M. Dorat : c'eft un Commentaire de la premiere Epitre à Mlle. Dubois. On y a joint une Lettre de Chevrier à Mlle. Hufs, affez plaifante. Le tout eft précédé d'une Lettre aux Libraires Grangé & Dufour, qui a auffi fon ton d'originalité.

15 *Janvier.* Il y a une Réponfe à l'*Anti-Financier*, intitulée *le Financier Citoyen.* Cet ouvrage eft d'un homme d'efprit, qui foutient une mauvaife caufe. La plaifanterie en eft légere, & l'ironie adroitement maniée.

16 *Janvier* 1764. On ne peut paffer fous filence le bon mot de M. de Royan, fils de M. le Duc d'Olonne : il paroît conftaté.

M. de Royan fortant de diner à Touloufe, chez M. de Bonrepos, Procureur-Général, rencontre le fils de M. le Duc de Fitz-James. Celui-ci lui demande d'où il vient ? " Je viens, ré-
" pond-il, de diner en très-bonne compagnie,
" avec beaucoup de gens du Parlement. ----
" Ils ont été longtems en mue, font-ils bien
" engraiffés, demande le jeune homme ? *Je ne*
" *les ai point trouvés trop gras*, répond M. de
" Royan, *mais ils m'ont paru bien grands*.
On prétend que la fuite de cette vive & ingénieufe ripofte a dégénéré en combat fingulier entre ces deux Seigneurs, & que M. de Fitz-James a été bleffé.

17 *Janvier* 1764. On continue à chanfonner différens Grands : voici un fupplément aux Couplets, en faveur de Mrs. de Soubife, Contades & Silhouette, fur le même air que les premiers Noëls.

Un Grand plein de franchife
Portant Croix de Saint-Louis,
De peur du vent de bife
Se tenoit loin de lui :
La foule le cachoit. Je ne vis point de tête,
Mais je vis un bras valeureux,
Une main pour les malheureux
A s'ouvrir toujours prête.

En dépit des bourrades
Un autre s'avançoit,
C'étoit Mons de Contades
Qui beaucoup s'empreffoit :
Laiffez-moi donc paffer, difoit-il, je vous prie :

A 5

> De par Jéfus fait Maréchal,
> Ne fuis-je pas le Général
> De la Vierge Marie?

> D'une mine affez fombre
> Silhouette en ce lieu,
> Apparut comme une ombre
> Et difparut dans peu.
> La bouillie à l'enfant cet homme vouloit faire;
> Il étoit expert en ce cas,
> En ayant bien fait pour les chats
> Pendant fon Miniftere.

18 *Janvier* 1764. La Littérature a perdu un Poëte qui s'étoit diftingué par fa méchanceté & par quelques ouvrages lyriques d'un genre fupérieur. Chacun répond, c'eft le Poëte *Roy*. Accablé d'infirmités, il s'étoit retiré dans la folitude depuis quelques années : il y vivoit dans une obfcurité où il eft mort.

19 *Janvier. Lettre d'un officier de la Louï-fiane à M.......Commiffaire de la Marine. A la Nouvelle Orléans......* 1764. Tel eft le titre d'un Ecrit de plus de 80 pages d'impref-fion in - 12, où l'on prétend expofer la con-duite de M. de Kerlec à la Louïfiane, où il a été Gouverneur depuis 1751. Cet ouvrage eft un hiftorique très - détaillé des déprédations commifes dans cette Colonie. Si les faits font vrais, ce morceau pourra fervir beaucoup à l'inftruction de ceux qui feront le détail de la dernjere guerre. Il eft difficile d'avoir des pieces fûres d'un pays auffi éloigné & où il y a auffi peu de gens de Lettres.

20 *Janvier* 1764. Il court dans le monde une prétendue *Lettre du Secrétaire de M. de Voltaire au Secrétaire de M. Le Franc de Pompignan*. On sent assez que c'est encore une gaité des *Délices* contre cette famille, mais elle manque de sel, & depuis quelque tems les plaisanteries qui en viennent contr'eux, sont froides, pour ne rien dire de plus.

22 *Janvier*. Il est indubitable actuellement que l'Opéra sera joué le 24 sur le nouveau théâtre. On a été obligé de changer toutes les dispositions itinéraires pour en faciliter l'approche au public, d'ouvrir les issues dans les diférentes cours des Thuileries, & d'y ménager de nouvelles entrées & de nouvelles sorties : quant à la Salle, on est fort partagé sur ce qu'on en attend : comme on ne l'a encore vue que très-imparfaitement, on n'en peut juger sainement. Tout ce que l'on peut dire, c'est que la dépense y a été excessive, & qu'on n'a pas apporté dans son édification toute l'économie qu'on avoit droit d'en attendre. Il y a quatre jours que le feu y a pris : heureusement on y a remédié : il y a quelques jours aussi que les acteurs, chanteurs, danseurs vouloient donner leurs démissions, n'étant pas payés.

23 *Janvier*. On doit se rappeler les questions élevées au sujet des Bibliothèques léguées aux ci-devant soi-disant Jésuites, par M. Huet, Evêque d'Avranches, & par M. Du Harlay. Elles ont été réclamées depuis la dissolution de la Société par les héritiers de ces familles, & leur ont été adjugées par Arrêt de la Cour. L'héritier de M. l'Evêque d'Avranches a fait don à la Bibliothèque du Roi des livres qu

lui revenoient ; & M. le Prince de Tingry, pour celle de M. Du Harlay, en a fait préfent à l'Univerſité de Paris, à laquelle il a demandé la nomination des trois Bourſes ; elles lui ont été accordées avec la plus grande reconnoiſſance.

24 *Janvier* 1764. L'Opéra s'eſt ouvert aujourd'hui par *Caſtor & Pollux*, avec l'affluence qu'on préſume. La garde étoit plus que triplée. La repréſentation a été des plus tumultueuſes, & les brouhaha ont duré ſans diſcontinuation pendant le premier acte & une partie du ſecond. Nous parlerons du Poëme une autre fois. On a trouvé différens défauts à la Salle : 1. le Parterre eſt trop élevé pour le Théâtre. 2. Les premieres Loges avancent de beaucoup, & ne ſont point aſſez cintrées. 3. Les ſecondes Loges ſont écraſées par celles-là, auxquelles on paroît avoir tout ſacrifié. 5 Le Paradis eſt ſi reculé & ſi exhauſſé, qu'on y eſt dans un autre monde & qu'on n'y entend rien. En général, on ſe recrie fort contre l'Architecte, M. Souflot : on eſt étonné qu'un homme connu par des talens auſſi ſupérieurs, ait fait des fautes auſſi énormes. On le défend, en diſant qu'il a été forcé de tout ſacrifier à certaines Loges de protection, qui font un effet des plus déſagréables, & rendent le public fort mécontent du peu d'égards qu'on a eu pour lui.

25 *Janvier*. Trois nouveaux Couplets ſur M. l'Archevêque de Paris.

Conduit par la cabale,
Beaumont vient préſenter
Sa Lettre paſtorale

Si l'on veut l'écouter.
Jéfus, c'eft en faveur de votre Compagnie,
Dont on vous prive injuftement,
Que je foutiendrai fermement
Aux dépens de ma vie.

Jofeph dit, fans l'entendre,
Vous êtes entêté,
De prétendre défendre
Cette Société.
J'ai lu de Berruyer une hiftoire profane,
Et j'ai vu les *Affertions* ;
Et j'aime mieux pour compagnons
Notre bœuf & notre âne.

Autre.

En rochet, en foutane,
Vint Monfieur de Paris,
Qui d'abord fit à l'âne
Un gracieux fouris.
Jéfus l'àppercevant lui dit prefqu'en colere :
A la Trappe retirez-vous ;
L'âne eft bien moins têtu que vous,
Il a ceffé de braire.

26 *Janvier* 1764. Aujourd'hui , fecond jour
de l'Opéra, il y avoit très-peu de monde. Il eft
certain que le délabrement où il eft par rapport
aux fujets , écarte une infinité de gens. Le
Sr. Pillot fait *Caftor*, & le fait horriblement
mal. Mlle. Arnoux joue fupérieurement le rôle
de l'Amante ; l'Actrice s'y développe dans le
plus grand jeu , & dans la vérité la plus parfaite des fituations. Gelin eft médiocre. Mlle.

Chevalier braille à l'ordinaire. Les ariettes que
chante Mlle. le Mierre font très-plattes, quant
aux paroles, & quant à la mufique même : du
refte elle a beaucoup perdu de fa voix. On
admire le dernier Ballet, qui vraiment eft de
génie. C'eft le fyftême de Copernic mis en
action ; il eft très-bien exécuté : refte à favoir,
pourquoi le fyftême de Copernic dans cet
Opéra ? Veftris eft abfent : heureufement Mlle.
Lany a reparu. Le premier jour l'Opéra avoit
fait 5240 Livres, il n'a fait aujourd'hui que
100 Louis.

27 *Janvier* 1764. On ne tarit point en Couplets : en voici fur le Cardinal de Bernis, fur
l'air : *où s'en vont ces gais Bergers ?*

> Affife en un canapé
> La fouveraine Flore !
> Au Monarque inoccupé
> Difoit, Roi que j'adore,
> Souviens-toi du Cardinal-Abbé,
> Le verrons-nous encore ?

> Voici donc venir l'Abbé
> Au lever de l'aurore :
> Depuis il s'eft échappé,
> La raifon je l'ignore.
> Où eft donc le Cardinal Abbé,
> Le verrons-nous encore ?

29 *Janvier.* On vient de publier encore un
livre contre M. Rouffeau, intitulé *le Chriftianifme de Rouffeau.* Dans cet ouvrage, où l'on
emprunte le rôle d'un ami de ce Philofophe,

on cherche à démontrer qu'il n'eft pas même Chrétien , malgré la profeffion qu'il fait de l'être.

29 *Janvier* 1764. On vient de rendre public par l'impreffion le Requifitoire des Gens du Roi , concernant *l'Inftruction Paftorale de M. l'Archevêque de Paris.* On regarde cette pièce comme une des plus victorieufes contre M. l'Archevêque , & comme d'une théologie rare dans des Magiftrats qui ne doivent pas s'en piquer. On a condamné au feu le 21 , *l'Inftruction Paftorale*, ainfi qu'un écrit intitulé *les Nouvelles Obfervations* , &c. qui paroît avoir fervi de bafe à ladite *Inftruction Paftorale.*

30 *Janvier.* M. Bret a fait jouer aujourd'hui fa Comédie en deux actes & en vers , fous le titre de *l'Epreuve indifcrette* : elle a le défaut contraire à celui de beaucoup d'autres grandes pièces , elle eft trop chargée d'action. C'eft la même que celle de Deftouches en cinq Actes , intitulée *le Tréfor caché.* Sans la juger déteftable , elle eft d'une froideur intolérable , & manque furtout de ce velouté de ftyle , effentiel à la réuffite d'une comédie moderne.

31 *Janvier. Il eft tems de parler* ; *ou Compte rendu au Public des Pièces légales de M. Ripert de Montclar & de tous les événemens arrivés en Provence à l'occafion de l'affaire des Jéfuites.* Tel eft le titre d'un ouvrage en deux volumes d'environ 500 pages in-12, très-injurieux au Magiftrat qu'il attaque : le but de l'auteur eft de tourner en ridicule la naiffance, les talens & le ftyle de M. de Montclar , de chercher à faire fufpecter fes mœurs & fa religion , à le mettre en contradiction avec

lui-même, dans fon Plaidoyer & fon Compte rendu dans cette grande affaire ; en un mot, on peut regarder cet ouvrage comme un vrai libelle.

1 *Février* 1764. Il paroît encóre une fuite des *Noëls*, concernant *MM. de Beringhen, le Parlement, le Premier Préfident, M. l'Evêque d'Orléans, M. l'Evêque de Digne le Général des Jéfuites, & M. de Cornillon,* Major des Gardes.

> Le Chef de l'Ecurie,
> Difpofant des couriers,
> Au gré de fon envie
> Arrive des premiers.

Place ! c'eft *Beringhen* : faites place, canaille?

> Le bœuf entendant le fracas,
> Dit à Jofeph, qu'il n'entre pas,
> Il mangeroit ma paille.

> En robe détrouffée
> La Cour de Parlement,
> D'une maniere aifée
> Vient faluer l'Enfant.

Venez-vous, dit Jéfus, faire des Remontrances?

> Je fais que vous parlez des mieux :
> Mais tenez, je fuis par trop gueux,
> Arrangez mes finances.

> Avec l'air de myftere
> Le Premier Préfident
> Offre d'un ton fincere
> Son entier dévouement :

'Le Poupon dit tout bas : qui s'y chauffe, s'y grille;
    Je ne fais s'il dit vérité :
    Mais il a l'air de fauffeté :
      C'eft vice de famille. (*a*)

    Au feul nom de Pucelle
    Vient Monfieur *d'Orléans*,
    Qui pour plaire à la Belle
    Brûle beaucoup d'encens.
De Foix (*b*) lui dit, Seigneur, quittons cette chaumine;
    Avec l'argent Bénédiĉtin
    Je vous promets chaque matin
      Une beauté divine.

    Certain Prélat s'avance
    Et dit en provençal,
    Seigneur, ici l'on penfe
    Que je fais bien du mal :
Je me moque de tout ! j'ai rempli ma beface;
    J'en ai donné, j'en ai vendu,
    J'en ai troqué, j'en ai f...u,
      Et je garde ma place.

    Sous un habit modefte
    Un inconnu botté,
    Vient d'un air très-funefte
    Un poignard au côté :

(*a*) C'étoit M. de Maupeou, depuis Chancelier.
(*b*) L'Abbé *de Foix*, maquereau de M. l'Evêque
d'Orléans.

Jéfus l'appercevant, s'écrie, vîte! vîte!
 Quittons ce lieu, fauvons-nous tous,
 Pour nous garantir de fes coups:
  C'eft Ricci le Jéfuite.

 Arriva dans l'étable
 Un gros homme tout rond,
 Montrant un air capable
  Avec fon grand cordon;
Jofeph le regardant, dit d'un ton des plus âcres :
 Ah! Major de Biron, Dindon.
 Allez à l'Opéra là, là,
  Faire ranger les fiacres.

2 Février 1764. Il y a deux ans qu'il parut un volume in 8. en quatre parties, qui a plus de 500 pages, lequel a pour titre *de la Nature*. L'auteur avoit gardé l'anonyme, & il fut alors attribué à plufieurs perfonnes; il s'eft fait connoître depuis. Il y a quelques mois qu'il paroît une feconde partie de ce livre: il fe nomme J. B. ROBINEL, *Miniftre du St. Evangile de Geneve*. Tel eft le titre que fe donne, quoique fauffement, l'auteur, à la tête du fecond volume: il eft auffi profond & auffi obfcur que le premier.

3 Février. On ne doit point avoir oublié ce qui a été rapporté touchant la *Gazette Littéraire*, & les raifons qui fembloient devoir la faire profcrire; les événemens furvenus dans l'adminiftration de la Librairie ont concouru à faire lever les obftacles qui s'oppofoient à ce qu'elle eût lieu; elle paroîtra au premier Mars prochain, comme elle a été annoncée par son Prospectus.

4 *Février* 1764. M. Thomas, qui avoit été si accueilli par M. le Duc de Praslin, vient d'essuyer la disgrace inévitable à tous ceux qui veulent être honnêtes à la cour, cette religion de perfidies & d'horreurs. On lui a su très mauvais gré de n'avoir point postulé la place, vacante à l'Académie, qu'a obtenue M. Marmontel : malgré toutes les insinuations, les instances, les ordres qu'il a reçus là-dessus, malgré la certitude d'être promu, il s'est constamment refusé à supplanter son ami & son maître en littérature. En conséquence M. le Duc de Praslin vient de lui ôter la place de Secrétaire intime.

5 *Février*. M. Fréron, toujours acharné contre M. de Voltaire, dans sa feuille N°. 3. donne l'histoire du Conte *de ce qui plaît aux Dames*. Il en rapporte une traduction en prose, d'après Dryden ; il est certain, & nous l'avions déja remarqué, que le fond est tiré de l'Anglois. Mais qu'est-ce que le fond de ces sortes d'ouvrages ? On ne peut ôter à ce grand Poëte la gloire d'avoir délicieusement rendu cette fable assez puérile, & qui n'a rien de piquant par elle-même.

6 *Février*. Le Sr. Grandval a reparu aujourd'hui pour la premiere fois à la Comédie Françoise dans le *Misantrope*. Le public lui a fait le plus grand accueil, & il a joué ce rôle avec toute la noblesse, tout le feu, toute la vérité, dont il est capable. Il paroît se consacrer dorénavant, comme on a dit, aux rôles à manteau. On ne doute point que sa rentrée ne soit dûe au dérangement de ses affaires.

7 *Février* 1764. Le cri eſt de plus en plus général contre la nouvelle Salle d'Opéra. Le Sr.
Souflot même en rougit & rejette toute l'indignation publique ſur Mrs. Gabriel & de Marigny.
Les fautes qu'on y a faites, ſont en ſi grand
nombre, qu'on n'entre point dans le détail; il
ſuffit de dire qu'elle eſt maſquée preſqu'en tous
points. On doit profiter du tems de Paques pour
y apporter quelques changemens. La dépenſe a
été exceſſive, & paſſe de beaucoup ce qu'on
devoit ſacrifier : elle monte à plus de 400,000
Livres.

8 *Février*. Il paroît un Roman Philoſophique, intitulé *l'Eleve de la Nature*. Ce livre,
fait d'après les principes de Rouſſeau, a le mérite d'être écrit avec beaucoup de chaleur &
d'onction. La premiere partie ſe lit avec le plus
grand plaiſir : on l'attribue à M. Diderot. Il
n'en eſt pas de même de la ſeconde, elle eſt
froide & ſyſtématique, elle traite de l'origine
des arts : on ſeroit tenté de la croire d'une
main étrangere.

10 *Février*. *Epitaphe du Parlement de Normandie, par la femme d'un Conſeiller de cette
Cour.*

Ci gît ſous ces ſacrés portiques,
Ces marbres, ces voûtes antiques,
Un reſpectable Corps, dont les membres épars
Courent encor mille hazards.
Paſſant! de quelques pleurs arroſe au moins ſa cendre:
Son zele étoit ſi pur, ſon cœur étoit ſi tendre :
Il chériſſoit le peuple, il adoroit le Roi.

De fon devoir, fuivant la loi,
Longtems avec honneur il fervit fa patrie;
 Mais menacé d'ignominie,
 Accufé par la calomnie,
 De rebellion, d'attentat,
 Il aima mieux s'ôter la vie
Que de vivre fans gloire & de trahir l'Etat.

12 *Février* 1764. *Nouveaux Couplets.*

Wurmezer (*a*) tout de glace
Affectant le Diftrait,
Dit qu'on lui faffe place
Près de Martin Baudet.
J'aime, lui dit Jéfus, qu'on fe rende juftice;
 Vous refterez auprès de nous:
 Mon Baudet apprendra de vous
  A faire l'exercice.

 Monfeigneur l'Archevêque
 Eft donc enfui, parti,
 Il faut bien peu de tête
 Pour prendre tel parti.
Indifpofer Louis, & fatiguer un Pape,
 Pour qui?... Pour des amis bannis,
 Qui le bercent d'un Paradis
  Et lui donnent la Trappe.

 Briffac l'incomparable,
 Efpece de héros,

(*a*) Officier qui a eu beaucoup de part au nouvel exercice.

En style inimitable
Raconte ses travaux :
Mais quand il eut vanté ses exploits militaires,
Ses hauts faits partout inconnus,
Au Roi ses services rendus,
On lui dit de se taire.

Soubise dans la presse
S'approche du berceau,
Et malgré sa noblesse,
Joseph lui dit tout haut :
Vous êtes Maréchal, & vous vous dites Prince,
J'en suis charmé pour vos neveux ;
Mais malgré vos titres pompeux,
Votre Altesse est trop mince.

L'Hôpital vient ensuite
Pour adorer l'Enfant ;
Les Graces à sa suite
Lui portoient un présent :
Emportez vos bijoux, lui dit la Vierge-mere,
Comme *Soubise* en fait les fraix,
Vous pouvez garder ses bienfaits :
L'offrande est mercénaire.

Je suis, sans être vaine,
Dit la prude *Marsan*,
Princesse de Lorraine,
Et qui plus est Rohan.
Je viens pour proposer, à Joseph, à Marie,
Une fille de ma maison,

De peur que le divin Poupon
   Un jour fe mefallie.

On vit auffi paroître
L'Evêque d'Orléans :
Jéfus lui dit en maître,
   Paillard ! forts de céans :
Tu n'y rencontreras ni niece ni bergere :
   Nous penfons ici pieufement,
   Nous y vivons très-chaftement ;
     Vierge même eft ma mere.

De cette remontrance
Le Prélat peu contrit,
Sans nulle répentance
Répond à Jéfus-Chrift :
Mais c'eft pour les pécheurs que vous venez fur terre :
   Prenez ce fucre de Poiffy : (a)
   Vîte ! que j'emporte d'ici
     Indulgence pléniere.

Il vient une Grifette
Avec ce Preftolet,
Portant une galette
Et des œufs & du lait,
Difant : de vous, Seigneur, ce préfent n'eft pas digne,
   Mais nous vivons comme au vieux tems,
   Nous couchons avec nos parens,
     A Paris, comme à Digne.

(a) M. de Jarente a fait une niece, Abbeffe de Poiffy, & paffe pour coucher avec une autre, à laquelle a trait le Couplet fuivant.

Courant à perdre haleine
Bouret vient à la cour,
Offrir de Croix-fontaine
L'admirable féjour,
Le pavillon du Roi, qu'il nomme *ma folie*,
Louis n'en ayant pas voulu,
Jéfus fera le bien-venu
Avec fa Compagnie.

Le *Luxembourg* s'avance
D'un air très-confterné,
Demande en furvivance
Coigny au Nouveau-né :
Je puis fans en rougir faire cette prière.
Jéfus lui dit avec bonté,
Qu'importe ici la qualité ?
Tous les hommes font freres.

Le *Duverney* s'avance :
Si pour tout ce monde-là,
Il faut la fubfiftance,
Bourgade y pourvoira.
Mais s'il plaît quelque jour à notre Miniftere
De vouloir l'Enfant rappeler,
J'offre pour le faire elever
L'Ecole Militaire.

15 *Février* 1764. On a donné avant-hier la
premiere repréfentation d'*Idomenée*, tragédie
de M. le Mierre, dans laquelle il a déployé toute
la richeffe de fon génie pittorefque. Mlle Claif-
ron l'a très bien fecondé par les attitudes de
toute

toute efpece qu'elle prend fur la fcene. L'auteur & l'actrice également peintres, n'ont fu
que parler aux yeux. Ce fujet, qui paroît fufceptible de tout le pathos qu'on peut mettre
en une tragédie, a manqué fon effet en plein.
M. le Mierre eft décidé n'avoir point d'entrail-
les, non plus que la fublime héroïne du théâtre. Cette tragédie porte fur des abfurdités fans
nombre.

17 *Février* 1764. *Vers en Réponfe à l'Epitaphe
du Parlement de Normandie, faite par une
Dame du Parlement.*

De tous les Parlemens, Madame, un feul a tort:
Loin de combattre, il fuit; loin de vaincre, il abdique,
Ainfi le vieux Caton, en fe donnant la mort,
Au lieu de la fervir, perdit la République.

18 *Février*. Tout *fe dira, ou l'efprit des
Magiftrats deftructeurs, ou Analyfe dans la
demande en profit de défaut de M. le Gou-
teux, Procureur Général du Parlement de
Metz*. Tel eft le titre d'un écrit de plus de 300
pages in-12 contre les Procureurs généraux &
ceux qui ont dénoncé les *Conftitutions* des ci-
devant foi-difant Jéfuites. Ce volume renferme
une critique grammaticale des *Comptes rendus*,
une fatyre très vive des Parlemens, des injures
groffieres fur plufieurs Membres, des accufa-
tions grâves contre la Magiftrature, en général
un mêlange de pieces, qu'on ne peut apprécier
par le peu d'ordre qui y regne, & dans lequel
cependant l'on trouve des morceaux très bien
faits, qui dénotent que cet ouvrage eft de plufieurs mains. La paffion qui y domine, infirme

Tome II.   B

toute croyance. Ce livre eſt très rare à Paris & fort cher.

19 *Février* 1764. *Interdumque bonus dormitat Homerus* ! Voici des vers que M. l'abbé de Voiſenon a faits pour ſon ami Caillaud ; ils ſont d'une plaiſanterie & d'un ridicule à perpétuer. La piece eſt adreſſée à M. de Marigny : on y demande une place pour la ſœur de ce comédien, marchande obligée de quitter ſa demeure ſur un Pont, dans le tems de l'inondation.

Protecteur des beaux arts, & de leur gloire antique,
Daignez-être le mien dans ce triſte moment ;
Je vois tomber ma ſœur dans le débordement,
    Et pour-lors adieu la boutique.
  Sa réputation dont le vernis eſt beau,
    Eſt tout prêt d'aller à veau l'eau.
Je ne puis ſoutenir cette cruelle idée ;
    Et ſon mari deviendra fou
    De voir ſa femme débordée,
Ne pouvant garantir ſon plus petit bijou.
Vous pouvez la ſauver de ce danger terrible :
Trouvez-lui quelque coin dans le palais des Rois.
Nous conſentirions même à monter ſur les toîts
Pour publier le trait de votre ame ſenſible
    Le ſentiment augmentera ma voix :
    Mes accens ſeront des offrandes,
    Et j'obtiendrai des Dieux que ſous vos loix
Vous ayez en détail tout le corps des Marchandes.

20 *Février. Nouveau couplet ſur la ſalle de l'Opéra.*

Sur les pas de *Vandiere*,

Arrive *Gabriel*,

Et fon fameux confrere,

Cordon de Saint Michel :

Il faut, dit le Marquis, que vous veniez, ma bonne,

Pour voir la falle d'Opéra :

Vous vous moquez, on n'y verra,

Non, l'on n'y voit perfonne.

21 *Février* 1764. M. Huber vient de donner une traduction de *Daphnis & le Premier Navigateur*, Poëmes de M. *Gessner*. Le premier parut en original en 1755, c'eft le coup d'effai de l'auteur : l'autre eft de 762. Ces efpeces de Paftorales font marquées au coin de l'Antique, comme tous les ouvrages du Poëte Allemand : peu d'invention partout, & une trop grande profufion d'images repétées & monotones. *Daphnis* eft en trois chants ; le fecond Poëme en deux. Le traducteur eft énergique, fidele, agréable, mais peu élégant.

21 *Février*. *École de Littérature tirée de nos meilleurs Ecrivains*. Cet ouvrage comprend des préceptes dans tous les genres, depuis l'inpromptu jufqu'au fermon, depuis le conte jufqu'à l'hiftoire générale. On y donne des préceptes fournis par les plus grands maîtres, nonfeulement pour juger, mais pour compofer avec fuccès.

22 *Février* Nous avons annoncé, il y a longtems, que M. Roufleau s'étoit chargé de faire un Mémoire en faveur de M. de Valdahon, Moufquetaire accufé de féduction à l'égard d'une Demoifelle de Dole. Cet ouvrage paroît enfin.

On a rendu compte de l'aventure, & ceux qui la favent ne feront pas furpris que le Philofophe Genevois ait pris un fujet fi fufceptible de faire valoir fes fingulieres affertions. Au refte, on ne le juge point digne de fes autres ouvrages.

23 *Février* 1764. M. l'Abbé de Caveyrac, cet homme mercénaire, qui, n'ayant pour principe que celui de n'en point avoir, foutient également le pour & le contre, l'auteur de *l'Apologie de la St. Barthelemi*, ayant été accufé d'être l'auteur de *l'Appel à la raifon*, après avoir été fucceffivement ajourné, décrété & jugé, &c. fa contumace vient d'être prononcée au Châtelet. Il eft atteint & convaincu d'avoir compofé un Libelle, en conféquence condamné à être mis au carcan & banni à perpétuité. L'imprimeur Grangé eft banni pour cinq ans.

25 *Février*. Mlle. Fauconnier, courtifanne jadis célebre, & qui depuis a donné dans le bel efprit, faifoit depuis quelques années un *Journal des Deuils*. Cet ouvrage purement mercénaire jufqu'aujourd'hui, acquiert une tournure Littéraire. On fe propofe d'y inférer déformais le Nécrologe des perfonnes célebres dans les fciences ou dans les arts, mortes dans le courant de l'année. Il paroît qu'on fe réferve ce détail pour la fin. On commence à fournir les vies des morts illuftres de 1763 : M. M. *de Marivaux, Peffelier, Bougainville* y figurent aujourd'hui. On fent combien cette fuperfétation eft ridicule, mais par ce moyen cette Gazette, qui n'étoit qu'à 3 Livres, monte à fix Francs.

26 *Février*. On ne peut s'empêcher de s'in-

digner, & de rire tour à tour de l'affectation avec laquelle *M**** embraffe les mauvaifes caufes, & veut louer à tort & à travers les chofes les plus blâmables & les plus généralement cenfurées. On lit dans celui de ce mois, une defcription critique, dit-on, de la nouvelle falle au Palais des Tuilleries. Cette defcription critique en eft l'éloge le plus complet, la réfutation la plus abfurde des défauts qu'on lui reproche. On fent bien que cette apologie part d'une main mercénaire. Il n'y a que les auteurs de la falle qui puiffent avoir l'impudence de faire tête au goût général qui la réprouve invinciblement.

27 *Février* 1764. On voit aujourd'hui avec étonnement la gazette de France entamer les affaires du Parlement : elle rend compte pour la premiere fois des dernieres féances des Pairs en cette Cour, concernant M. l'Archevêque de Paris & l'expulfion des Jéfuites. On en infere que le Gouvernement avoue enfin cette grande entreprife. Il eft ridicule de voir cette gazette parler brufquement d'une chofe commencée depuis longtems, fans en donner le précis : c'eft une fuite de la négligence & de l'impéritie avec laquelle on exécute cet ouvrage, le Journal de la nation.

28 *Février*. M. Dorat, fentant fon impuiffance à mettre les héros en action, nous annonce qu'il fe bornera déformais à les affadir dans les Héroïdes Elégiaques. Il en donne une nouvelle, intitulée *Zeila* : c'eft une Sauvage abandonnée par un François qui l'a enlevée. Il y a longtems qu'Ariadne n'a rien laiffé à dire fur ce fujet. Douze Elégies femblables doivent

fe fuccéder : mais pour éviter la monotonie, l'auteur les entremêlera, par intervalle, de quelques ouvrages d'un autre genre. On aura de lui inceffamment *le Pot Pourri*, *Epitre à qui l'on voudra*, d'environ 600 vers.

29 *Février* 1764. Le Sr. Paliffot, cet Aretin moderne, qui fe donne, non pour le *flagellum Principum*, mais pour le fléau des Philofophes & des Auteurs, vient de lancer dans le public un nouveau Libelle intitulé *la Dunciade*. C'eft une imitation de celle de *Pope*, c'eft-à-dire, qu'avec beaucoup moins de mérite & beaucoup moins de droit, il s'eft fenti affez de fiel pour fuffire à un ouvrage abominable, où la licence & la méchanceté la plus atroce font développées avec toute l'impudence dont il eft capable.

1 *Mars*. *Macare & Theleme*, allégorie par M. de Voltaire. L'auteur dans un mot de Lettre à M. le Duc de la Valiere, lui apprend que Macare fignifie *Bonheur*, & Theleme *Volonté*, en Grec. Si ce grand poëte a voulu contrafter avec les allégories de Rouffeau, il a le deffous. Cette piece eft très médiocre, & n'a ni la chaleur, ni la légereté, ni le coloris des pieces fugitives de M. de Voltaire.

2 *Mars*. On a donné aujourd'hui aux François la premiere repréfentation de *l'Amateur*, Comédie en un acte & en vers de M. Barthe. Un homme verfé dans les arts revient d'Italie avec la manie des antiques. Un de fes amis fe propofe de lui faire époufer fa fille, qu'il n'a pas vu depuis longtems : il fait faire la ftatue de la jeune perfonne, lui fait donner tous les caracteres propres à en attefter la vétufté. L'amateur en

devient fol, & eft fâché qu'on ne trouve plus
de figures pareilles. Quand il eft bien épris, on
fait paroître la jeune perfonne, & il l'époufe.
Ce Drame fufceptible des détails les plus gracieux & de la plus douce poéfie, eft dénué
même de ce foible mérite, & n'a que celui d'a-
voir été joué par des acteurs fupérieurs.

5 *Mars*. Nous revenons fur *l'Ecole de Littérature tirée des meilleurs Ecrivains*. Cet ouvrage,
qui pourroit être un Cours complet de Belles
Lettres très utile & très agréable, ne remplit
pas fon but, non plus que beaucoup d'autres.
Le fordide intérêt qui fait agir toutes nos plu-
mes littéraires, n'a pas donné le tems à l'auteur de digérer, de choifir, d'élaguer, de placer convenablement toutes fes citations : elles
font entaffées fans goût & fans méthode.

6 *Mars* 1764. Le jeudi, premier de ce mois,
M. *Le Gros*, haute-contre, qui n'avoit ni chanté ni repréfenté fur aucun Théâtre, a débuté
par le rôle de *Titon*. Sa voix bien timbrée & de
la plus agréable qualité, flexible, touchante &
légere, a fait le plus grand plaifir. Il joint la
précifion, la juftèffe, la netteté, la correction, &
il fcande les paroles fort réguliérement. Sa figure eft agréable & fa taille théâtrale : il eft
modéré dans fes geftes. On lui reproche feulement de n'avoir pas les hauts de la voix auffi
beaux que le refte.

8 *Mars*. *Blanche & Guifcard*, tragédie
de M. Saurin, après avoir ennuyé la fcene pendant quelque tems, eft actuellement imprimée.
L'auteur ne diffimule pas l'obligation qu'il a à
Mlle. Clairon : c'eft le pivot fur lequel roulent
aujourd'hui toutes nos pieces modernes. Pour

mieux célébrer cette héroïne, M. Saurin, en lui envoyant un exemplaire de fa piece, lui a adreffé le Quatrain fuivant :

Ce Drame eft ton triomphe, ô fublime Clairon :
Blanche doit à ton art, les larmes qu'on lui donne ;
Et j'obtiens à peine un fleuron,
Quand tu remportes la couronne.

10 *Mars* 1764. Avant-hier jeudi les *Italiens* ont donné la premiere repréfentation de *Rofe & Colas*, piece en un acte mêlé d'ariettes. La Mufique eft de M. Monfigny, les paroles font de M. Sedaine. Le Poëme, fuivant l'ufage, eft peu de chofe ; il eft trivial & d'une nature peu choifie. Une jeune fille amoureufe, voit fon amant à l'infu de fon pere, qui s'oppofe à leur mariage, de concert avec celui du jeune homme. Les parens les trouvent trop jeunes. Le gars ardent élude l'œil vigilant du bon homme. Un accident imprévu trahit les deux amans & force les parens de conclure un hymen déja bien avancé. Tel eft le fond fur lequel le muficien a adapté une mufique agréable, mais peu piquante quant à la nouveauté.

11 *Mars.* On a déjà parlé de *la Dunciade*, ou *la Guerre des Sots*, c'eft un Poëme fatyrique en trois chants : la *Lorgnette*, le *Bouclier*, le *Siflet.* La fiction n'en eft ni affez ingénieufe ni affez fondue. Il y a quelques détails très bons, le coloris en eft quelquefois d'une grande vérité. On ne peut que détefter le méprifable auteur qui a fait une pareille capilotade. C'eft une St. Barthelemi Littéraire, où tout eft immolé, à la réferve de quelques perfonnes pro-

tégées du Gouvernement : les femmes mêmes
font citées à cet infâme tribunal. Parmi les héros de l'auteur, que le refpect, la crainte, ou
des circonftances particulieres l'avoient obligé
de ménager, on voit un *le Brun*, un *de Sivry*;
celui-ci eft beau-frere de l'auteur, fon affocié
& fon prôneur. Une pareille accolade fait jetter
les hauts cris du petit nombre que Paliffot loue.
M. *de Saint-foi* furtout, dont il a craint la juftice militaire, dédaigne un encens ainfi prof-
titué :

> Mieux te vaudroit perdre ta renommée,
> Que lors cueillir de fi chétif aloy !

12 *Mars* 1764. On doit commencer inceffamment la vente de la Bibliothéque du College
de Clermont : elle eft précieufe, quant à la partie
hiftorique. Le Catalogue en eft imprimé, &
contient 6752 articles.

13 *Mars*. Les Comédiens François fe difpofent à jouer inceffamment *Olympie*, Tragédie
de M. de Voltaire, déjà imprimée. Cette Piece,
à grandes machines, exige beaucoup de fpectacle. La troupe a fait pour dix mille francs de
fraix en habits & en décorations. Il eft à craindre que toute cette pompe ne puiffe foutenir
la piece, d'un échaffaudage bifarre, monftrueux
& d'un coloris lâche & foible.

14 *Mars*. M. *Reftaut*, l'auteur d'une Grammaire qui a déjà eu plufieurs éditions, eft mort.
Cet Avocat eftimable, fans être d'une métaphyfique auffi profonde que M. Dumarfais, a
cependant rendu quelques fervices à la langue,
& peut être d'un grand fecours aux étrangers

& à ceux qui veulent apprendre à parler ou à écrire correctement.

15 *Mars* 1764. *De l'autorité de Locke dans la science de l'ame, surtout relative à l'enfance, &c.* Discours prononcé à l'Académie de Berlin le 8 Janvier 1764, par M. de Prémontval.

Cet ouvrage, original pour le ridicule & les assertions impertinentes, ne fait honneur ni à l'auteur ni à l'Académie. Selon ce discours, Locke est un Sot, un Sophiste pitoyable, un Déraisonneur, un homme sans expérience, sans lumieres, sans jugement, un ignorant enfin, qui joint à l'obscurité une infidélité condamnable. Que penser d'un Philosophe qui avoue avoir lu & relu pendant 25 ans Locke, & qui en parle ainsi !

17 *Mars.* Les Comédiens François ont donné aujourd'hui la premiere représentation d'*Olympie*. Cette Piece n'a fait effet que sur les yeux : à deux ou trois scenes près, tout le reste a paru long, ennuyeux, languissant. Il y a très peu de changemens : quelques vers ajoutés, d'autres retouchés : en général la versification s'est trouvée éteinte, & l'on n'y a pas reconnu ce coloris qui caractérise tous les ouvrages de M. de Voltaire.

18 *Mars.* Tous les auteurs mâles & femelles que le Sr. Palissot a indistinctement mal-traités dans sa *Dunciade*, ont pris le parti le plus sage, c'est de ne point répondre à ce libelle, & de le regarder comme non avenu. Ce qui paroît avoir réussi. Il n'en est presque plus question : & si le but de l'auteur a été de faire du bruit, comme il y a apparence, il est aussi dupe qu'il peut l'être.

19 *Mars* 1764. M. de la Harpe a cru devoir célebrer sa reconnoissance envers Mlle. Dumesnil par une Epitre peu considérable, mais fort bien faite, & où le jeu de cette Actrice est dépeint avec les couleurs les plus vraies & les plus sublimes.

20 *Mars.* Olympie, dont on ne se promettoit rien samedi, a eu le plus grand succès hier : on a prodigieusement élagué ce Drame languissant ; on a changé quelque chose aux décorations : enfin elle à monté aux nues. On prétend que Mlle. Clairon a fait en grande partie la dissection.

21 *Mars.* Les rédacteurs de la Gazette de France ont jugé à propos de mettre le 19 dans leur Journal, *article de Paris*, au sujet de l'Eclipse du Soleil annulaire prévu pour le premier Avril prochain, un *Avis aux Curés*, tant des villes que de la campagne, afin qu'ils avertissent le peuple, que les Eclipses n'ont sur nous aucune influence, ni morale, ni physique ; qu'elles ne présagent & ne produisent ni stérilité, ni contagion, ni guerre, ni accident funeste ; & que ce sont des suites nécessaires du mouvement des corps célestes, aussi naturelles que le lever & le coucher du soleil, & de la lune.

22 *Mars.* Malgré le silence littéraire observé sur la *Dunciade*, quelques personalités ont engagé plusieurs personnes, sur-tout des femmes, à se plaindre criminellement de ce libelle calomnieux. Il paroît que Mad. *Riccoboni*, que l'auteur appelle plaisamment *Rubiconi*, n'a pas peu contribué à mettre en mouvement le Ministere public. M. le Duc de Choiseuil, instruit

de ces menées, a cru devoir interpofer fes bons
offices : protecteur de l'auteur, dont l'ouvrage
paroît s'être produit fous fes aufpices, il a demandé qu'on lui laiffât le foin de punir le calom-
niateur. Il eft exilé à cinquante lieues, & ce
fcélérat, qui devoit être mis au cabanon pour
le refte de fes jours, reçoit une nouvelle illuftration de fon châtiment.

23 *Mars* 1764. *Supplément aux Couplets.*

Efcorté de fa fille,

Duras. (*a*) dit en entrant,

Faifons une quadrille,

Pour amufer l'Enfant :

Aux plaifirs de la Cour je borne mon fervice.

De Bals Paris eft ennuyé,

Mais des miens je fuis bien payé

Par un bon bénéfice.

D'un ton d'impertinence,

D'un orgueil menaçant,

De Sartine s'avance :

Où donc eft cet Enfant ?

Qui pourroit devant moi connoître cette affaire ?

La police eft en mon pouvoir,

Il eft ainfi de mon devoir

De vifiter la mere.

Le Marquis de Poyanne, (*b*)

Le chapeau rétapé,

(*a*) Le Duc de Duras, un des premiers Gentilshommes de la chambre du Roi.
(*b*) Commandant des Carabiniers.

Fit un salut à l'âne,

Car il s'étoit trompé.

Joseph dévotement, quittant sa patenôtre,

Dit pour excuser ce Seigneur :

C'est la coutume, mon Sauveur,

Qu'un âne gratte l'autre.

Méditant un Cantique,

Arrive Pompignan (a),

Qui d'un ton emphatique,

Fait un long compliment.

Son éloquence endort & le Fils & sa Mere :

Joseph réveille cet Enfant ;

Je viens pour lui montrer comment

Il faut prier son Pere.

24 *Mars* 1764. *Lettre à la Grecque.* Cette plaisanterie est dans le genre de l'abbé Coyer. L'auteur suppose un projet fol de Salle de Spectacle, pour avoir le plaisir de le tourner en plaisanterie & de s'égayer en passant sur plusieurs de nos ridicules. Elle est légérement écrite & porte l'empreinte d'un esprit agréable.

25 *Mars.* La Gazette de France d'avant-hier corrige l'absurdité de son énoncé au sujet de l'Eclipse ; elle n'annonce qu'une obscurité légere : la cause de l'erreur provenoit d'une inexactitude d'observations de l'Astronome sur la position de la lune à l'égard de la terre.

26 *Mars.* Le Gros, le nouvel acteur de l'O-

(a) Auteur de la *Priere du Déifte.*

péra , cette haute-contre tant célébrée , n'a pas
réuffi aujourd'hui au Concert Spirituel ; il a
mal chanté , il a paru timide. Un autre accident
arrivé à la harpe , dont les cordes fe font caf-
fées , a mis ce fpectacle en défordre , & l'a rendu
paffablement mauvais.

27 *Mars*. L'Opéra fe propofe de donner pour
la Capitation, des *Fragmens*, compofés d'*Hylas*, de *Pygmalion* & de *Pfyché*. Cet agréable
fpectacle doit attirer du monde.

28 *Mars*. Le Miniftere veille de très-près à ce
qu'il ne fe répande pas d'ouvrages capables d'entretenir les efprits portés à favorifer les ci-devant foit-difant Jéfuites. Il en paroît un fort efti-
mé : *Lettre à M***, *Confeiller au Parlement de
Paris* ; où l'on lui rend compte de quelques entretiens , dans lefquels un Docteur en Théologie
découvre par quels moyens le livre des *Affertions* a furpris la fageffe des Magiftrats : volume
in-12 de 378 pages. Cet écrit, fait avec beaucoup de modération & avec tout l'art poffible,
pourroit féduire les gens mal inftruits , car il
n'eft pas fans replique pour ceux véritablement
au fait de la matiere.

-29 *Mars*. *Les Baladins*, & *Réponfe aux
Baladins*. Le premier eft un perfifflage contre
le goût moderne ; la feconde une juftification :
l'un & l'autre ouvrage eft fort fuperficiel, & n'a
que le mérite d'une légere & agréable critique.

30 *Mars*. Vers à M. Bernard fur fon Opéra de
Caftor & Pollux , par M. le M. de V***.

> Les deux jumeaux de la fable
> Font le charme de Paris,
> Ils retirent tout leur prix.

Des vers d'une Muse aimable :
Elle avoit chanté l'Amour,
Son ivresse & son delire,
De la Beauté qui soupire,
Les plaisirs & le retour.
L'Amitié monte la lyre,
Elle donne un nouveau tour
Aux transports qu'elle respire ;
Elle chante & tour à tour,
Les éprouve, &, les inspire.

31 *Mars.* Les *Fragmens*, composés de l'Acte d'*Hylas*, de ceux de *Pygmalion* & de *Psyché*, ont été donnés aujourd'hui pour la troisieme & derniere fois. Le Sr. le Gros a fait Pygmalion ; il a très-bien chanté : quant au rôle, il l'a on ne peut plus mal exécuté. Mlle. Arnoux triomphe toujours dans *Psyché*; elle y développe les plus nobles & les plus tendres attitudes : c'est sans contredit son triomphe.

1 *Avril* 1764. L'Eclipse tant annoncée pour aujourd'hui, & qui avoit attiré l'attention de tout Paris, n'a pas fait une sensation considérable : l'obscurité a été de peu de durée, & très-médiocre ; à peu près comme lorsqu'il va pleuvoir. Toute la cour étoit à l'Observatoire, M. de Cassiny s'étoit persuadé que la nuit seroit épaisse ; en conséquence l'heure venue, & le jour pâlissant un peu, il a demandé des bougies, sous prétexte qu'on ne voyoit plus clair. Tous les Spectateurs l'ont assuré qu'on voyoit très-bien : lui d'insister & d'assurer qu'il ne voyoit goutte ; & le monde de rire, & l'astronome d'être hué, &c.

2 *Avril.* M. Dorat continue à employer ses revenus en belles impressions ornées de gravu-

res , &c. Il vient de nous donner à ſes frais ce qu'il appelle le *Pot pourri*, *Epitre à qui l'on voudra*. Cet ouvrage, qui n'a que le titre de ſingulier, eſt une deſcription en vers d'un voyage que ce poëte à fait l'année derniere à la terre de ſon ami *Pezay* : c'eſt verſifié agréablement, plus fort de mots que d'autres choſes. On ſent qu'après le voyage de Chapelle , celui de M. de Pompignan , & tant de Poéſies légeres qui regnent ſur de pareils ſujets, on ne peut rien dire de bien neuf. A la ſuite eſt une Epitre de M. de Pezay à M. Dorat : c'eſt l'auteur de *Zélis au bain*. On ne peut refuſer à ce dernier le talent aſſez commun aujourd'hui de dire agréablement des riens , de reſſaſſer tout ce qu'on a épuiſé depuis longtems ſur le ſentiment, il célebre avec raiſon ſon amitié pour M. Dorat , & finit par lui dire , que le haſard fait les freres , & la vertu fait les amis.

3 *Avril* 1764. Depuis quelque tems la fureur d'écrire ſur les matieres de finance avoit paſſé comme une maladie épidémique : une *Déclaration de Roi* du 28 Mars , enregiſtrée le 31 du même mois par la Grand'Chambre , ſemble chercher à ranimer cette rage , par les défenſes de rien publier ſur cet objet. On ne peut rien dire d'une autorité auſſi mal employée. On motive cette démarche ſur la néceſſité de réprimer les auteurs obſcurs qui ſe ſervent d'un pareil prétexte pour répandre des calomnies & jeter l'allarme dans les eſprits. La police chargée de tout tems de veiller ſur la Librairie, ſuffiſoit pour arrêter les ouvrages imprimés avec permiſſion. Quant aux autres, que peut y faire une défenſe auſſi abſurde ? On voit avec peine cette Déclaration ſi-

gnée *Laverdy*. On croit y entrevoir l'empreinte d'un génie petit, étroit, minutieux & tendant au Defpotifme.

4 *Avril* 1764. Il paroît imprimé dans le Public un *Bref* du Pape au Roi de Pologne Stanislas , en date du 24 Août dernier , par lequel fa Sainteté réclame le fecours & la protection de ce Monarque en faveur des Clercs Réguliers de la Compagnie de Jéfus , & l'invite , lorfqu'il verra le Roi Très-Chrétien , fon gendre , de le conjurer d'unir fon autorité à la fienne , pour confirmer les établiffemens qu'il a formés en Lorraine en faveur de cette Compagnie , dont l'objet eft la fanctification des ames & leur falut éternel.

5 *Avril*. Le *Corneille* tant attendu eft enfin arrivé dans ce pays-ci. Il eft en douze volumes in-8°. coûte deux louis de foufcription, trois livres pour le tranfport, & trente-fix francs pour la brochure. On voit en général que M. de Voltaire a vifé à faire un ouvrage volumineux : il n'a rien omis de toutes les pieces qui avoient un rapport direct ou éloigné à celles de Corneille. On en parlera plus amplement , quand on aura difcuté ce long ouvrage : il eft dédié à Mrs. de l'Académie Françoife.

5 *Avril*. M. Paliffot , de fon exil de Joinville , a prématurément célébré la convalefcence de Madame la Marquife de Pompadour. On fe doute bien qu'un fatyrique auffi effronté eft un adulateur bas :

Vous êtes trop chere à la France ,
Aux Dieux des Arts & des Amours ,
Pour redouter du Sort la fatale puiffance.

Tous les Dieux veilloient fur vos jours,
Tous étoient animés du zele qui m'infpire ;
En volant à votre fecours
Ils ont affermi leur empire.

7 Avril 1764. M. de Richelieu avoit annoncé hier aux Comédiens François que leur Spectacle pouvoit être prolongé d'une femaine , & de n'en point afficher la clôture. En conféquence le Sr. Auger a prononcé un compliment. Le zele des Gentilshommes de la Chambre n'a pas réuffi, & les Italiens jouïront feuls du privilege qu'on prétend leur être échu par la réunion de l'O-péra comique.

8 Avril. Il court dans Paris des copies d'un *Bref* du Pape à M. l'Archevêque de Paris, en date du 15 Février dernier, à l'occafion de fon *Inftruction Paftorale*, où , dit le St. Pere, il venge la divine autorité de l'Eglife, avec cette force , cette folidité, qui lui affurent les fuffrages & les éloges de tous les gens de bien. Après l'avoir loué de fa conftance & de fa fermeté, & prié le Seigneur de le foutenir dans fes bonnes difpofitions , il ajoute que le Roi Très - Chrétien , en lui donnant le choix d'une retraite, a moins voulu lui prefcrire un exil que lui affurer un afyle contre la tempête qui le menaçoit.

9 Avril. On a déja parlé de M. *d'Eon de Beaumont* , Ex - Miniftre Plénipotentiaire de France à la cour de Londres. On a parlé de fon avanture finguliere. L'afyle qu'il s'eft procuré , lui affurant l'impunité, il vient de publier un in-4.° contenant les Inftructions & Lettres particulieres de M. le Duc de Praslin à M. de Nivernois, à lui adreffées , & toute la Correfpondance relative au Traité de Paix. Il y a joint des Notes & des Portraits, qui rendent cet écrit très-précieux ; il n'y en a que très-peu d'exemplaires à Paris : il porte pour Epigraphe ces vers de *Sémiramis* de M. de Voltaire :

Pardonnez, un Soldat est mauvais courtisan :
Nourri dans la Scythie, aux plaines d'Arbazan,
J'ai pu servir la Cour, & non pas la connoître.

11 *Avril* 1764. On répand depuis quelques jours une plaisanterie assez platte ; elle a pour titre *Décalogue du Dieu du Goût* : on la peut juger d'un partisan du Sr. Palissot.

I. Au Dieu du Goût immoleras
Tous les Ecrits de *Pompignan*.

II. Chaque jour tu déchireras
Trois feuillets de l'abbé *le Blanc*.

III. De *Montesquieu* ne médiras,
Ni de *Voltaire* aucunement.

IV. L'ami des Sots point ne feras,
De fait ni de consentement.

V. La *Dunciade* tu liras,
Tous les matins dévotement.

VI. *Marmontel* le soir tu prendras,
Afin de dormir longuement.

VII. *Diderot* tu n'achetteras,
Si ne veux perdre ton argent.

VIII. *Dorat* en tous lieux honniras,
Et *Colardeau* pareillement.

IX. *Le Mierre* aussi tu siffleras,
A tout le moins une fois l'an.

X. L'ami *Freron* n'applaudiras,
Qu'à l'*Ecossoise* seulement.

12 *Avril* 1764. M. Garnier, Prof. Royal d'Hébreu & Membre de l'Académie Royale des Inscriptions & Belles-Lettres, vient de publier un livre intitulé *l'homme de Lettres*, en deux volumes. Cet auteur le deffine en grand, remonte aux principes, & paroît imbu de fon Platon. Si, pour-être homme de Lettres, il falloit réunir l'affemblage des qualités de toute efpece & furtout les vertus rares qu'exige M. Garnier, quel homme aujourd'hui feroit digne de ce titre ?

13 *Avril*. Madame la Marquife de Pompadour a fait préfent, il y a quelques jours, à M. de Laverdy, Contrôleur général, dont on attend tant de merveilles, d'une boëte de carton enrichie du portrait de Sully ; elle a affaifonné cette galanterie de toutes les graces dont elle eft capable, en difant à ce Miniftre que, préfumant trop de fa modeftie pour croire qu'il fe fût fait tirer, elle lui envoyoit fon portrait véritable. Ces vers étoient dans la tabatiere :

> De l'habile & fage *Sully*
> Il ne nous refte que l'image :
> Aujourd'hui ce grand perfonnage
> Va revivre dans *Laverdy*.

14 *Avril*. Le livre de M. d'Eon de Beaumont fait une fenfation très-vive dans ce pays-ci : on y voit des Lettres attribuées à MM. de Praslin, de Nivernois, de Guerchy, avec des Notes de l'infidele & perfide Rédacteur. Elles ne donnent pas une idée avantageufe du génie, de l'efprit & de la politique de ceux qui les ont écrites. Il y en a de fi extraordinaires, que mal-

gré leur apparente authenticité, on feroit tenté
de croire qu'elles font fuppofées. On eft furtout fâché de voir M. de Nivernois, dont on
avoit une idée avantageufe, montrer la corde
dans tous les points. Cet écrit eft précédé d'une
préface, dans laquelle M. d'Eon expofe les motifs qui le forcent à publier ces Lettres. L'indi-
gnité de fon procédé, les difparates de fa conduite & de fon ftyle dans fes récits, dénotent un
méchant homme & un fol.

15 *Avril* 1764. Ce foir eft morte Madame la
Marquife de Pompadour. La protection éclat-
tante dont elle avoit honoré les lettres, le goût
qu'elle avoit pour les arts, ne permettent point
de paffer fous filence un fi trifte événement.
Cette femme philofophe a vu approcher ce dernier terme avec la conftance d'une heroïne. Peu
d'heures avant fa mort le Curé de la Magdelai-
ne, fa paroiffe à Paris, étant venu la voir, comme il prenoit congé d'elle : *un moment*, lui dit
la moribonde, *nous nous en irons enfemble.*

18 *Avril.* On nous promet pour la rentrée des Spectacles une piece nouvelle en un
acte : intitulée *l'Indienne* ; de M. de Chamfort,
jeune homme de 22 à 23 ans. Cette Comédie
eft très vantée, & a été lue à tous les coins de
Paris.

On a fait l'épigramme fuivante fur un Jéfuite
qui s'eft marié :

Uxorem ducis qui cornua trina gerebas,
Pondus erit levius, cornua bina geres.

18 *Avril.* On doit bien s'attendre que le
tombeau de Madame de Pompadour fera un

objet d'hommages & de fatyres. L'épitaphe fuivante remplit l'un & l'autre objet ; on la feint
écrite au bas de fon bufte ; à côté font l'Hymen
& l'Amour en larmes , avec leurs flambeaux
renverfés :

Ci gît d'Etiole & Pompadour,

Qui charmoit la ville & la cour,

Femme infidele, & Maîtreffe accomplie :

L'Hymen & l'Amour n'ont pas tort,

Le premier de pleurer fa vie,

Le fecond de pleurer fa mort.

19 *Avril* 1764. Il court des copies manufcrites
de plufieurs Contes nouveaux de M. de Voltaire :
les *trois Manieres* , *Azolan, l'origine des Mé-
tiers* , *l'Education d'un Prince*. On y trouve
toujours cette touche délicate, qui n'appartient
qu'à lui : quoiqu'ils ne foient pas également
bons , ils fe font lire avec plaifir.

20 *Avril*. On a fait fur Madame de Pompadour une épitaphe bien différente de la premiere , elle eft fimple & contient l'hiftorique de
fa vie :

Ci gît qui fut vingt ans Pucelle,

Quinze ans Catin, & fept ans Maquerelle.

Elle a été mariée à vingt ans , & eft morte dans
la quarante-troifieme année de fon âge.

21 *Avril*. On a entendu la femaine derniere au Concert Spirituel un *Cor de Chaffe*,
qui étonne tout Paris : c'eft le Seigneur *Rodol-
phe* , de la mufique du Duc de Wurtemberg. Jamais cet inftrument n'avoit été pouffé à un
point fi accompli : il imite tour à tour la flûte

la plus douce , la trompette la plus éclatante.
Ses coups de langue font d'une rapidité, d'une
variété, d'une précifion incompréhenfible. Il
paroît exécuter avec hardieffe la mufique la plus
difficile & la plus rapide.

22 *Avril* 1764. Aujourd'hui, jour de pâques,
s'eft paffé à Verfailles une fcene dont le concours des circonftances fait une fingularité piquante. La manie du jour eft de faire tout à la
Grecque. L'abbé *Torné* , chanoine d'Orleans,
qui a prêché tout le carême devant le Roi,
ayant oublié de faire le figne de la croix , S.
M. s'eft retournée du côté du Duc d'Ayen, fon
Capitaine des Gardes , & lui en a témoigné fa
furprife : *vous verrez , Sire* , répond le plaifant,
que c'eft un fermon à la Grecque. L'orateur en
effet commence, *les Grecs & les Romains* , &c.
Le Roi ne peut tenir fon envie de rire , & le
prédicateur déconcerté s'eft reffenti pendant
tout fon difcours de cette plaifanterie.

23 *Avril.* Le cri eft général contre la nouvelle édition de *Corneille* par M. de Voltaire.
Il paroît s'être attaché à déprimer ce grand homme , & , fous le prétexte d'inftruire de notre langue les jeunes gens & les étrangers, il avance
fur les plus belles tragédies de ce pere du théâtre des affertions qui en revoltent les partifans.
Tout eft croqué dans cet ouvrage de difcuffion;
il releve des fautes grammaticales que chacun
découvre au premier coup d'œil , il fe répete
fans ceffe & , par une adreffe qui n'eft point
affez cachée , il paroît adopter Racine , & le
mettre en tête de fon rival, pour le mieux écra-
fer; en un mot, rien d'approfondi, point de
vues générales, & nulle analyfe réfléchie d'au-

cune de ces tragédies. On fent facilement que ce travail lent & coûteux ne fympathifoit pas avec l'imagination fougueufe de M. de Voltaire.

25 *Avril* 1764. Le Sr. Paliffot a écrit au Duc de Praflin pour le prier d'intercéder en fa faveur & demander fon rappel: ce Seigneur tout débonnaire n'a point voulu folliciter pour un pareil fcélérat.

25 *Avril*. Les François fe difpofent à changer leur orcheftre: le fuccès des Italiens excite leur émulation, ils veulent fe mettre en état d'exécuter quantité de petites pieces anciennes avec des divertiffemens; ils veulent fe proportionner au goût frivole du fiecle & plaire aux fens, puifqu'on ne veut plus que le cœur foit remué.

26 *Avril*. Les gazettes annoncent que le Roi d'Angleterre a ordonné à fon Procureur général de la Cour du Banc de pourfuivre M. d'Eon de Beaumont, dont il eft tant queftion aujourd'hui, à la requête de M. de Guerchy, Ambaffadeur de France; qu'en conféquence le procès a été commencé contre lui, comme auteur du libelle le plus fcandaleux & des calomnies les plus atroces.

28 *Avril*. Le Roi a donné une penfion de 2000 livres fur l'Evêché de Vabres à M. l'abbé Pluquet, Docteur de Sorbonne, très connu dans le monde littéraire par fon *Examen du Fatalifme*: il a auffi donné au public un *Dictionnaire des Héréfies*; quoique les matieres qu'il a traitées ne foient pas à la portée de tout le monde, il a trouvé le moyen de s'en rapprocher & de fe faire lire avec plaifir & utilité.

29 *Avril*. *Racine à M. de Voltaire, des*
Champs

Champs Elyfées. Tel eft le titre d'une Epitre qu'un anonyme adreffe au Commentateur de Corneille. C'eft une plaifanterie facile & légere fur l'affectation avec laquelle M. de Voltaire oppofe fans ceffe ce rival à Corneille, pour le déprimer, le dégrader, le mettre au deffous de rien. Quant au ftyle, cette fiction ingénieufe vaut toutes les differtations qu'on pourroit faire fur cette matiere. On y donne en paffant différens coups de patte aux écrits les plus repréhenfibles de l'auteur. Celui d'une pareille facétie paroît avoir du talent pour ce genre d'ouvrages.

30 *Avril* 1764. Les Comédiens François ont ouvert aujourd'hui leur théâtre par un compliment très furanné & très faftidieux qu'a prononcé le Sr. Auger. On a enfuite joué *Heraclius*, fuivi de la petite piece annoncée, *la jeune Indienne*. Ce drame très prôné avant la repréfentation, n'a que huit fcenes. Le fujet eft tiré du Spectateur Anglois, dont M. Dorat vient de faire une Héroïde, intitulée *Zeila*.

L'auteur, M. Chamfort, ne s'eft pas donné la peine de rien changer. La *jeune Indienne* débite froidement tout ce qui eft en action dans *Arlequin fauvage*. Le *Quaker*, principal perfonage de la piece, n'eft qu'une très foible & très mefquine copie du *Freport* de l'*Ecoffaife* : enfin tout le pathétique des reproches que fait la jeune étrangere, à fon amant qui l'abandonne, outre la reffemblance avec quantité de fituations pareilles, foit en tragédie foit en comédie, en a une plus directe & plus immédiate avec l'héroïde de M. Dorat. Les acteurs fe trouvent exactement les mêmes; ajoutez qu'il n'a pas le

Tome II. C

mot pour rire dans ce drame, pas la moindre intrigue, la moindre *péripétie*, la moindre entente du théâtre. Le ſtyle a été goûté aſſez généralement : on dit que l'auteur n'a que 21 ans.

Une circonſtance, qu'il ne faut point omettre,
c'eſt que la piece ayant été très légérement &
très médiocrement applaudie, pendant la repréſentation & ſur-tout à la fin, les partiſans de
l'auteur ſe ſont aviſés de le demander. Cette
puérilité ne paroiſſant pas convenable dans la
circonſtance, quelques autres voix s'y ſont join-
tes par dériſion. Le murmure plus grand à paru
mériter l'attention du public : les loges, l'amphithéâtre, l'orcheſtre, tout eſt reſté en ſuſpens
pour voir le dénouement. Les ſages ont alors
pris le parti d'hurler avec les loups & de demander l'auteur à grands cris, pour ſortir de-là :
le tumulte eſt devenu ſi grand, que Mrs. les Comédiens qui d'abord ne tenoient pas grand
compte des demandes du parterre, ont cru devoir y faire attention ; ils ont fait ſemblant de
ſe donner quelques mouvemens pour chercher
l'auteur. Celui-ci, à qui ſa conſcience reprochoit
intérieurement ſon ineptie & ſon peu de mérite
pour être digne de l'attention du public, s'eſt
bien donné de garde de prendre ce perſiflage
pour un empreſſement véritable : enfin le Sr.
Molé a paru ſeul, comme pour annoncer que
l'auteur n'y étoit pas. Les brouhahas ont redoublé, & cet acteur ayant fait différentes révéren-
ces, ayant ouvert pluſieurs fois la bouche pour
parler, ſans être entendu, il s'eſt laſſé & a diſ-
paru. Les clameurs ont continué, & les Comédiens ont fait tomber la toile. Ce coup de théâtre a terminé cette ſcene indécente & pitoyable ;

& l'imbécille parterre s'eſt tû, ainſi vilipendé par les hiſtrions.

1 *Mai* 1764. On prétend qu'on imprime ſéparément les Notes de M. de Voltaire ſur *Corneille*, à l'uſage de ceux qui ont le Théâtre de cet auteur. Cette nouvelle jette encore plus de diſcrédit ſur l'ouvrage, qui a peu de conſidération dans le monde Littéraire.

M. Freron, [dans ſa feuille No. 12,] ſe fait adreſſer une Lettre, où il releve ſommairement les critiques générales qu'on a faites de cet ouvrage : elles ſont juſtes, mais on voudroit que la défenſe de Corneille fût entre les mains d'un homme plus honnête.

2 *Mai.* M. de Fouchy, Secrétaire de l'Académie des Sciences, a ouvert l'aſſemblée publique ſuivant l'uſage, par l'annonce du Prix remporté, & de celui à remporter.

Il a donné enſuite une courte notice des quatre Arts dont quelques Académiciens ont fait la Deſcription dans l'année, ſavoir du *Chamoiſeur* ; du *Briquetier*, du *Tonnelier*, & du *Rafineur de Sucre*.

Il a lu auſſi l'Eloge de M. *Bradley*, célebre Aſtronome Anglois, Aſſocié étranger de l'Académie.

Cette lecture a été ſuivie de celle de cinq Mémoires, par divers Académiciens.

M. le Monnier a parlé ſur l'*Eclipſe annulaire* du Soleil du 1. Avril dernier, obſervée en divers lieux du royaume, dont les principaux lieux où l'Anneau a été le plus large & le plus viſible, ſont Rennes, Calais, &c.

M. Tillet a lu un Mémoire *ſur les dégrés de chaleur extraordinaires, auxquels les hommes*

& les animaux font capables de réfifter. Une fille attachée au fervice d'un four de M. Tillet, a fait fes premieres expériences, y a foutenu pendant 7, 8 à 10 minutes, jufques à 80 & enfin 130 dégrés de chaleur du Thermometre à efprit de vin de M. de Reaumur, & n'en a été nullement incommodée. Or il eft à remarquer que les 80 degrés de ce thermometre y indiquent la chaleur de l'eau bouillante.

M. de la Lande a obfervé un dérangement furprenant dans le mouvement de la Planete de Saturne.

M. Chabert a fixé la latitude & la longitude de Larnéca dans l'Ifle de Chypre.

Enfin M. Tenou a expliqué la nature des pierres qui fe forment dans le corps humain.

3 *Mai* 1764. On apprend avec le plus grand étonnement que les Italiens ont fait plus de cent mille écus pour la derniere année dramatique, & que les parts ont été de 15000 livres.

4 *Mai.* L'Académie Royale des Belles-Lettres a fait aujourd'hui fa rentrée publique d'après Pâques.

Le premier Mémoire a été lû par M. de Chabanon : il contenoit le plan de la traduction de la quatrieme Ode Pythique de Pindare.

Le fecond de M. le Batteux, rouloit fur la mefure & l'harmonie confidérées par rapport à la poéfie & la profe.

Le troifieme de M. Guibert, expliquoit un paffage d'Homere, duquel il réfulte, fuivant cet Académicien, qu'il y a eu une Eclipfe bien marquée par le poëte au mois d'Août 1185 avant Jéfus-Chrift, vers midi.

Le quatrieme de M. Dupuy, eft fur la ma-

niere de rallumer le feu facré, d'après un paffage de Plutarque jufqu'ici mal entendu.

Le cinquieme *fur l'origine des Phéniciens*,
par M. l'abbé Mignot.

5 *Mai* 1764. *Les Contes de Vadé*, &c. Ce
nouveau volume, fait pour fervir de Suite aux
Oeuvres de M. de Voltaire, contient toutes fortes de rogatons. Outre les Contes, qui font peu
de chofe, il y a des débauches d'efprit en tout
genre, où l'auteur établit des paradoxes comme
bon lui femble. Ce volume eft un des plus médiocres fortis de fa plume : c'eft un homme d'efprit qui ne fait que ruminer aujourd'hui.

6 *Mai*. On eft indigné non-feulement de la
critique amere & dure que M. de Voltaire fait
de Pierre Corneille, mais de ce que fans néces-
fité il fuppofe qu'on a defiré voir joint à fon
Commentaire les deux pieces de Thomas, reftées au théâtre, *Ariadne & le Comte d'Effex*.
Il les enveloppe dans fa critique ; les diffeque,
les pulvérife & réduit prefque à rien ces deux
ouvrages admirés jufqu'à préfent.

7 *Mai*. Il fe répand fur la deftruction des
Jéfuites l'épigramme fuivante, qui, quoique
groffiere, mérite d'être confervée comme anecdote caractériftique.

> Ils font f...s les bons Apôtres,
> Et l'on ne les plaint pas beaucoup,
> Car avant ce malheureux coup
> Ils en avoient bien f...u d'autres.

8 *Mai*. M. le Duc d'Orleans perfiftant dans
le défir que la falle d'Opéra incendiée le 6
Avril de l'année derniere, foit reconftruite à por-

tée de son Palais, & ayant bien voulu se prêter
à tous les moyens nécessaires pour la rebâtir avec
les sûretés & commodités possibles, a acquis
plusieurs maisons à cette fin, & de concert avec
la ville, contre laquelle il eût pu réclamer des
dommages considérables pour ceux qu'il a es-
suyés par le feu, dont les Directeurs commis
par la ville auroient dû être responsables, les
ouvriers auteurs du desordre étant envoyés par
eux ; il a présenté requête au Roi, qui a rendu
un Arrêt dans son Conseil, avec des Lettres patentes, sur celui du 11 Février dernier, concernant la reconstruction de cette salle de spectacle à l'usage de l'Académie Royale de Musique. M. le Duc d'Orleans s'y désiste de tous
dommages & intérêts envers la ville, sous les
conditions qu'elle édifiera une nouvelle salle at-
tenant le Palais Royal, & sur les devis présen-
tés & annexés relativement aux bâtimens neufs
que se propose de faire reconstruire M. le Duc
d'Orléans & ce dans l'espace de quatre ans, &
plutôt si faire se peut ; ce Prince s'y réservant
les mêmes droits, prérogatives, loges, &c.
qu'il avoit ci-devant ; & la dite salle sera, comme l'ancienne, pour lui & ses successeurs, unie
& incorporée à l'appanage même, avec l'acqui-
sition nouvelle, faite tant par M. le Duc d'Orléans que par la ville, pour procurer plus d'emplacement à cet édifice ; & dans le cas où le
Spectacle de l'Opéra cesseroit dans ladite Salle,
pour quelque raison que ce pût être, la ville
ne pourra en aucun tems en céder la jouissance
à personne ; elle sera dévolue à M. le Duc d'Orléans & à ses successeurs : moyennant une som-
me de 960000 Livres, pour prix des acquisi-

tions faites &c. Ces Lettres patentes ont été enrégiſtrées le 2 du mois dernier.

La ville eſt tenue des réparations de toute eſ-pece de ladite ſalle, à la réſerve des quatre gros murs, poutres, couvertures & voûtes, qui reſ-teront à la charge de M. le Duc d'Orleans.

9 *Mai* 1764. Une nouvelle Muſe femelle ſe met ſur les rangs : Madame Guibert vient de publier *les amuſemens Poétiques*, en un petit volume in 12, avec ſon portrait à la tête. C'eſt un Recueil de pieces en tous genres : il y a en-tr'autres un drame en cinq ſcenes, intitulé la *Coquête corrigée*, tragédie contre les femmes; une comédie en un acte & en vers libres, in-titulée *le Rendez-vous*. Ce qu'il y a de plus piquant dans tout cela, c'eſt un ton hardi, aga-çant, que tout le monde ne prendra pas pour le ton philoſophique. Madame Guibert paroît avoir trop ſecoué les préjugés.

10 *Mai*. On ſait que M. Vanloo, premier peintre du Roi, a peint, il y a quelque tems, Mlle. Clairon en *Médée*, tenant d'une main un flambeau & de l'autre le poignard encore teint du ſang de ſes enfans, inſultant à la douleur de *Jaſon* & bravant ſa colere. Le Roi ayant or-donné que ce tableau fût gravé, l'habile Pein-tre en a fait un ſecond, propre à faire plus d'ef-fet en gravure. L'Eſtampe a été exécutée par M M. Laurent Cars & Jaques de Beauvarlet, graveurs du Roi & de ſon Académie de Pein-ture. La tête de *Médée*, c'eſt-à-dire Mlle. Clai-ron, eſt l'ouvrage de M. Beauvarlet.

11 *Mai*. Les changemens faits à la nou-velle ſalle d'Opéra ſont médiocres & n'en répa-rent point les défauts. On a ſeulement reculé

ces loges immenses qui offusquoient tout le reste.

12 *Mai* 1764. Il paroît dans le monde une Lettre datée de Neuchâtel du 15 Mars 1764, qui a pour titre : *Jean - Jacques Rousseau, Citoyen de Genéve, à Jean - François Montillet, Archevêque & Seigneur d'Auch, Primat de la Gaule, Novempopulaire & du Royaume de Navarre, Conseiller du Roi en tous ses Conseils.* Cet écrit, in-12, de 22 pages d'impression, est pour répondre à la Lettre soi-disant Pastorale de l'Archevêque d'Auch, par laquelle ce Prélat s'éleve contre *l'Emile*, & en prend occasion pour invectiver M. de Voltaire & les auteurs du siecle qui se sont écartés des maximes de l'Eglise, & qui n'ont pas respecté, comme ils devoient, les dogmes de la religion. L'auteur, qui emprunte le nom de Rousseau, refute assez bien la Lettre Pastorale, quant au fond ; mais il est bien éloigné du style qu'il veut imiter. On ne singe jamais bien un auteur aussi original que Rousseau.

15 *Mai.* Une Lettre attribuée au Pere *Beauvais*, ci-devant soi-disant Jésuite, expose trop bien la position où se trouvent les différens membres qui croient ne devoir pas déférer au serment, pour ne pas la rapporter ici : elle est adressée à un de ses parens.

,, C'est hors du royaume, mon cher parent,
,, qu'il faut que j'aille ; j'ai passé trente-cinq
,, ans à former des citoyens, & je cesse de l'ê-
,, tre. Il me faut, à soixante ans, chercher une
,, retraite, & finir dans un pays étranger une
,, vie dont les ans ont été consacrés au service
,, de la patrie. Dans l'alternative rigoureuse,

,, de l'exil , ou d'un ferment que je crois ne
,, pouvoir faire , je ne balance pas , & je parts
,, victime de la fidelité que je dois aux faints
,, engagemens que j'ai contractés , plein de ref-
,, pect pour la main qui frappe , foumis à celle
,, qui permet , & n'implorant que celle qui
,, foutient ,,.

16 *Mai* 1764. A mefure qu'on avance dans la
lecture de Corneille par M. de Voltaire , plus
on découvre fon acharnement à rabaiffer le
grand homme. On lit à la fin de *Sertorius* une
proteftation des plus adroites & des plus
cruelles , où le Commentateur , en faifant fa
profeffion de foi à l'égard du pere du Théâtre ,
ne s'humilie lui-même que pour le dégrader
davantage. Il réfulte de la lecture de fon ouvrage , qu'il a moins prétendu faire voir le grand
que le vieux Corneille.

Pour comble de cruauté , il a fait précéder fa
Bérénice de celle de Racine. Quelle étrange
difparate , quand on fort du ftyle onctueux de
Racine , & que l'on tombe dans les barbarifmes ,
les afpérités , les fadeurs de fon rival.

20 *Mai.* Le Roi avoit foufcrit pour 2000
exemplaires du *Corneille Commenté par M. de
Voltaire* ; S. M. n'en a pris que 50 , & a fait
remettre les autres au pere de Mlle. Corneille.
L'Impératrice de Ruffie a fait le même acte de
générofité envers Mlle. Corneille , aujourd'hui
Mad. Dupuis.

21 *Mai.* M. l'Evêque d'Alais a publié le 16
du mois dernier une *Ordonnance & Inftruction
Paftorale* au fujet des Affertions extraites des
livres , thefes & cahiers des foi-difant Jéfuites ,
& données aux Evêques par le Parlement. Ce

C 5.

Prélat, bien éloigné de penfer comme M. l'Archevèque de Paris, déclare qu'ayant rapproché les Affertions les unes des autres, & les ayant comparées avec celles des Peres *Hardouin & Berruyer*, il s'eft convaincu que ces erreurs fe tiennent mutuellement, qu'elles forment un corps de doctrine lié, fuivi, fyftématique, & que c'eft proprement un cours complet de morale nouvelle & anti-chrétienne, un nouveau corps de religion, contraire à celle de l'Evangile.......Que ce langage differe de celui de M. de Beaumont ! M. de Bauteville, ainfi que l'autre Prélat, accable fon lecteur d'autorités qui femblent ne devoir pas fouffrir la moindre contradiction.

22 *Mai* 1764. *Vie de Chimerande*, amphigouri où l'auteur cherche à montrer combien notre langue eft fufceptible de ridicule par les différentes acceptions du même mot. Rien ne prouve mieux de quel délire l'efprit humain eft capable, que ces honteux excès d'un efprit tourné à la mauvaife plaifanterie.

23 *Mai*. On parle d'une Lettre de M. de Voltaire, où il fait dialoguer l'ame avec le corps. Il appelle la premiere Lifette, elle fe révolte contre le dernier & lui reproche de l'affervir. On fent que c'eft un matérialifme déguifé, un deffein formé de faire voir combien il eft ridicule de fuppofer un pareil affemblage. M. de Voltaire, qui a moins que jamais des idées neuves, cherche à tout colorer de fon ftyle, & s'approprie bien des chofes par le charme dont il embellit les penfées des autres.

24 *Mai*. Il paroît une brochure qui a pour titre, *Differtations fur l'origine & les fonc-*

tions essentielles du Parlement, sur la Pairie,
& le droit des Pairs, & sur les Loix fon-
damentales de la Monarchie Françoise. L'auteur y suit d'abord le plan tracé, il y a quelques années, dans les Lettres historiques sur les
Parlemens, dont il n'a paru qu'une partie dans
le public : il prétend qu'il n'y a de vrais Pairs
aujourd'hui que les Princes du sang, & que les
autres ne sont que des simulacres vains, des
ombres chimériques des anciens Pairs qu'ils représentent : il pulvérise également le droit prétendu des Pairs de n'être jugés que par la classe
du Parlement séant à Paris.

Ce livre, qui vient de Toulouse, a été, suivant les apparences, composé & imprimé dans
ce pays-là ; il pourroit être l'ouvrage de quelque membre du Parlement.

26 *Mai* 1764. Madame Bellot, cette femme qui
avoit vécu jusqu'à présent dans une grande
pénurie, & du profit très-mince de ses traductions Angloises, demeure depuis quelque tems
avec le Président Mesnieres qui s'en est engoué ; elle mene sa maison, y fait la pluie &
le beau tems. Ce phénomene est d'autant plus
rare que cette Dame est peu jeune : elle est lai-
de, seche & d'un esprit triste & mélancolique :
elle a renvoyé le Chevalier d'Arcq, avec qui
elle vivoit.

28 *Mai*. On assure que le Chevalier d'Eon
vient de faire paroître un second volume, qui
sans doute fait suite au premier.

Des Lettres de Londres prétendent qu'il
figure mal parmi les honnêtes gens, qu'il a eu
différentes affaires, suscitées vraisemblablement,
mais qui l'ont mis aux prises avec la police du

pays : que le gouvernement voit avec peine l'impunité dont il jouit, sans pouvoir s'affurer de fa perfonne ; qu'il n'a pu arrêter qu'en partie la diftribution de fon Mémoire, de fes Lettres, &c. ce qui les rend cependant rares, en Angleterre ; qu'il en a vendu pour plus de 20000 livres, & qu'il a fait paffer le refte à Hambourg.

29 *Mai* 1764. Il paroît un nouveau Roman en quatre parties, de Madame Riccoboni, intitulé *Mifs Jcnni*. C'eft un amas d'abfurdités, écrites dans un ftyle affez bon.

30 *Mai*. Hier a été lu au Parlement un Mémoire, tendant à prouver que le Roi par fa préfence & celle des Princes & Pairs, forme partout où il veut fe rendre, la Cour effentielle des Pairs. C'eft M. le Duc de Sully qui en a fait lecture. Cette affertion n'a pas paru prouvée, & M. de Vaudeuil, Confeiller à la féconde Chambre des Requêtes, l'a refuté fur le champ d'une façon victorieufe & humiliante pour l'auteur, qu'il a convaincu d'ignorance & de mauvaife foi. On l'impute à un nommé Villaret, rédacteur de la Suite de l'hiftoire de France par feu l'abbé Velly, & que les Ducs ont nommé gardes de leurs archives depuis quelques années, titre de nouvelle création de leur part.

31 *Mai*. Il court des vers qu'on peut regarder comme une énigme, & qui n'ont quelque fens que par leur malignité : ils roulent fur des anecdotes fcandaleufes, vraies ou fauffes, mais connues à la cour, où l'on croit tout, parce qu'on s'y fent capable de tout :

Après avoir détruit l'autel de Ganimede,
Venus a quitté l'horifon :
A tes malheurs encor, France ! il faut un remede ;
Chaffe Jupiter & Junon.

1 *Juin* 1764. On a imprimé à Londres un in-4°.
de 691 pages , qui a pour titre *Examen des
Lettres , Mémoires & Négociations particulieres du Chevalier d'Eon , Miniftre Plénipotentiaire de France auprès du Roi de la
Grande Bretagne , dans une Lettre à MM....*
Cet écrit paroît avoir été fait en vue de venger
les perfonnes compromifes dans l'ouvrage publié par M. d'Eon , mais il ne fert qu'à éter-
nifer le ridicule que la maladreffe de l'auteur
remet fous les yeux avec auffi peu de choix
que de talent. Pour y répondre , il fe livre à
des injures groffieres. On peut dire en général
que ceux dont il vouloit prendre la défenfe ,
n'ont pas à fe louer de fon zele , plus indifcret
qu'éclairé.

2 *Juin.* Il paroît que l'on veut employer
tous les moyens poffibles pour avoir raifon de
l'inconduite de M. d'Eon , & que la Cour de
Londres s'y prête : on affure qu'elle fait inter-
venir le Corps Diplomatique pour demander fon
extradition ; que tous les Miniftres Etrangers ,
conjointement avec M. de Guerchy , ont remis
un Mémoire à ce fujet au Lord Halifax , Secrétaire d'Etat , pour qu'il foit traduit au Banc du
Roi ; mais tout cet éclat ne peut avoir de fuite
& fe réalifer pour l'objet qu'on fe propofe ,
qu'autant qu'il fera autorifé par un Bill du
Parlement.

3 *Juin* 1764. Il court une *Lettre* imprimée, de J. J. Rouſſeau, Citoyen de Genève, où il déſavoue authentiquement celle prétendue écrite de lui à M. l'Archevêque d'Auch. Il n'étoit rien moins que beſoin de prendre la plume pour cela, & tous les gens de goût lui avoient déjà rendu juſtice.

4 *Juin*. *Ode ſur un incendie, par une tête chauve du tems préſent.* Ce titre annonce le goût fatal & dépravé du ſiecle, où l'on parodie les événemens les plus ſiniſtres & les plus malheureux. L'incendie dont il eſt queſtion, eſt celui du *Palais Royal*. L'auteur débute par la ſtrophe la plus ridicule & la plus bouffonne. Il parle enſuite plus ſérieuſement; il adule M. le Duc d'Orléans, il peint ſon ame tendre & ſenſible, ſes inquiétudes à la premiere nouvelle de cet événement; il fait dire à ce Prince :

> Je ne perds point de ſerviteurs,
> Pour moi la perte eſt donc petite.
> Pour de l'argent l'on en eſt quitte,
> Ce ne ſont point là des malheurs.

L'enthouſiaſte prétend que ce ſont les propres mots du Prince, & qu'ils n'ont pas beſoin d'être parés des vains ornemens de la poéſie.

9 *Juin*. Nous avons lu un ouvrage de l'abbé Galiani, eſpece de diſſertation ſur l'Art Poëtique d'Horace, dans lequel ce Savant relève avec jugement une infinité de balourdiſes des différens traducteurs, interprêtes, commentateurs du poëte Romain. Il prétend, par l'étude profonde qu'il a fait de la langue latine, par ſes connoiſſances réfléchies du local où Horace

écrivoit , avoir découvert beaucoup d'erreurs. Il n'a encore travaillé que fur les *Satyres* , les *Epitres* & *l'Art Poétique* ; il fe propofe d'étendre fes obfervations fur tous les ouvrages de ce beau ménie. Comme il ne connoit pas complettement toute la force de notre langue , M. Diderot s'eft chargé de jetter un vernis fur la premiere partie qui doit paroître.

10 *Juin* 1764. Le Roi de Suede vient de donner à l'Europe un exemple de la maniere dont il faut honorer les Lettres , qui mérite d'être configné dans tous les faftes de la Littérature. La place de Chancelier de l'univerfité d'Upfal , la plus ancienne univerfité du Nord , étant venue à vaquer , cette compagnie a envoyé une députation au Prince Royal pour le prier de vouloir bien accepter cette place très-diftinguée , qui ne peut être remplie que par un Membre du Sénat. Ce Prince y a confenti , avec la permiffion du Roi. On voudroit pouvoir rapporter la Lettre de S. M. S. , par laquelle elle confirme la nomination de fon fils ; elle y met dans le plus beau jour la néceffité pour un Souverain de protéger les Arts & les Lettres : elle eft digne , en un mot , d'un Léon X , d'un François I , d'un Louis XIV.

11 *Juin.* M. le Comte Algarotti eft mort à Pife la nuit du 22 au 23 du mois dernier. Cet ami des Arts & des Mufes a laiffé entr'autres chofes un legs de 8000 écus Romains à M. Mauro Toffi , Peintre célebre de Bologne. Il veut qu'on en employe 2000 à lui élever un maufolée à Pife. Il a donné lui-même le deffin de ce monument & a dicté fon épitaphe , que voici : *Hic jacet Algarottus , fed non omnis.* On

doit pardonner cette infcription peu modefte à
un homme qui a auffi bien mérité de la Littérature & des Beaux Arts.

12 *Juin* 1764. Un procès porté au Parlement
de Bretagne pour ftatuer fur l'état contefté d'un
enfant né à dix mois & 17 jours après la mort
de fon pere, vient d'occafionner un Mémoire,
figné de plufieurs habiles Chirurgiens & rédigé
par M. Louis. On y difcute avec beaucoup de
clarté & de précifion les faits, les raifons & les
autorités fur lefquels on veut fonder cette pof-
fibilité. Il décide que le tems de la geftation,
& le terme de l'accouchement dans toutes les
efpeces d'animaux, étant fixés par la nature
d'une maniere invariable, l'efpece humaine doit
être foumife à ce même ordre, & que par eon-
féquent tout accouchement qui paffe le terme
de neuf mois & de dix à douze jours, ne peut
être regardé comme naturel, & ne peut fe faire
fans danger pour la mere & pour l'enfant. Le
Mémoire eft profondément traité, & d'ailleurs
eft écrit avec toute l'élégance & la netteté que
comporte le fujet.

13 *Juin*. M. Villaret fe défend vivement
de l'imputation répandue dans le public qu'il
étoit auteur du Mémoire lu par M. de Sully :
il prétend n'en avoir pas la moindre connoiffance, & n'avoir même vu ce Seigneur que
pour combattre cette opinion établie dans ledit
Mémoire : il fe déclare d'un fentiment tout-à-
fait oppofé.

14 *Juin*. Depuis quelques années les Allemands marchent à grands pas dans la carriere
de la belle Poéfie. MM. Haller, Geffner, Gel-
lert, Klopftok, &c. fe font fait connoître en

France par des ouvrages dignes de nos meilleurs Poëtes. On vient de nous donner un Poëme héroï-comique, traduit de l'Allemand de M. Zacharie, intitulé *les Métamorphofes*, que M. Zacharie publia ayant à peine 18 ans. Il eſt le prélude du *Phaéton*, du *Matin*, & de pluſieurs Odes dont on a donné des traductions dans le Journal Etranger; contre leſquelles M. Zacharie réclame comme infidelles. Quoi qu'il en ſoit, ce poëme, diviſé en quatre chants, eſt une copie de la *Boucle de cheveux enlevée*, inférieure, ſuivant l'uſage, à ſon original. L'imitateur n'a ni les graces, ni le goût, ni l'invention du Poëte anglois. *Les Métamorphofes* ſont mal amenées, ne produiſent point d'effets heureux : il n'y a point d'action, & la plaiſanterie, comme généralement toutes celles des Allemands, eſt lourde & ſans ſel. La partie précieuſe de cet ouvrage eſt une grande richeſſe de poéſie & d'images accumulées avec profuſion.

14 *Juin* 1764. On a remis à la Comédie Françoiſe *la Magie de l'Amour*, comédie en un acte en vers libres, avec un divertiſſement. Cette piece, qui a eu du ſuccès en 1755, comporte un rôle très-propre pour Mlle. Doligny. Cette actrice, fort agréable au public, a cependant le défaut eſſentiel de pécher par l'organe, & elle donne les inflexions de voix ſourdes, qui font perdre une partie de ce qu'elle dit.

17 *Juin*. *Bébé*, le nain du Roi de Pologne Staniſlas, étant mort depuis quelques jours de vieilleſſe & de caducité, à l'âge de 25 ans, M. le Comte de Treſſan l'a honoré d'une épitaphe.

HIC JACET
NICOLAUS FERRY, LOTHARINGIUS,
NATURAE LUDUS,
STRUCTURAE TENUITATE MIRANDUS;
AB ANTONINO NOVO DILECTUS.
IN JUVENTUTIS AETATE SENEX,
QUINQUE LUSTRA FUERUNT IPSI
SAECULUM.
OBIIT NONA JUNII
AN. M. D. C. C. LXIIII.

18 *Juin* 1764. *Hiſtoire de la Maiſon de
Montmorency.*

Cette race eſt ſur toutes la plus belle,
Race héroïque & antique, laquelle
De pere en fils guerrier, victorieux,
A porté ſon renom juſqu'aux cieux.

C'eſt ainſi que s'exprimoit Ronſard ſur cette
illuſtre Maiſon qui, ſuivant la fameuſe généa-
logie d'André Ducheſne, étoit connue dès 950
de l'ère Chrétienne. M. Deformeaux, auteur
de cette hiſtoire, l'a diſtribuée en 5 volumes:
les deux derniers contiennent une hiſtoire en
forme du fameux Maréchal de Luxembourg.
L'auteur a eu l'art de lier l'hiſtoire générale
avec l'hiſtoire particuliere. Il paroît formé ſur
les bons modeles. On y remarque ſur-tout une
grande impartialité, & toute la véraçité que
demande le genre. On y trouve une épitaphe
glorieuſe de François de Montmorency, ſi
regretté par Henri III, faite par le fameux de
Thou:

Ultimus Hutriedum pietate infignis & armis
Franciscus jacet hoc quo Gallia tota fepulchro !

Suivant cette hiftoire, il y a actuellement fix branches exiftantes de la maifon de Montmorency.

19 *Juin* 1764. Suivant une Lettre de Lisbonne, la nuit du 5 au 6 Mars on a vu en cette capitale & dans tous les environs une aurore boréale, qui a duré plus de quatre heures. Ce phénomene a mis en mouvement tous les philofophes : ils l'ont attribué pour la plupart au paffage d'un dragon, dont les gros yeux formés de deux efcarboucles étincelantes répandoient cette lumiere extraordinaire : quelques-uns ont même affuré qu'ils avoient apperçu l'ombre du dragon & entendu le bruit de fes aîles : d'où l'on peut juger des progrès que l'on y a faits jufqu'ici dans la météorologie, ainfi que dans les autres parties de la phyfique.

21 *Juin.* Les feuilles de M. Freron font un peu arriérées. Ce critique eft pris en faveur par le Prince des Deux-Ponts, qui l'a appelé à fa cour : il le comble de biens & lui promet le premier Bailliage vacant dans fes Etats : ils valent 20000 livres de rentes. Ce qui pourroit bien dégoûter le feuillifte de fon dangereux métier.

22 *Juin.* Nous apprenons par une Lettre de Neuchâtel que Roufſeau eft toujours aux environs de cette ville. Il y fait des placets & dit qu'il devient femme, puifqu'on ne veut pas qu'il foit homme : il paffe les foirées avec une efpece de fermier, qu'il a affectionné. Quand il entre chez ce bon homme, il fouffle la chan-

delle de celui-ci, & la rallume à la fienne
quand il veut revenir; fans doute pour faire
tout au rebours des autres.

23 *Juin* 1764. On annonce inceffamment pour
nouveauté une tragédie, intitulée *les Triumvirs*. Il paroît que l'auteur veut garder l'incognito. On dit à l'ordinaire qu'il y a de très
belles chofes, entr'autres une fcene pompeufe
où fe fait le partage du monde. Le bruit le plus
vraifemblable eft que cette piece eft de M. de
Chabanon, l'auteur infortuné d'*Eponine*. Ce bel
efprit, brûlant d'une foif de gloire inextinguible,
veut rentrer de nouveau dans la carriere. Après
avoir éprouvé que l'éclat bruyant avec lequel
fa premiere piece s'étoit annoncée, n'en avoit
point empêché la chûte, il veut effayer fi le
parfait incognito lui fera plus favorable. Le
Kain, à qui le profit en eft abandonné, a
feul le fecret. Il doit y avoir une belle décoration, dont l'auteur a fait les fraix.

24 *Juin*. M. Jolivet, Directeur du Journal
de Trévoux, depuis l'expulfion des Jéfuites,
eft mort ces jours-ci. Ce trifte Médecin avoit
jetté dans cet ouvrage une féchereffe, une in-
fipidité, qui lui avoient donné beaucoup de
difcrédit. Auffi grâve, auffi roide que les premiers auteurs, il n'avoit pas fu y joindre une
aménité de ftyle, dont le Pere Berthier pâroît
fon pédantifme. Un Abbé Mercier, Genove-
fain, s'eft mis fur les rangs pour la continuation.

25 *Juin*. Il paroît un roman en fix parties, intitulé *l'homme*, qu'on donne pour un
ouvrage pofthume de M. l'Abbé Prévôt. C'eft
un amas d'aventures bizarres, extraordinaires,

fruit d'une imagination déréglée, & qui ne peut avoir été compofé que dans les accès d'une fievre brûlante.

20 *Juin* 1764. Il eft arrivé ici de Vienne quelques exemplaires d'un livre intitulé *Méditations Chretiennes*. Ce livre n'étoit point deftiné à devenir public : c'eft le fruit des retraites de l'auteur, qui édifioit une augufte famille par une piété tendre & éclairée, ainfi qu'elle en faifoit le bonheur par fes autres vertus. Le ton de douceur, de candeur, de raifon, de charité, qui anime pour ainfi dire chaque ligne de cet ouvrage, auroit feul fait connoître l'efprit & le cœur dont il eft une image auffi fidele que touchante. Voici un quatrain qui fe trouve écrit à la main à la tête de ce livre.

L'augufte auteur de cet ouvrage,
D'un monde féducteur connut la vanité,
Et dans le printems de fon âge,
Fut cueilli comme un fruit mûr pour l'éternité.

27 *Juin. Mémoire hiftorique & critique fur les mafques.* Ce mémoire, fait en Hongrie, où les bals mafqués font abfolument défendus, recherche l'origine de l'ufage des mafques & la maniere dont il s'eft perpétué. La differtation eft divifée en deux fections : la premiere contient l'hiftoire des mafques & des déguifemens ; il dit que Satan en fut le premier inventeur avant le Déluge : dans la feconde il rapporte les argumens pour & contre, & il finit par en profcrire l'ufage, foit fur les théâtres, foit au carnaval.

28 *Juin* 1764. *Lettres du Marquis de Ro-* *zelle, par Madame* ***, *2 volumes.* Cette Madame *** est Madame Elie de Beaumont, femme d'un Avocat. L'auteur paroît avoir eu pour but d'employer la fiction pour paffionner & mettre en action une excellente morale. L'ar- tifice des courtifanes de nos jours, les mou- vemens d'un cœur facile, ardent, impétueux, qui s'ouvre pour la premiere fois au fentiment de l'amour, le caractere de la vraie & de la fauffe amitié, les foins adroits & inquiets d'une ten- dreffe profonde, éclairée & délicate, font peints dans cet ouvrage avec autant d'efprit que de vérité. On reproche à l'auteur femelle de s'ê- tre trop étendu fur des matieres qu'une femme devroit s'interdire.

29 *Juin.* Il paroît un *Mémoire fur l'expor-* *tation libre des grains hors du royaume,* qui fait grand bruit. Il eft plein de vues profondes, philofophiques & très propres à l'encourage- ment de l'agriculture, à l'accroiffement de la population, à remonter la Marine, enfin à la profpérité infenfible & permanente de l'Etat. Il eft d'ailleurs écrit fortement. On l'attribue à M. de Belle-Ifle, attaché à M. le Duc d'Orléans.

2 *Juillet.* A mefure que le jour des *Trium-* *virs* approche, les bruits fourds fe multiplient fur les différens auteurs auxquels on attribue cette tragédie. On met fur les rangs M. de Chabanon, dont on a déja parlé, M. le Mar- quis de Ximenès, M. Poinfinet de Sivry; d'au- tres prétendent qu'elle eft d'un Ex-Jéfuite. A l'œuvre on reconnoîtra l'ouvrier, fi c'eft d'un homme déja auteur.

3 *Juillet* 1764. Il paroît un roman, prétendu traduit de l'Anglois, intitulé *Lettres de Ju-
lie Mandeville*. On affure qu'il eft de M. Bou-
chaut, Agrégé en droit & déja connu par une
traduction du Théâtre Italien. Cet ouvrage fait
honneur à fon cœur & indique une, ame fen-
fible.

4 *Juillet*. On a donné aujourd'hui la premiere repréfentation des *Triumvirs*. Cette piece
n'a point eu de fuccès. Ce drame eft dénué
même de l'intérêt que fournit le trait hiftorique. Les caracteres des *Triumvirs*, dont on ne
voit que deux, font abfolument manqués. Celui
de *Lépide* eft tracé avec force, mais il eft plus
aifé de peindre graphiquement qu'en action.
Cette fcene du partage du monde, qu'on an-
nonçoit comme fi magnifique, fi augufte, eft
le dialogue de deux brigands qui divifent entr'eux les dépouilles des paffans qu'ils ont dé-
trouffés. Nulle adreffe, nulle dignité. Le ftyle
eft ou trop emphatique ou plat. On y remarque furtout des comparaifons, figure abfolument profcrite dans la tragédie. Ce dernier trait
pourroit fortifier le foupçon que la piece eft de
M. de Chabanon, le feul auteur tragique qui ait
ofé faire des comparaifons.

6 *Juillet*. Nous apprenons que l'auteur
du Recueil intitulé *Elite de Poéfies Fugitives*,
eft M. Luneau de Boisjermain. Il feroit à fouhaiter qu'il eût fait ce choix plus en homme de
goût qu'en entrepreneur d'affaires.

7 *Juillet*. On voit dans le *London Chronicle*,
ouvrage périodique de Londres, un dialogue
entre M. *Frugalité* & M. *Vérité*. Notre Ambaffadeur, M. de Guerchy, eft défigné fous le

premier nom : le Chevalier d'Eon de Beaumont
fous le fecond. On fait que le mot de frugalité
annonce la parcimonie fordide, que le dernier
reproche à l'autre dans fon ouvrage, & que les
Lettres de M. de Guerchy ne confirment que
trop la juftefe de l'imputation.

8 *Juillet* 1764. M. de Bougainville, frere de
l'ancien Secrétaire de l'Académie des Belles Lettres, eft revenu depuis quelques jours, après
avoir fait une découverte d'Iles fituées par les
.... degrés de latitude Sud. On croit que ce
font les *Iles Malouines*, dont le nom même
indique que les François en ont eu connoiffance
autrefois. Elles font défertes. Il en a pris pof-
feffion au nom du Roi, y a bâti un château &
laiffé quelques familles. Il les prétend très-abon-
d^ntes en poiffon, gibier, fruits & autres productions de la terre.

9 *Juillet.* Il paroît dans le public une brochure en deux parties, qui a pour titre *Recherches fur l'hiftoire de la Médecine.* Cet ouvrage
eft rempli de beaucoup de perfonalités contre
différens Médecins, de faux raifonnemens, d'i-
dées abfurdes, & éleve le charlatanifme & l'em-
pirifme fort au deffus de la Médecine ration-
nelle. Tel eft le jugement qu'en portent les gens
de l'art. Il peut être d'autant plus fufpect,
qu'on attribue cette finguliere & bizarre production au Docteur Bordeu.

10 *Juillet. La Fortune en couche*, allégorie de près de 400 vers. Dans cet ouvrage
on fuppofe la *Fortune* courant le monde, ayant
un amant, qui eft l'*Orgueil*, & de cet accou-
plement naît un *Populo*. De toutes parts s'em-
preffent les courtifans pour rendre hommage au
nouveau

nouveau né. Cela donne lieu à une procession, dans laquelle on paffe en revue à peu près les mêmes perfonnages déja célébrés dans les couplets ; au moyen de quoi cet ouvrage-ci n'a de nouveau que la forme. Il étoit fufceptible d'être beaucoup plus piquant. Il faut convenir à la louange de l'auteur qu'il n'eft pas méchant : les vers, en général, font affez bien frappés.

11 *Juillet* 1764. On lit dans la Gazette Littéraire, N. 23 , un détail très circonftancié & curieux, fur l'Académie des Arcades. Elle fut fondée à Rome en 1690, dans la forme d'une république démocratique. Ses membres prennent des noms de Bergers. Cette fociété aujourd'hui fubdivifée en prefqu'autant de colonies qu'il y a de villes en Italie, a été longtems errante ; mais depuis 1707 François-Marie Rufpoli, Prince de Cerveteri, les fixa fur le Mont Aventin, où il fit conftruire pour leurs affemblées générales un très bel édifice en forme d'amphithéâtre.

Le but de cette fociété étoit dans l'origine de purger la Littérature & furtout la Poéfie Italienne des abfurdités & des extravagances qui depuis un fiecle la défiguroient ; elle n'a malheureufement guere fervi qu'à perpétuer le goût des frivolités. Les membres de cette Académie ont donné dans tous les excès qu'ils devoient réprimer.

21 *Juillet.* Il court un manufcrit dans le monde d'un volume affez confidérable, qui a pour titre, *la Religion, tragi-comédie en cinq actes & en profe*, foi-difant *traduite de l'Anglois de M. R. par M. J. M.* 1764. Dans ce prétendu Drame font perfonnifiés la *Religion*, le *Fanatifme*, la *Cruauté*, *l'Imbécillité*, la *Crédulité*,

Tome I.   D

la *Philosophie*, &c ; & l'on met en action ces êtres moraux avec aussi peu d'esprit que de bon sens. Il est d'autant moins dangereux, qu'il n'a point le charme séducteur d'une diction élégante.

13 *Juillet* 1764. Outre les différens hommes qu'on cite comme concurrens à la production des *Triumvirs*, on ne s'attendoit pas à M. de Portelance, l'ancien auteur d'*Antipater*. Après avoir fait cette piece très jeune, il avoit paru abandonner la carriere dramatique depuis longtems. Un amateur de la comédie prétend lui avoir entendu lire, il y a trois ans, trois actes de cette même piece, & avoir reconnu la coupe & les situations.

14 *Juillet.* On parle depuis quelques jours d'un ouvrage qu'on attribue à M. de Voltaire : il a pour titre *Dictionnaire Philosophique*, volume in-8°. de 300 pages. La liberté qui regne dans cet écrit & le nom imposant de son auteur, le font rechercher avec autant de soin qu'on en prendra sûrement pour en empêcher la distribution.

15 *Juillet.* M. de Voltaire, dont la plume rapide ne peut s'arrêter, vient de donner une Suite de son *Discours aux Welches.* Quoique le premier ne soit pas trop bon, celui-ci est encore inférieur.

Nous savons de bonne part que M. de la Dixmerie, auteur des Contes du *Mercure*, se proposoit de réfuter cette impertinente satyre contre la nation.

16 *Juillet.* On prétend que les *Recherches sur l'histoire de la Médecine*, attribuées à M. Bordeu, ne sont autre chose que les *Anecdotes*

fur la Médecine, livre de M. Barbeu du Bourg, dont nous avons déja parlé. Pour lui donner un air de nouveauté, on y a fubftitué une nouvelle feuille avec un frontifpice nouveau : *Recherches fur quelques points de l'hiftoire de la Médecine & fur la tolérance de l'Inoculation.* L'auteur a lardé ce livre de plufieurs anecdotes fcandaleufes contre fon ennemi juré, M. Bouvart. Le livre eft dénoncé à la Faculté de Médecine.

17 *Juillet* 1764. On écrit de Londres du 13 de ce mois, que l'affaire de M. d'Eon a été jugée au Banc du Roi le 9 ; que tous les jurés ont été réunis pour déclarer M. d'Eon coupable & fon ouvrage libelle ; mais que, fuivant les formes de ce pays-là, la fentence & la peine ne feront prononcées contre lui qu'au terme prochain, c'eft-à-dire, dans le mois de Septembre ; qu'en attendant, quoiqu'il ait fait courir le bruit qu'il avoit décampé de Londres, il continuoit à régaler le public d'écrits qu'il fait inférer dans les gazettes, & où il n'y a ni rime ni raifon.

19 *Juillet. Epitre d'Alcibiade à Glycere. A la maîtreffe que j'aurai.* L'auteur de *Zélis au Bain* continue à enrichir le public de fes molles productions. Ce n'eft pas qu'il n'y ait quelque mérite dans fon genre, mais il manque de ce feu créateur qui doit tout animer, & fans lequel la plus belle poéfie n'eft qu'un amas d'images fans vie, entaffées avec plus de profufion que de vraie fécondité. *L'Epitre à la Maîtreffe que j'aurai*, a quelque chofe de plus piquant, & préfente une façon de voir finguliere qui réveille la curiofité du lecteur. Les ornemens typographiques ne font point épargnés dans cette double production.

D 2

20 Juillet 1764. On vient d'imprimer à Londres un *Recueil de Pieces relatives aux Lettres, Mémoires & Négociations particulieres du Chevalier d'Eon, Miniſtre Plénipotentiaire auprès du Roi de la Grande Bretagne*, contenant la Note, Contre-note, Lettre à M. le Duc de Nivernois, & l'Examen des Lettres, Mémoires, &c. Cela forme un volume in-12 de près de 300 pages. Ces écrits éterniſent une affaire miſérable.

21 Juillet. Il paroît un ouvrage qui a pour titre : *Confidérations ſur le Gouvernement ancien & préſent de la France, par M. le Marquis d'Argenſon*, vol. in-8.° de plus de 300 pages. Cet écrit, dont Rouſſeau parle avec éloge dans ſon *Contrat Social*, traite des intérêts de la France avec ſes voiſins, & propoſe un plan de gouvernement intérieur qui obvie aux abus qui regnent dans l'Adminiſtration. Cette œuvre poſthume d'un homme qui a été à même d'en connoître les vices par les places qu'il a remplies, paroît être du plus grand ſens & préſente un tableau que tout autre que lui auroit eu peine à tracer ; mais il part de la paix de 1748. Quelle différence d'époque à celle d'aujourd'hui !

On ne doit la publication de cet ouvrage qu'à une infidélité.

22 Juillet. Il paroît une brochure de 31 pages in-12, intitulée : *Réflexions ſur les Arrêtés du Parlement ſéant à Paris, du 29 Mars & 7 Juin* 1764. Son but eſt de faire voir que les termes de la Cour premiere — de Cour Capitale — de Juſtice — de Capitale de France — de Cour Métropolitaine — de Siege unique de

la Pairie, &c. employés dans les Arrêtés, fup-
pofent que les autres Claffes du Parlement font
des Cours fecondes, fuffragantes d'une Métro-
pole, des Cours qui ne font que des Sieges de
la Pairie. Ce qui paroît contraire à l'unité effentielle des Parlemens, d'autant que les qualifications que la Claffe féant à Paris s'attribue,
ne conviennent qu'à la collection de toutes les
Claffes.

Qu'il s'enfuivroit de cette prétention de la
Claffe féant à Paris, que les prérogatives dont
elle jouït, principalement, parce que le Roi ha-
bite dans fon Reffort, feroient perdues pour elle,
fi le Souverain établiffoit ailleurs un domicile
permanent, ce qui la priveroit d'un droit qu'elle
partage & doit partager avec toutes les autres
Claffes.

22 Juillet 1764. *Amufemens Philofophiques.*
Ce livre, en deux volumes, eft la production
de M. de Montagnac, ci - devant Capitaine au
Régiment de Breffe. Ils contiennent des réflexions fur l'état militaire, &c. quelques anecdotes romanefques, des morceaux d'hiftoire;
enfin *la Fille de feize ans*, ou *la Capricieufe*,
comédie en vers & en trois actes. Cet ouvrage
fait honneur à l'ame de ce militaire, il annonce
de la bonne volonté. Comme Littéraire il eft médiocre. Son pinceau eft mou, trivial & fans chaleur, fon ftyle froid & languiffant; fes vers font
pitoyables & profaïques.

24 Juillet. Nous apprenons de Portugal que
M. Freire, Prêtre de l'Oratoire, déguifé jufqu'à préfent fous le nom de *Candido Lufitano*,
vient de faire paroître à Lisbonne une traduction de l'*Athalie* de Racine, avec un Commen-

taire. Cette production , qui fait honneur au
traducteur, eſt une des meilleures preuves des
efforts que fait ce ſavant Eccléſiaſtique contre
le mauvais goût qui deshonore cette Littérature
étrangere. On lit à la tête de l'ouvrage une préface excellente, où toutes les beautés de ce
drame ſont approfondies & développées. Une
remarque ſinguliere & qui paroît aſſurer à jamais la ſupériorité à Racine ſur Corneille, c'eſt
que les étrangers ne balancent pas entre ces
deux auteurs; ils diſent que les tragédies de Racine ſont mieux *organiſées* : c'eſt le mot dont
ſe ſervent les Italiens , les Eſpagnols , les Por-
tugais , c'eſt-à-dire, qu'elles rempliſſent mieux
leur objet, qui eſt de remuer , de pénétrer, de
faire fondre le cœur.

29 *Juillet* 1764. On doit donner inceſſamment la premiere repréſentation de *Timoléon*,
tragédie de M. de la Harpe. Cet auteur annonce qu'il ſera très-pathétique , & qu'il veut
faire fondre le cœur de tous les ſpectateurs. Il
doit ſe tenir ferme ; une cabale étonnante s'é-
leve contre lui ; il a pris depuis ſa premiere
piece un ton de morgue & de deſpotiſme littéraire , bien fait pour révolter.

30 *Juillet*. M. l'abbé de la Porte , qui ne traite
les Lettres que comme un genre de commerce
plus honnête, a imaginé un nouveau titre, ſous
lequel il va produire mille choſes éparſes dans
quantité de volumes : c'eſt le *Porte-feuille de
l'homme de goût*. Sous ce titre vague , il compte
ſe donner carriere , & voir éclore les volumes
ſucceſſivement.

31 *Juillet*. Fréron dans ſa vingtieme lettre
fait une ſortie très-vive contre M. de Voltaire,

Il attaque fon nouveau volume de Contes, &
profite de tous les avantages que ce grand poëte
donne contre lui dans cette agréable, mais vo-
lumineufe rapfodie. Fréron ne peut pas lui laiffer paffer un certain chant, acceffoire à la *Pucelle*, où, dans une bande de galeriens que rencontre Charles & fa troupe dorée, fe trouve
Jean Fréron. Il releve avec raifon la critique in-
jufte que M. de Voltaire fait de la Fontaine: il
dévoile une jaloufie baffe, bien indigne d'un auffi
grand homme : il n'eft pas jufqu'à Moliere que
Fréron eft obligé de venger.

1 *Août* 1764. On voit depuis quelques femaines au palais des Tuilleries le portrait en
grand de feu Mad. la Marquife de Pompadour,
par Drouais, Peintre de réputation. La reffemblance eft des plus frappantes, & la compofition du tableau eft auffi riche que bien entendue. Cette derniere partie n'a été terminée que
depuis la mort de cette femme célebre.

2 *Août*. Les Comédiens François ont donné
hier *Timoléon*. Cette tragédie ne répond point
aux efpérances que le public avoit conçues des
talens dramatiques de M. de la Harpe : la char-
pente en eft abfolument défectueufe. L'amour,
qui en fait la cheville ouvriere, eft dénué des
grands refforts qu'il doit faire jouer pour être
tragique. Les trois premiers actes ont été reçus
avec de grands applaudiffemens ; l'auteur a paru
trop facrifier aux détails, & s'être départi des
principes qu'il avoit établis dans fa Lettre à
M. de Voltaire : la cataftrophe trop reffemblante
à l'hiftoire laiffe contre *Timoléon* une impreffion odieufe, que ne peut contre-balancer tout
fon étalage patriotique : en un mot, les reins

ont abfolument manqué à l'auteur ; dès le troifieme acte il n'a pu fuffire à fon fardeau dramatique, & la piece a paru déteftable dans tout
le quatrieme, & encore plus dans le cinquieme.
On remarque une tête pleine de reminifcences
& profondément empreinte de fon Racine. Il
s'eft fait à la fin une fciffion dans le parterre,
on applaudiffoit & l'on huoit alternativement.

3 *Août* 1764. Le nouveau volume concernant
l'affaire de M. d'Eon contient, 1°. la *Note*, qui
concerne un détail de la querelle de M. d'Eon
avec M. de Guerchy, & ce qui a précédé, avec
tous les détails relatifs au Sr. de Vergy, arc-
boutant de cette rixe. 2°. *Contre-note*, ou *Lettre à M. le Marquis de* L... Cette brochure eft
en faveur de M. de Guerchy, & faite par un de
fes partifans : elle n'eft point mal écrite, mais
foible de raifonnemens. 3°. *Lettre à M. le Chevalier d'Eon*, faite par lui ou par un de fes défenfeurs : elle eft en réponfe, & en fubverfion
de la *Contre-note*. 4°. *Examen*, &c. dont on
a déja parlé ; & enfin *Lettre d'un Patriote à fon
ami, ou Réponfe à un libelle intitulé Contre-
note*. Elle eft dans le même efprit que la Lettre
à M. le Chevalier d'Eon.

4 *Août* 1764. Les Comédiens confternés du
mauvais fort des pieces jouées cette année,
étoient indécis s'ils redonneroient *Timoléon*.
L'auteur ne s'eft pas jugé battu, il a entrepris
de refondre cette piece incorrigible, & l'on
prend le prétexte de l'indifpofition d'un acteur
pour gagner du tems, & donner à M. de la
Harpe le loifir de remplir fon deffein.

5 *Août*. On vient de rendre public par la voie
de l'impreffion un manufcrit très-fingulier, in-

titulé *Caufa Societatis Jefus*, *contra novum Magiftratum ad gubernationem provinciarum Galliæ petitum*, anno 1689. Il a été trouvé par les Commiffaires du Parlement de Guyenne, dans la maifon profeffe des Jéfuites de Bordeaux ; il a été dépofé au Greffe dudit Parlement en manufcrit, pour y fervir de preuve perpétuelle des vues de l'Inftitut & des Conftitutions de la Société de Jéfus.

10 *Août* 1764. On trouve le trait fuivant dans le *London Chronicle*, *July*. " Il vient de pa-
„ roître en France un ouvrage intitulé *l'Homme*
„ *de Lettres*, par le favant M. Garnier. Cet
„ écrivain définit l'homme de Lettres *celui dont*
„ *le principal emploi confifte à cultiver fon*
„ *efprit par l'étude, afin de fe rendre meil-*
„ *leur & plus utile à la fociété*. Nous ne fa-
„ vons pas à quel point cette définition peut
„ être jufte en France ; mais en Angleterre on
„ pourroit, à quelques exceptions près, pren-
„ dre le revers de la propofition & définir
„ l'homme de Lettres, *celui dont le principal*
„ *emploi confifte à abufer des fruits de l'étude*
„ *pour gagner de l'argent & corrompre ou*
„ *égarer la fociété.* „ Il eft malheureux qu'une trifte expérience nous faffe, à quelques exceptions près, auffi voir la même chofe en France.

11 *Août*. La ville de Rheims ayant propofé une efpece de concours pour choifir la meilleure infcription au bas de la ftatue du Roi, qu'elle fait exécuter depuis longtems par le fameux Pigale ; voici les vers qu'on a jugé les plus dignes de L o u i s XV. On doit fe rappeler que c'est à Rheims que le Roi est facré :

D 5

C'eft ici qu'un Roi bienfaifant
Vint jurer d'être votre pere :
Ce monument inftruit la terre
Qu'il a bien rempli fon ferment.

12 Août 1764. Le fanatifme des Philofo-
phes, capucinade contre les grands hommes de
nos jours qui cherchent à répandre les lumieres
de la faine philofophie & à faire germer dans
tous les cœurs ces fentimens d'humanité, principes de toutes loix, de toute religion.

12 Août. Les Mufes Françoifes, *premiere*
partie. Cet ouvrage contient, 1°. un catalogue
alphabétique de tous les auteurs qui ont écrit
des pieces de théâtre, depuis les Myfteres jufqu'en 1764, avec la lifte de leurs pieces : 2°.
un autre catalogue alphabétique des pieces de
théâtre dont les auteurs font inconnus : 3°. une
table alphabétique de toutes les pieces de théâtre indiquées dans les deux premieres parties.
On annonce une fuite à cet ouvrage.

16 *Août.* On écrit de Londres que l'on a
nouvelle de l'isle des Barbades du 14 Juin, que
la pendule de M. Hariffon, pour trouver la longitude, y a très-bien réuffi, ainfi qu'à la Jamaï-
que : que l'on ne doute pas, fi ces rapports font
vrais, qu'on ne lui adjuge la récompenfe pro-
mife pour cette importante découverte.

16 *Août. Neceffité d'une Réforme dans l'ad-*
miniftration de la Juftice, & dans les loix ci-
viles de France, avec la réfutation de quelques
paffages de l'Efprit des Loix. Il y a de très-
bonnes & très-fages vues dans ce livre.

17 *Août.* Hier, les Comédiens ordinaires

du Roi ont remis à leur théâtre *le Malade imaginaire* , comédie de Moliere en trois actes & en profe. On y a joint tous les agrémens. Notre fcrupuleufe exactitude fur les bienféances. ne nous a pas permis de riré autant à cette piece qu'on faifoit du tems de *Louis XIV.*

18 *Août* 1764. L'Académie Françoife a décerné le prix de poéfie de cette année à M. de Chamfort, auteur de *la jeune Indienne.* Le fujet de fa piece eft : *Epitre d'un pere à fon fils fur la naiſſance d'un petit-fils.* C'eſt au jour de Saint Louis que fe fera la cérémonie. Différentes pieces ont mérité des *Acceſſit* , & tout concourt à prouver à l'Académie qu'elle a très-bien fait de laiſſer aux Poëtes une carriere libre pour choiſir les fujets.

19 *Août.* Tout le monde court après la nouvelle eftampe de Mlle. Clairon ; elle eft gravée d'après le tableau de M. Vanloo , par Mrs. Cars & Beauvarlet, graveurs du Roi. On fait qu'elle eft repréfentée en *Medée.* On a faifi dans le cinquieme acte de cette tragédie l'inftant où *Medée* vient de poignarder fes enfans , & s'enfuit dans fon char en les montrant à *Jafon.* La gravure de la planche a été payée par le Roi , ainſi que la bordure du tableau. Quant au tableau, Mad. la Princeffe de Gallitzin en a fait préfent à Mlle. Clairon. M. Nougaret a fait les vers fuivans pour être mis au bas du portrait :

Cette Actrice immortelle enchaîne tous les cœurs ;
Ses graces , fes talens lui gagnent les fuffrages
Du critique févere & des vrais connoiffeurs :
  Et de nos jours bien des auteurs
Lui doivent le fuccès qui fuivoit leurs ouvrages.

20 *Août* 1764. *Richardet, Poëme* , ce poëme, original italien, eſt de M. Fortiguerra,
Prélat, qui n'entreprit cet ouvrage que dans la
chaleur d'un pari. Il vouloit rabaiſſer le mérite
de l'Arioſte, & prétendoit qu'il compoſeroit un
pareil ouvrage avec une rapidité qui prouveroit
combien il eſt facile de réuſſir. La ſemaine ſuivante, il lut dix chants du poëme de *Richardet* ; il l'acheva avec la même vîteſſe. Il eſt
compoſé en trente chants. Le traducteur a ſu en
réunir quinze dans ſix. On ſe doute bien que ce
poëme eſt très-inférieur à ſon modele, c'eſt-à-
dire à l'Arioſte : c'eſt une eſpece de parodie de
l'autre. Le traducteur annonce beaucoup d'eſprit & de facilité : il a pris le rithme du vers
de cinq pieds, & s'eſt aſſujetti à des octaves
ſuivant le goût italien, très-contraire à notre
langue vive & déliée. Ce même poëme eſt traduit en Hollandois : il eſt dans le genre burleſque de Berni. Le Docteur Manetis prétend
que burleſque eſt chez les Italiens, ce qu'étoit
chez les Grecs l'atticiſme, & l'urbanité chez les
Romains.

22 *Août. L'éloge de la guerre. A Konigs-
berg.* Cet ouvrage, qu'on dit être l'eſſai d'un
jeune héros, eſt rempli de vues excellentes. On
y remarque ſur-tout avec plaiſir que l'auteur
aime l'humanité, au moins autant que la gloire : il enviſage la guerre uniquement comme un
moyen légitime & néceſſaire, que l'Etre Suprême
a mis dans la main des Souverains pour repouſ-
ſer la violence, réprimer l'injuſtice, & ramener
la paix.

23 *Août.* Les Etats Généraux vont faire eſſayer la Pendule de M. Hariſſon ſur le premier

vaiſſeau Hollandois qui partira pour les Indes Occidentales. S'il réuſſit auſſi bien que dans le dernier eſſai, on ne doute pas que le gouvernement n'adjuge à M. Hariſſon le prix propoſé pour la découverte de la longitude.

24 *Août* 1764. L'Academie Françoiſe a tenu aujourd'hui ſa ſéance publique pour la diſtribution du prix : on ſavoit d'avance que M. de Chamfort l'obtiendroit. Quatre pieces ont eu l'*Acceſſit*. M. de Marmontel en a fait la lecture. La premiere eſt de M. Prieur, Avocat : elle eſt adreſſée à un Commerçant, qu'on ſuppoſe vouloir acheter des Lettres de nobleſſe. Elle contient de très-belles choſes, & a paru au gré des ſpectateurs emporter la préférence ſur celle couronnée. La ſeconde, de M. Gaillard, de l'Académie des Belles Lettres, eſt la *néceſſité d'aimer*. Ce ſujet a plu à toute l'aſſemblée ; on a trouvé que l'auteur ne l'avoit qu'effleuré trop vaguement. Malgré tout l'onctueux qu'il prête, il paroît traité d'un ton ſec & didactique. La troiſieme eſt une *Epitre à Quintus*, ſur l'inſenſibilité des Patriciens, par M. des Fontaines. La quatrieme eſt de M. de Chabanon, *ſur la Poéſie & la Philoſophie*. Il l'a fait imprimer avec d'autres pieces, dont nous nous réſervons à parler.

M. de Marmontel a encore lu l'extrait de diverſes pieces où il s'eſt trouvé des beautés : *Epitre aux Grands*, de M. Vaillier, Colonel d'Infanterie ; *Epitre ſur l'effet des paſſions*, d'un anonyme. Tout le monde a remarqué ces vers cauſtiques ; il combat le ſyſtême de M. Helvétius qui attribue l'eſſor des grands talens à l'*ennui*.

L'ennui n'infpira point Platon,

N'a point produit Archimede & Milton,

Et ce n'eft pas dans le fiecle où nous fommes,

Faute d'ennui qu'on manque de grands hommes.

Enfin un Poëme *fur la Navigation.*

26 Août 1764. M. de Laverdy, Contrôleur général, a follicité la place d'Académicien honoraire de l'Académie des Belles Lettres, vacante par la mort de M. le Comte d'Argenfon. On fe doute bien qu'un Contrôleur général ne peut être refufé. Il follicitoit auffi celle d'Académicien honoraire de l'Académie des Sciences, vacante également ; mais M. de Paulmy & M. Trudaine de Montigny s'étant mis fur les rangs, il s'eft défifté, & remet fa prétention pour une autre fois.

28 Août. Le Sr. Dauberval, qui s'étoit abfenté depuis l'incendie de l'Opéra, eft de retour de fes caravanes : il a reparu & a danfé avec des applaudiffemens univerfels. Ses voyages ne lui ont point mal fait ; il paroît avoir acquis plus de perfection & plus de légéreté.

29 Août. M. de Chabanon a fait imprimer le Recueil de fes Opufcules, confiftant en une piece qui a remporté un *Acceffit* à l'Académie Françoife, fon difcours fur Homere, & une tragédie en un acte tirée d'Homere. La piece qui a eu l'*Acceffit*, eft un amas de vers bourfoufflés dignes des Chapelain & des La Serre. Le difcours en profe eft fans contredit excellent & plein de vues ingénieufes & favantes. Quant à la tragédie, elle ne mérite aucun détail.

30 *Août* 1764. Un artificier Italien ayant obtenu la permiffion d'établir un fpectacle pyrrique
ou de feux d'artifices décorés, dans un emplacement près le magazin de la ville fur les boule-
vards de la porte St. Martin, il a donné hier ce
fpectacle pour la premiere fois : il a duré une
demi-heure. On a admiré la variété des couleurs
& les formes ingénieufes de fon feu : l'exécution
n'a pas été complettement parfaite, il y a même
eu quelques accidens qui pourroient faire craindre que la police ne s'oppofât à la continuation de ce fpectacle. Plufieurs perfonnes ont été
bleffées, quelques - unes même gravement. Le
Sr. Torré prétend pouvoir remédier à ces inconvéniens dangereux, & fe flatte que la premiere fois fon fpectacle fera plus fûrement exécuté. L'emplacement eft très-grand, & le parterre contient plus de douze cent fpectateurs.

31 *Août. Clef des Myfteres*, brochure contre
les Prélats, dans le goût de l'*Anti-Financier*.
On y trouve d'excellentes chofes, & les raifonnemens de l'auteur auroient plus de poids s'ils
étoient foutenus d'une plus grande modération,
& s'il ne s'étoit pas permis des déclamations
indécentes & ameres.

1 *Septembre* 1764. Le Roi ayant agréé de
pofer la premiere pierre d'affife hors de terre
de l'Eglife de Ste. Genevieve, on fe prépare à
cette cérémonie. En conféquence, on a cru devoir donner en cette occafion l'idée de l'édifice.
Le Sr. Souflot, l'architecte, a fait élever en
décoration de toile peinte, par Machy, le portrait de ce monument. On a exhauffé en relief
de plâtre tout le contour de la place & de l'E-
glife ; il étoit figuré à la hauteur de dix pieds.

Le portrait paroît magnifiquement annoncé par l'efpace qui le précéde ; il eft compofé d'un feul ordre. On trouve de grands défauts à l'intérieur de l'églife, la porte trop petite, les colonnades étranglées, l'efcalier de l'églife bas, mefquin. C'eft le fix du mois que fe fera la cérémonie.

4 *Septembre.* Mercredi 29 Août, la Faculté de Médecine affemblée, M. de l'Epine, l'ancien des douze Commiffaires nommés pour rendre compte fur le fait de l'Inoculation, a lu un Mémoire, qui a tenu deux heures & un quart de lecture du texte, non compris les notes qu'il n'a pas eu le tems de reprendre. Ce Mémoire conclut à défendre provifoirement l'Inoculation ; fauf à l'admettre, fi elle fe perfectionne par la fuite dans les pays étrangers, au point d'être exempte de tous les inconvéniens très-grands qu'il lui reproche. Les Commiffaires, au nom defquels M. l'Epine parloit, font MM. Aftruc, Bouvart, Cochu, Baron, Verdelham & Macquart. Mercredi prochain il y aura une affemblée fur le même fujet, pour écouter le Mémoire en faveur de l'Inoculation.

4 *Septembre* 1764. M. le Marquis de Paulmi a été élu hier Honoraire de l'Académie des Sciences, à la place de feu M. le Comte d'Argenfon.

4 *Septembre.* Il paroît un livre, intitulé, *des Paffions*, qu'on attribue à Madame de Boufflers. L'auteur les réduit à deux claffes, l'*amour*, & l'*ambition*. Elle traite la premiere avec toutes les graces dont fon fexe peut embellir un fujet digne d'elle. Le développement de cette paffion dans le cœur d'une jeune perfonne eft

rendu d'une façon neuve, avec une touche de pinceau également ingénieuse & sensible.

5 *Septembre* 1764. La Faculté de Médecine s'est assemblée ce matin pour entendre la lecture du Mémoire favorable à l'Inoculation. Il a été lu par M. Petit, qu'on appelle communément l'*Anatomiste*. MM. Geofroy, Lorry, Thiery & Malouart, l'avoient signé. La matiere mise en délibération, il a été arrêté *la tolérance de l'Inoculation*. Cet avis a passé à la pluralité de 52 voix contre 25.

6 *Septembre*. Le Roi s'est rendu aujourd'hui à Ste. Genevieve, accompagné de M. le Dauphin & de plusieurs Seigneurs de la Cour. La cérémonie s'est faite sur les 11 heures & demie. M. de Coste a présenté les médailles: Mrs. de Marigny, Souflot & Gabriel entouroient le Roi. Le Pere Bernard avoit préparé une ode relative à la Féte, il l'a présentée au Roi, qui est allé voir la Bibliotheque de Ste. Genevieve, où il est resté trois quarts d'heure à se faire rendre compte des principaux ouvrages qu'elle renferme.

7 *Septembre*. On voit dans l'Avant-Coureur du 3 Septembre une Lettre à M. Dorat; elle est datée de B... signée L... & paroît écrite au nom de Mad. de Ch... On y suppose que cette Madame de Ch... est indignée de voir dans l'héroïde de *Zeila* le deshonnête procédé de Valcour. Elle ne peut concevoir qu'un François en soit capable: en conséquence on exhorte le poëte à faire venir à résipiscence l'infidele *Thesée*. On doit bien se douter que toute cette petite supercherie littéraire nous prépare une

belle Héroïde de M. Dorat , où il nous peindra
fon héros auffi vertueux qu'il a été lâche.

8 *Septembre* 1764. Le Roi vient de nommer
quatre Commiffaires à l'effet d'examiner un
ouvrage immenfe, auquel travaille depuis longtems M. *Barletti de St. Paul*, ancien Secrétaire du Protectorat de France en Cour de
Rome , & membre de plufieurs Académies. Le
titre de cet ouvrage porte *Inflitution néceffaire* ou *Cours Complet d'Education & relative*, dans lequel on trouve la vraie méthode
d'étudier & d'enfeigner les différentes fciences
convenables aux deux fexes, à tous les âges &
à tous les états. Les Commiffaires choifis font
Mrs. *Bonami & de Guignes*, membres de l'A-
cadémie des Belles Lettres, & Mrs. *de Móncar-
ville & de Paffe*, Cenfeurs Royaux.

On a demandé 1°. que ce jugement décidât,
comme s'en eft flatté l'auteur dans le Mémoire
préfenté au Roi , que l'ouvrage en queftion foit
*immenfe, important, avantageux aux jeunes
Princes de la famille Royale, utile à la nation,
honorable pour le Regne de S. M.;* en un mot,
qu'on déterminât par des raifons convaincantes
ce qu'il peut avoir fait de réellement intéreffant
pour le Roi, pour la patrie, & pour l'honneur
de notre fiecle.

2°. Afin que le jugement réponde par la force
de l'expreffion à la nouveauté de ce fyftême &
aux prétendus avantages qu'on en doit retirer,
il demande encore, *s'il eft dans le Royaume un
feul citoyen qui ait déja parçouru la même
carriere ou qui ofât l'ouvrir avec lui ; ou autrement fi l'on a déja dans le même genre quelque collection complette qui puiffe approcher*

de celle qu'il propose, & si l'on croit qu'il soit possible de rien faire d'aussi bien & même de mieux?

12 *Septembre* 1764. Rameau, sans contredit un des plus célebres musiciens de l'Europe, & le pere de l'Ecole Françoise, est mort aujourd'hui d'une fievre putride, accompagnée de scorbut. Il avoit 83 ans. Le Roi lui avoit accordé des lettres de noblesse pour le mettre en état d'être reçu Chevalier de St. Michel; mais il étoit si avare qu'il n'avoit pas voulu les faire enrégistrer, & se constituer en une dépense qui lui tenoit plus à cœur que la noblesse. Il est mort avec fermeté. Différens prêtres n'ayant pu en rien tirer, M. le Curé de St. Eustache s'y est présenté, a péroré longtems, au point que le malade ennuyé s'est écrié avec fureur : *quel diable venez-vous me chanter-là, M. le Curé? vous avez la voix fausse.*

13 *Septembre. Poésies Choisies d'Anne-Louise Karsch.* Cette femme singuliere est née en 1722 sur les frontieres de la Basse - Silesie, dans un état d'indigence. Quoique n'ayant pu avoir d'autre éducation que celle d'apprendre à lire & à écrire, & accablée de malheurs, son génie a percé de bonne heure. La nature n'agit en elle que par inspiration. Les seules pieces où elle réussit sont celles qu'elle produit dans la chaleur de l'imagination. Quand un objet l'affecte vivement, soit au milieu de la société, soit dans la solitude, son esprit s'échauffe tout à coup : c'est une Pythonisse sur le trépied. Depuis quelque tems elle est résidente à Berlin & jouit des bienfaits d'un gentilhomme Silésien, qui l'a tirée de son indigence & de ses

malheurs. Par la traduction d'une piece intitulée *l'Orage pendant la nuit* du 3 Août 1761,
on juge que c'est effectivement un génie très-
poétique, mais destitué de goût & de cette
philosophie qui est nécessaire même aux poëtes.
Au reste, cette femme doit tenir sans contredit un des premiers rangs parmi les *improvi-*
sateurs.

14 *Septembre* 1764. *Dissertations sur Elie &*
Enoch, sur Esope fabuliste, & Traité mathé-
matique sur le bonheur. On donne cet ouvrage
pour servir de Suite au *Despotisme Oriental.*
L'auteur, par une discussion très-savante, prouve
que ces personages ne sont que des êtres très-
chimériques ou du moins jette des doutes très-
fondés sur leur existence.

On voit à la tête de l'Avertissement un N. B.
,, On a cru longtems que les *Recherches sur*
,, *le Despotisme Oriental* & cette Dissertation
,, qui en est le pendant, étoient de Freret,
,, auteur de la *Lettre de Thrasibule à Leu-*
,, *cype;* mais on les croit aujourd'hui de l'au-
,, teur du manuscrit intitulé *l'Eternité du*
,, *monde,* & qui se qualifie d'ancien officier
,, de Marine.

,, Il étoit Ingénieur des Ponts & Chaussées,
,, il avoit été attaché à M. le Baron de Thiers,
,, qu'il avoit suivi en Bohême dans la guerre
,, de 1740 ,,.

16 *Septembre.* On parle beaucoup du mariage sourd de Mlle. Clairon avec M. de Val-
belle, son amant intime. On prétend que cette
actrice doit se retirer à pâques, & que ce sera
l'époque de la publication de son hymen. En
attendant elle a toujours en titre un Russe, qui

fe contente de lui baifer la main , & l'on affure
que c'eft ce qu'il peut faire de mieux.

C'eft une fureur pour courir après l'Eftampe
de cette célebre héroïne , on affure qu'elle en
a déja fait cinq cent Louis.

17 *Septembre*. M. Dorat , comme on l'avoit
prévu, fe rend aux reproches galans de la jolie
Madame de Ch.... Il convient de tous fes torts
dans une Lettre inférée dans l'Avant-coureur
d'aujourd'hui , & il promet une belle Epitre de
Valcour à Zéila.

18 *Septembre* 1764. Mlle. Du Miré , de l'o-
péra , plus célebre courtifane que bonne danfeufe , vient d'enterrer fon amant. Les Plaifans
de Paris , qui rient de tout, lui ont fait l'épitaphe fuivante , qu'on fuppofe gravée en mufique fur fon tombeau :

Mi Ré La Mi La.

22 *Septembre*. Nous venons de lire le *Dictionnaire Philofophique* de M. de Voltaire.
C'eft un réchauffé de tout ce qu'on a écrit contre la religion. Quelques articles font raifonnés
& foutenus d'argumens forts & difficiles à ré-
foudre , mais empruntés de différens Philofophes dans plufieurs endroits. Le controverfifte
s'eft fervi du ridicule , & l'on fait que ce font
les armes que manie le plus adroitement M. de
Voltaire. Cet ouvrage fait encore plus d'honneur
à fa mémoire qu'à fon jugement.

23 *Septembre*. M. Rochon de Chabannes
a donné une fuite à fa premiere piece de la
Matinée à la mode. L'Avant-coureur du 17 de
ce mois en rendant compte de la *Soirée* , annonce
la *Méridienne* de cet auteur. Il affure qu'on y
trouvera fûrement de la bonne gaîté.

Cet auteur s'étant attaché au char de Mlle.
Dangeville, l'actrice bienfaisante l'a préfenté à
M. le Duc de Praflin, a procuré à M. Rochon
par l'entremife de ce Miniftre une place de 2000
écus dans le Bureau des Affaires Etrangeres.
Il eft à craindre que la politique ne refroidiffe
fon génie comique.

25 *Septembre* 1764. On doit fe rappeler qu'il a
été queftion d'un manufcrit latin trouvé dans
la bibliotheque des Jéfuites de Bordeaux : on
vient de le traduire avec le latin à côté , fous le
titre de *Griefs de la Compagnie de Jéfus con-*
tre la Demande d'un nouveau Supérieur pour
gouverner les provinces de France. Il paroîtroit
par cet ouvrage que Louis XIV même auroit
fenti la néceffité de fouftraire cet Ordre au
régime du Général , mais qu'il n'auroit pas
eu la force d'exiger ce changement, de façon à
l'obtenir.

26 *Septembre. Annales de la Société des*
foi-difant Jéfuites , ou Recueil hiftorique &
chronologique de tous les Actes , Ecrits , Dé-
nonciations , Avis Doctrinaux , Requêtes ,
Ordonnances , Mandemens , Inftructions Paf-
torales , Decrets , Cenfures , Bulles , Brefs ,
Edits , Arrêts , Sentences , Jugemens émanés
des Tribunaux Eccléfiaftiques & Séculiers
contre la doctrine , l'enfeignement , les entre-
prifes , & les forfaits des foi-difant Jéfuites ,
depuis 1552 , *époque de leur naiffance en*
France , jufqu'en 1763. Tel eft le titre d'un
ouvrage in-4°. de plus de 800 pages , non
compris une Differtation analytique, hiftorique,
théologique & critique , qui précede : elle
contient 230 pages fur l'Inftitut , les loix , les

vœux, le régime, la doctrine, l'enseignement & la morale des Prêtres se disant de la Société de Jésus.

On voit assez que le plan de l'auteur, dans cette immense Collection, est de présenter sous le jour le plus défavorable un Institut en butte aujourd'hui à tous les traits les plus sanglants de la critique. On a mis à la tête une estampe allégorique, qui remplit cet objet. Cet écrit volumineux n'est que le premier tome de l'ouvrage entier, qui doit en former trois. Celui-ci ne va que jusqu'en 1603.

27 *Septembre* 1764. M. de Voltaire, suivant son usage, persifle le public & désavoue le *Dictionnaire Philosophique*. Voici une anecdote à ce sujet, que nous tenons du Sr. Cramer, son imprimeur à Geneve, & qui est à Paris.

Il nous a conté qu'il avoit écrit, il y a quelque tems, une lettre à M. de Voltaire, dans laquelle, en lui rendant compte de ce nouveau livre dont on parloit à Paris, fort scandaleux, fort connu, fort couru & très-bien fait au dire des connoisseurs, il ajoutoit qu'on le lui attribuoit, qu'il le prioit en conséquence de vouloir bien lui en envoyer un exemplaire.

M. de Voltaire lui a répondu qu'il avoit, ainsi que lui, ouï parler de ce *Dictionnaire Philosophique*; qu'il ne l'avoit pas lu, mais qu'il desiroit, ainsi que M. Cramer, très-ardemment l'avoir en sa possession; qu'il lui demandoit en grace de lui en procurer la lecture, dès que ce livre tomberoit entre ses mains.

M. Cramer a riposté à M. de Voltaire, qu'il avoit fait voir sa Lettre à tout le monde, suivant ses intentions qu'il présumoit, quoiqu'il ne le lui eût pas ordonné ; qu'actuellement que la farce étoit jouée, il le supplioit de nouveau très-instamment de lui envoyer un exemplaire de cet ouvrage.

28 *Septembre* 1764. Hier on a célébré aux Peres de l'Oratoire un Service pour le repos de l'ame de *Rameau*. C'est l'Opéra qui en a fait les fraix, & comme on vouloit éviter les querelles occasionnées lors de celui fait à St. Jean de Latran pour feu Crebillon, on a fait les invitations sur le billet au nom de la veuve, &c. Il y avoit 1600 billets. Le concours a été nombreux, l'orchestre étoit immense, & l'on n'a jamais vu d'exécution aussi complette. On avoit adapté aux circonstances différens morceaux de *Castor & Pollux* & d'autres Opéra de Rameau. Le fond de la Messe étoit celle de *Gilles*: digne façon de célébrer ce grand homme. C'est ainsi qu'autrefois à la mort de Raphaël on exposa sur sa tombe, son tableau *de la Transfiguration*.

29 *Septembre*. *Epitre d'Alcibiade à Glycere, Bouquetiere d'Athenes, suivie d'une Lettre de Venus à Paris, & d'une Epitre à la Maîtresse que j'aurai*. Le premier morceau est piquant par la tournure & par les contrastes dont il est susceptible. On le suppose écrit du palais d'une Reine dont il est l'amant. Le caractere d'Alcibiade, un peu françois, est très-bien peint dans cette Lettre, où l'on sent qu'il y a beaucoup de lieux communs. Le second ouvrage est plein de répétitions & n'offre que des images retournées. *L'Epitre à la Maîtresse que j'aurai*, est une fantaisie neuve, remplie de choses fines & spirituelles. C'est au gré des connoisseurs

connoiffeurs la meilleure piece des trois. Malheureufement le cercle dans lequel fe circon-
fcrit l'auteur, eft fi étroit qu'il revient fouvent
fur fes pas. Ce recueil eft de M. de Pezay, l'ami
de M. Dorat, & qui, de concert avec lui, forme
ainfi des couronnes poëtiques pour toutes les
Belles.

30 *Septembre* 1764. On vient d'imprimer en
Hollande un manufcrit que les curieux s'étoient
procuré à grands fraix : c'eft la *Confeffion du
Curé d'Etrepagny.* Voici l'anecdote. Jean Mef-
fier, Curé d'Etrepagny & de Buf en Cham-
pagne, mort en 1723, âgé de 55 ans, laiffa
trois copies de fa main d'un ouvrage contenant
fes fentimens fur la Religion. Sur le *verfo* d'un
papier qui fervoit d'enveloppe, étoit écrit :
*j'ai vu & connu les abus, les erreurs, les
vanités, les folies & les méchancetés des hommes ; je les ai haï & détefté : je n'ai ofé le
dire pendant ma vie, je le dirai au moins en
mourant & après ma mort. C'eft afin qu'on le
fache que j'ai écrit le préfent Mémoire, afin
qu'il puiffe fervir de témoignage à la vérité à
tous ceux qui le liront.*

Ce Curé étoit de fort bonnes mœurs, il ne
lifoit que la Bible, quelques Peres & des Philofophes. On croit qu'il s'eft laiffé mourir de
faim, n'ayant rien voulu prendre fur la fin de
fa vie.

On a trouvé dans fes papiers en imprimé *le
Traité fur l'exiftence de Dieu & fur fes attributs,* par M. de Fenelon; & *les Réflexions du
pere Tournemine Jéfuite, fur l'Athéifme ;* &
en marge il y a des notes & des réponfes fignées
de fa main.

Tome I.   E

Il avoit écrit deux Lettres aux Curés de fon voifinage, pour leur faire part de fes fentimens. Il leur déclare qu'il a configné au Greffe de Ste. Menehould, juftice de fa paroiffe, une copie de fon écrit, mais qu'il craint qu'on ne le fupprime, fuivant le mauvais ufage établi d'empêcher que les peuples ne foient inftruits & ne connoiffent la vérité.

Un jour qu'il fe trouvoit à Paris, dans une Compagnie où l'on parloit du nouveau *Traité de la Religion* fait par l'abbé Houtteville, un jeune libertin ayant voulu plaifanter : *Monfieur*, lui dit le Curé d'un ton févere, *il eft fort aifé de tourner la Religion en ridicule, mais il faut beaucoup plus d'efprit pour la défendre.*

Il étoit fort ardent pour la juftice. Le Seigneur de fa paroiffe ayant un jour maltraité des payfans, il refufa de prier Dieu pour lui, fuivant l'ufage. Ce Seigneur en ayant porté fes plaintes à M. de Mailly, Archevêque de Rheims, celui-ci le réprimanda & l'obligea de le faire. Il le fit, en déclarant à fes Paroiffiens par quel ordre, & en priant le Seigneur de convertir ces riches au cœur dur [defignant fon Archevêque & fon Seigneur] , & de leur donner l'humanité dont ils avoient befoin.

1 *Octobre* 1764. On croyoit l'affaire de l'inoculation finie, mais l'affemblée s'étant affemblée le 11 Septembre, a déclaré qu'elle n'étoit point affez inftruite pour rendre un décret fur cette matiere, en conféquence déclare nul celui du 5, & il fut arrêté qu'on ne délibéreroit fur cette affaire qu'après la lecture des Notes fur les deux Mémoires dont on vient de parler.

3 *Octobre* 1764. Dans la Gazette Littéraire d'aujourd'hui on voit à l'article d'Angleterre la traduction d'un Eloge très-complet de M. de Voltaire, comme hiftorien : il eft extrait d'un Journal de cette nation, intitulé *Monthly Review.* Il dit, en parlant d'une nouvelle traduction Angloife de l'hiftoire de Pierre le Grand par ce célebre auteur :

„ Il n'y a peut-être jamais eu d'Ecrivain plus
„ propre à compofer l'hiftoire de fon tems que
„ M. de Voltaire. A la portion extraordinaire
„ de génie qu'il a reçu de la nature, il joint
„ une connoiffance intime du cœur humain &
„ des mœurs. Le ton brillant, vif & rapide de
„ fon ftyle, l'art de développer les paffions,
„ l'étude approfondie des principes des Gouver-
„ nemens, rendent fes écrits également utiles &
„ agréables ; il fait faifir ces détails de la vie
„ privée qui, quoique minutieux en appa-
„ rence, expliquant fouvent les Princes & les
„ perfonnes les plus confidérables de l'Europe,
„ lui ont fait connoître beaucoup de particu-
„ larités inconnues au commun des Ecrivains.
„ Né dans une Monarchie, il a fu concilier le
„ refpect dû au gouvernement de fon Pays,
„ avec les principes d'une noble liberté, & il
„ s'eft toujours montré un ardent défenfeur des
„ droits de la nature humaine. Ses liaifons &
„ fes principes ne l'ont rendu efclave d'aucun
„ parti. Il juge des récits des hiftoriens con-
„ temporains, avec cette mâle franchife, na-
„ turelle à un efprit éclairé & indépendant, &
„ il décide fur les événemens plutôt par les
„ probabilités & le concours des circonftances
„ que par l'autorité d'aucun Ecrivain, quel

„ qu'il foit. Ses écrits hiftoriques font une char-
„ tre des privileges de l'humanité, où la vérité
„ n'eft ni altérée par des affertions particulieres
„ ni obfcurcie par des préventions d'un efprit
„ étroit, ni trahie par un lâche attachement
„ aux opinions des autres. L'hiftoire de l'Em-
„ pire de Ruffie mérite tous les éloges que
„ nous donnons à M. de Voltaire : l'ignorance
„ & la préfomption des Ecrivains qui ont pré-
„ tendu nous faire connoître la vie de Pierre le
„ Grand, avoient rendu cette hiftoire auffi né-
„ ceffaire qu'elle eft agréable, intéreffante &
„ impartiale.

„ M. de Voltaire voudra bien accepter cet
„ hommage des auteurs du *Monthly Review*,
„ comme un témoignage de la reconnoiffance
„ qu'ils lui doivent pour le plaifir que leur a
„ procuré tant de fois la lecture de fes écrits „.

Telle eft la façon dont s'expriment ces auteurs.
Que diront à ces éloges les ennemis de M. de
Voltaire ? Oferoient-ils le regarder comme con-
certé, mandié & peut-être envoyé par ce grand
homme ? Des hommes libres fe prêteroient-ils à
une charlatanerie auffi fervile ?

4 *Octobre* 1764. Nous tenons de la bouche de
M. Goldoni que, malgré toutes les démarches
que lui & fes amis ont faites pour le faire ren-
contrer avec M. Diderot, celui-ci a toujours
éludé : envain Mrs. Marmontel & Damilaville,
intimément liés avec ce dernier, ont-ils promis
à l'Italien de lever les difficultés, il paroît que
tous deux ont échoué dans leur négociation. Il
ne fait à quoi attribuer une antipathie auffi
forte ; il déclare qu'il n'y a que le premier
Acte du *Fils naturel* qui foit femblable au fien :

il regarde le *Pere de Famille* comme tout-à-fait opofé à celui qui eft dans fes Oeuvres , enfin il parle de ce philofophe avec un refpect , une eftime , des fentimens bien différens de ceux que l'autre a témoignés dans fes repliques aux reproches qu'on lui faifoit d'avoir pillé l'Italien.

Ce grand auteur [Goldoni] travaille à la fois pour trois théâtres, celui d'ici , pour le Portugal & pour l'Italie.

Ses *Inimitiés d'Arlequin & de Scapin* , piece en trois actes , font grand bruit par les incidens heureux , plaifans & variés dont elle eft pleine.

6 *Octobre* 1764. M. l'Archevêque étant à Conflans depuis quelques jours , à l'occafion d'une humeur fiftuleufe dont on le croit atteint au podex , les plaifants ont fait l'épigramme fuivante. On s'adreffe à Moreau , fon chirurgien :

Moreau ! quelle eft ta gloire & ta vocation !

Le ciel t'a réfervé pour cette occafion :

Il anime ton zele & ton patriotifme ;

Par toi s'opérera ce grand événement,

Ton bras fappera fourdement ,

Le fondement du Fanatifme.

7 *Octobre.* Les *Oeuvres de Mad. du Boccage* , en trois gros volumes. A la tête on voit fon portrait , avec cette infcription : *forma Venus , acto Minerva.* Il n'eft de nouveau dans ce Recueil que celui de fes Lettres , lors de fes différens voyages en Angleterre , en Hollande & en Italie : les mœurs des peuples qu'elle a vus y font très-fuperficiellement dépeintes & ne préfentent rien de neuf , ni du côté hifto-

rique, ni du côté philofophique. C'eft ce qui s'appelle écrire pour écrire. Du refte, on fait déja à quel rang doit être placée comme auteur Madame du Boccage : quelques éloges que lui aient prodigué l'adulation nationale & même étrangere, la poftérité ne pourra que louer fes efforts, & regretter de n'avoir pas vu les charmes de fa figure.

9 *Octobre* 1764. On a imprimé dans l'Avant-coureur du prèmier Octobre le rapport des Commiffaires nommés pour exàminer le plan d'Education propofé par M. Barletti de St. Paul, & que nous avons annoncé.

Ce rapport pulvérife de fond en comble le prétendu fyftême, & le fait voir tantôt comme peu neuf, tantôt comme infuffifant, fouvent comme ignorant, & quelquefois comme abfurde.

On finit par reprocher à l'auteur qui ne veut point qu'on occupe de religion les enfans avant 13 ans, qu'il tombe dans le dangereux fyftême du philofophe Genevois, qu'il ne propofe pas même d'autre voie pour donner jufqu'à cet âge des mœurs aux enfans.

Les Commiffaires font Mrs. de Marconville, de Guignes, Bonami & de Paffe.

11 *Octobre.* On a exécuté aujourd'hui aux Carmes du Luxembourg une meffe en mufique pour le repos de l'ame de M. Rameau. Cet ouvrage, de la minerve de M. Philidor, ne répond point à l'idée qu'on avoit conçue de lui : il n'a point déployé la compofition majeftueufe & terrible qu'exige le fujet. On a retrouvé l'auteur de l'opéra comique prefque partout, & l'on a vu avec douleur qu'il ne pouvoit s'élever au fublime. D'ailleurs l'exécution a été des

plus mauvaifes, tant par le petit nombre d'acteurs, que par le défaut de goût & d'organe dans la plupart de ceux qui ont chanté.

11 *Octobre* 1764. On a fait hier l'ouverture du collège de Louis le Grand. On fe doute bien que le concours étoit grand, furtout en Janfeniftes. Quelle gloire pour eux de voir expulfés leurs ennemis d'un lieu où ils avoient lancés tant d'anathêmes contre eux ! Les Commiffaires du Parlement, Mrs. Rolland, Rouffel & Laverdy ont mis à cette cérémonie toute la morgue Magiftrale ; ils ont reçu tous les honneurs, c'étoit pour eux un vrai jour de triomphe.

12 *Octobre*. M. Rochon de Chabannes vient de faire un bouquet poétique dans une efpece neuve & agréable, il eft adreffé à Madame ***:

Life, je t'offre un cœur au beau jour de ta fête
Dont tu vas dédaigner la frivole conquête.
C'eft un jeune inconftant, un papillon léger,
Qui d'objets en objets fe plaît à voltiger.
 J'aime d'abord une femme fort fage,
 Mais vertueufe avec aménité,
 Qui ne fait pas de cette qualité
 Se targuer trop, ainfi que c'eft l'ufage.
Comme à voir cependant de ces femmes de bien
 Un amoureux n'avance rien,
Je vais lorgnant une beauté piquante
 Dont la vivacité m'enchante,
Qui raifonne à ravir, déraifonne encor mieux,
Et déride mon front par maints propos joyeux.
Euterpe an même inftant lui ravit la victoire :
Je ne puis réfifter aux chants les plus flatteurs ;

E 4

J'entends fous fes doigts créateurs
Raifonner la corde & l'ivoire :
Comme fa voix fe marie à leurs fons !
Quelle douceur, quelle jufteffe !
Arrête, aimable enchantereffe,
Mon cœur fe trouble à tes chanfons.
Que dis-je ? un autre objet vient le rendre infidelle,
C'eft toi, digne fille d'Appelle :
Que faites-tu ? quel mortel anime ton pinceau !
Ah ! fi j'étois l'amant dont ton ame eft remplie,
Et qu'Amour m'eût caché derrière le tableau,
Que promtement écartant la copie
Tu verrois, enivré des tranfports les plus doux,
L'original tomber à tes genoux !
Mais non, ne me crois point ; Terpficore s'avance :
Les Graces & l'Amour accompagnent fes pas.
La vois-tu qui marche & qui danfe ?
Adieu, bon foir, je vole dans fes bras.
Voilà les trahifons que je te fais fans ceffe,
Et toutefois je fuis des plus conftans,
Tous ces objets de ma tendreffe
Ce n'eft que toi fous des noms différens !

13 *Octobre* 1764. *Maifon d'Education.* Ce
projet eft de M. de Baftide, quoiqu'il ne fe nomme pas. Il fe propofe d'avoir huit Eleves à 10000
livres de penfion chacun, par an ; ce qui fait un
revenu de 80000 livres de rentes. Il s'engage à
les nourrir, chauffer, éclairer, porter, inftruire
dans tous les arts, excepté le manege. Il les
menera aux fpectacles, aux promenades, les
fera dîner avec des artiftes célebres, &c. Enfin

c'eſt un projet fol d'éducation, mais auquel l'auteur ne perdroit ſûrement pas. Si l'on doute des talens, de la bonne foi, de la capacité de l'auteur, il ſe renomme de M. d'Alembert, & renvoie à ce Philoſophe les incrédules.

14 *Octobre* 1764. Il court dans le monde une Epître familiere de l'auteur de la *Soirée à la mode*, à une jeune femme qui lui a fait préſent d'une robe de chambre. Avec des choſes heureuſes on y trouve ces vers ſinguliers :

> Que d'autres dans Paris étalent leurs galons,
> Leur large broderie & leur friſure à l'ambre,
>   Et le luxe de leurs talons ;
> Dans mon bonnet de nuit, dans ma robe de chambre....

15 *Octobre* 1764. *Vers à M. le Duc d'Aiguillon.*

> Couvert de farine & de gloire,
> De Saint Caſt héros trop fameux,
> Sois plus modeſte en ta victoire,
> On peut d'un ſouffle dangereux
> Te les enlever toutes deux !

16 *Octobre.* On vient de réimprimer le *Teſtament Politique du Cardinal de Richelieu*, ſous le nom de *Maximes d'Etat.* Il paroît déſormais prouvé par les faits que cet ouvrage, malgré les raiſons fortes & ſupérieures de M. de Voltaire, eſt réellement de ce grand Miniſtre : ſa famille a fait des recherches dans le dépôt des Affaires Etrangeres, dans la Sorbonne, dans des Bibliothéques particulieres, & on y trouve les différens manuſcrits originaux, dont M. de Voltaire ignoroit l'exiſtence. Outre les autres on en a

découvert un qui sert de Suite au premier Chapitre, & qui est corrigé en plusieurs endroits
de la propre main du Cardinal.

Cette Edition est ornée du portrait du Cardinal, & précédée d'une Préface bien écrite.
Le texte est accompagné de notes critiques &
historiques. L'ouvrage est terminé par une Lettre de M. de Foncemagne, beaucoup plus étendue que celle qui avoit déja paru, & dans laquelle ce savant Académicien prouve que ce Testament est incontestablement du Cardinal.

18 *Octobre* 1764. M. Robé de Beauvezais, si
connu par ses ouvrages libertins & par son fameux
poëme *sur le Mal de Naples*, vient de trem-
per sa plume dans une autre encre. Depuis quelque tems, sans être dévot, il s'est jetté dans le
parti des convulsionnaires, dont il est l'apôtre
le plus zelé. Il pousse la fureur au point de
faire un poëme en faveur de la religion en six
chants. Il paroît avoir suivi à peu près le plan
de M. Racine; il se distinguera sans doute par
une maniere différente; mais ce qui rendra cet
ouvrage original, c'est une apologie des convul-
sions, par où le poëte termine son poëme &
pour laquelle tout le reste semble avoir été préparé.

19 *Octobre*. M. de la Condamine ne cesse
de militer en faveur de l'Inoculation : de tems
en tems il ranime le courage des combattans
par des Lettres calculées sur cette matiere. Il
en paroît deux nouvelles de cet illustre défen-
seur : son grand argument est que plus de 30000
personnes en France sont tous les ans victimes
de la petite vérole naturelle, & qu'elle en mu-
tile, estropie ou défigure un plus grand nom-

bre. Au contraire, cent perſonnes au plus ſuc-
comberoient à la nouvelle pratique, en ſuppo-
ſant un accident ſur 300. Il ne doute point que
ce raiſonnement ne faſſe une grande impreſ-
ſion. Ces deux Lettres doivent inceſſamment
être ſuivies de deux autres du même auteur,
où il rend compte des ouvrages qui ont paru
pour & contre l'Inoculation.

20 Octobre 1764. M. Dorat vient de célébrer
dans une Epitre agréable & légere l'auteur des
Graces & autres petites comédies naïves, qu'on
vient de remettre au Théâtre : le peintre eſt digne du modele, & ces deux auteurs ſont bien
faits pour s'amalgamer enſemble. On remarque
toujours dans l'auteur des vers la même facilité,
le même agrément, la même tournure ; c'eſt
une Muſe inépuiſable, qui répand ſans ceſſe ſur
ſes traces les fleurs avec profuſion.

21 Octobre. Le Sr. Fréron, dans une de ſes
Feuilles, après avoir fait une analyſe très étendue de la piece de M. de Chamfort qui a remporté le prix de l'Académie Françoiſe, & de
l'Epitre à un Commençant par M. le Prieur qui
a eu un Acceſſit, ne balance pas à donner un
ſouflet à l'Académie & à mettre cette dernière
Epitre fort au deſſus de l'autre.

23 Octobre 1764. Le poëte Roi, Chevalier
de St. Michel, très connu par ſes Poëmes Lyriques, par le mordant de ſon génie, & la cauſ-
ticité de ſon caractere, eſt mort de conſomp-
tion. Depuis pluſieurs années il s'étoit entiére-
ment retiré du monde & menoit un genre de
vie tout oppoſé à celui dans lequel il avoit vécu : ce qui l'avoit fait paſſer pour mort. Il ne
faiſoit plus que végéter, il avoit 81 ans : il

laiffe une fortune confidérable & un fils Capitaine d'Infanterie.

14 *Octobre* 1764. La Faculté de Médecine a tenu
plufieurs féances pour entendre la lecture du
Mémoire de M. de l'Epine contre l'Inoculation.
Il a été arrêté aujourd'hui qu'il feroit imprimé
pour être diftribué aux Docteurs, & que M.
Petit, qui a écrit en faveur de l'Inoculation, auroit toute liberté d'y répondre.

24 *Octobre*. Le Clerc, Muficien célebre &
très connu par fes fonates, ainfi que fon talent
pour le violon, a été affaffiné il y a trois jours,
à dix heures du foir en rentrant chez lui.

25 *Octobre* M. d'Alembert a fait inférer
dans plufieurs papiers publics & notamment
dans le Journal Etranger, une Note, où il avertit que s'il a confenti à être nommé dans le Profpectus intitulé *Maifon d'Education*, c'eft uniquement comme connoiffant M. de Baftide qui
en eft l'auteur, mais que d'ailleurs il n'a jamais
prétendu fe rendre refponfable du projet dont
il s'agit; il déclare que c'eft à M. de Baftide
feul qu'il faut s'adreffer pour s'inftruire de ce
qui concerne ce projet.

26 *Octobre*. Il vient de s'ouvrir une foufcription chez M. *Browk* pour faire avec toute la
pompe poffible un nouveau fervice pour M. Rameau, & pour lui élever une ftatue de marbre
qui fera confiée aux foins de M. Pigale. M. de
Chabanon, auffi connu par fon goût pour la
mufique & par fes connoiffances théoriques &
pratiques en ce genre, s'eft chargé de faire
l'éloge du grand homme dont il eft queftion.

26 *Octobre* 1764. *Lettre d'un Mendiant au
Public*. Cette plaifanterie eft de M. de Noga-

ret, elle roule fur l'expulſion qui vient d'être faite de ces miſérables.

27 *Octobre* 1764. On a donné aujourd'hui ſur le théâtre de Fontainebleau devant le Roi la premiere repréſentation du *Dormeur éveillé*, comédie en deux actes, mêlés d'ariettes, dont la muſique eſt de M. de la Borde. Ce dernier lyrique n'a point eu de ſuccès à la cour. On ne peut refuſer à l'auteur du génie pour ce genre de compoſition, il en montre en pluſieurs endroits, en général, beaucoup de réminiſcences, & une profuſion d'harmonie trop peu ménagée.

27 *Octobre*. M. de Voltaire ne s'eſt point borné à écrire à ſes amis en particulier, à ſes connoiſſances, à ſes protecteurs mêmes, pour tâcher de leur perſuader qu'il n'avoit aucune part au Dictionnaire philoſophique; il a encore écrit à l'Académie Françoiſe [& l'on a fait hier lecture de ſa Lettre au comité] pour déſavouer cet ouvrage que ſes ennemis, ſuivant lui, cherchent à lui attribuer. On ne peut aſſez s'étonner de la confiance de ce célebre écrivain, à croire qu'il fera prendre le change ſur ſa parole, comme ſi chaque ligne de cette œuvre philoſophique ne portoit pas le caractere de ſon ſtyle & de ſon eſprit.

28 *Octobre*. Michel-Ange Slodtz, un de nos plus célebres Sculpteurs, eſt mort avant-hier.

29 *Octobre*. Hier on a donné pour la ſeconde fois ſur le Boulevard & au même lieu que l'on a indiqué près la porte St. Martin, un Spectacle Pyrrique. Pour raſſurer le public ſur la terreur qu'on avoit cherché à lui inſpirer, & prévenir tout accident fâcheux, l'entrepreneur a non-ſeulement reculé de beaucoup ſon artifice,

mais encore y a ajouté dans toute la longueur
un grillage de fil de fer qui laiffe jouir fans in-
quiétude de tout l'agrément des feux. L'exécution en a été promte, rapide, bien fervie : à la
fin a fubfifté une décoration en arc de triomphe tranfparent ; un rideau éclairé par le même
feu repréfentoit le Palais de Pluton.

Il y avoit dix quatrains diftribués dans dix
cartouches, foutenus par des Amours, & entre-
mêlés de dix Vafes antiques fur l'architecture
des côtés. Ces quatrains font pour la plupart
des vers galans en l'honneur du public.

On en a goûté deux entr'autres, auxquels les
circonftances ont donné lieu :

L'envie envain fur mon ouvrage
A tenté de porter fes coups,
Raffuré par votre fuffrage
Je braverai tous les jaloux.

Les vents, les frimats, les orages,
Eteindront ces feux pour un tems,
Mais, ainfi que les fleurs, avec plus d'avantage,
Ils renaîtront dans le printems.

1 *Novembre* 1764. On parle beaucoup de la
tragédie de M. du Belloy, [*le Siege de Calais*]
mais fon exécution demande des acteurs d'une
efpece toute particuliere. Mlle. Clairon qui pro-
tege la piece, en a fait débuter un dont le nom
feul & la qualité ont attiré tout Paris : c'eft un
Avocat transfuge du Barreau, qui a voulu dé-
ployer fes talens au théâtre & chauffer le cothur-
ne. La Melpomene Françoife, enchantée de
cet enlèvement, a fait tout ce qu'elle a pû

pour étayer fon début : il paroît que fa cabale n'y pourra fuffire.

2 *Novembre* 1764. Les Comédiens Italiens ont donné fur leur théâtre un Ballet, qui a pour titre *Ulyffe dans l'isle de Circé*, de la compofition de M. *Pitre*. Ce Ballet très bien deffiné, mais peut-être un peu trop long, attire tout Paris : on y trouve à la vérité une grande imagination & beaucoup de nouveauté. L'Opéra en conçoit de la jaloufie, & ne veut pas que ce théâtre inférieur jouiffe de ces fpectacles à grandes machines.

3 *Novembre.* On peut fe rappeler les inftances de l'Impératrice de Ruffie pour engager M. d'Alembert à paffer en Ruffie, & le refus dans lequel il a perfifté. Elle vient de lui envoyer une Médaille d'or avec une Lettre très obligeante. Cette Médaille porte d'un côté le portrait de cette Souveraine, & de l'autre le palais qu'elle vient de faire conftruire pour y recevoir es Enfans trouvés.

2 *Novembre.* On vient d'imprimer plufieurs Lettres de J. J. Rouffeau, ci-devant Citoyen de Genève. Ce petit recueil n'eft remarquable aujourd'hui que par la première fans date adreffée à M. de Voltaire. Elle répond à l'envoi qui lui avoit été fait des Poëmes fur *la Religion Naturelle* & fur *le Défaftre de Lisbonne.* Ce qui fait croire que cette Epitre eft ancienne : elle contient plus des deux tiers de la brochure [39 pages] qui eft de 56 pages in-12. Les autres font connues. Rouffeau, en applaudiffant à l'art féducteur avec lequel M. de Voltaire fait préfenter fes opinions, prétend qu'il n'eft rien moins que d'accord fur la folidité de fes preu-

ves, les refute avec cette énergie qui n'appartient qu'à lui : mais en combattant les divers fystêmes hazardés par M. de Voltaire, il tombe lui-même dans des écarts qui ne permettent pas au Gouvernement d'en tolérer la publicité.

3 Novembre 1764. *Socrate, tragédie en cinq actes & en vers.* Elle est dédiée à Madame la Comtesse d'Huenbecque. Cette Epitre n'est point un ennuyeux panégyrique de l'héroïne, c'est une dissertation fort bien faite sur l'art dramatique. Elle est d'un homme qui a de l'esprit, des connoissances, du discernement. La tragédie est d'un poëte des plus médiocres, il y a cependant des hardiesses qui n'appartiennent qu'à ce génie. L'auteur, pour soutenir ces cinq actes, a été forcé d'avoir recours à un amour, encore plus froid que son héros.

4 Novembre. Les amateurs de l'antique se plaignoient depuis longtems du rajeunissement de *Tancrede* : ils prétendent qu'on auroit aussi bien fait de lui conserver sa vieillesse respectable, que d'y semer de côté & d'autre des airs, des chœurs, des ariettes, qui ne sont pas absolument analogues au genre majestueux de ce tems-là. Les Directeurs de l'Académie, pour se prêter aux desirs du public, se disposent à en substituer d'autres : ils ont choisi la *Magie de Pyrrhus*, Opéra de feu Royer, pour remplacer celle du quatrieme Acte qui n'a pas réussi.

5 Novembre. M. de Voltaire ne se tient point battu ; & à l'occasion de la nouvelle édition du *Testament du Cardinal de Richelieu*, où l'on établit incontestablement qu'il est de ce grand Ministre, il vient de faire paroître une brochure, sous le titre de *Doutes nouveaux*,

&c. Il paroît que cet ouvrage avoit été fait anciennement pour répondre à M. de Foncemagne. M. de Voltaire le tire aujourd'hui de son porte-feuille & y a ajouté tout ce qui pouvoit le rendre intéressant pour le moment. On ne sauroit trop applaudir aux politesses & aux égards avec lesquels M. de Voltaire replique à M. de Foncemagne.

6 *Novembre* 1764. Les Comédiens François ont mis au théâtre *l'homme singulier*, comédie en cinq actes & en vers, de feu M. Nericault Destouches, de l'Académie Françoise : cette piece n'avoit point encore été représentée. On y a fait quelques corrections & quelques retranchemens nécessaires pour la faire jouer : elle étoit imprimée depuis quelques années dans les dernieres éditions de M. Destouches. On y trouve des beautés & des traits dignes du célebre auteur du *Glorieux* & du *Philosophe Marié*. En général, cette comédie ne fait pas fortune.

7 *Novembre*. Les trois nouvelles Lettres de M. de la Condamine sur l'Inoculation, roulent 1°. sur ce que l'on doit attendre de l'Arrêt définitif du Parlement : 2°. notice des ouvrages qui ont paru depuis un an pour ou contre l'Inoculation : 3°. sur les trois dernieres assemblées de la Faculté de Médecine. Le grand argument de l'auteur est, *Natura Decimus perit, hac Millesimus Arte*. Son zele ne se dément en aucun de ses écrits : il prétend que les contradicteurs passeront, & que l'Inoculation restera.

8 *Novembre* 1764. Un de ces forcénés dont le génie satyrique ne peut rester circonscrit dans les bornes de l'honnêteté, vient de faire une sortie affreuse contre les Fermiers Géné-

raux , dans un poëme qu'il appelle les *Antropo-phages*. Rien de si misérable que cette décla-mation : c'est un tissu d'injures & d'invectives mal cousues , dans des vers assez plats. Pour leur intelligence on y a substitué des Notes qui rappellent à peu près tous les griefs énon-cés dans *l'Anti-Financier*. Ce libelle pitoyable attire la sévérité de la police , & en reçoit tout son lustre. Il y a eu des libraires de Rouen en-voyés à la Bastille, des colporteurs arrêtés ,&c.

9 *Novembre* 1764. M. le Comte d'Argenson avoit rassemblé beaucoup de manuscrits très-cu-rieux de tout genre & de toute espece ; il avoit été à même par ses emplois de se procurer les plus rares : de ce nombre sont deux volumes de *Lettres originales de Henri IV*. Il les a légués à M. le Président Henault, si connu par son *Abregé de l'Histoire de France*, & M. le Marquis de Voyer les lui a remis aujourd'hui.

9 *Novembre*. Par des Lettres de Lisbonne, on apprend qu'on a trouvé en creusant dans un vieux bâtiment brûlé dans le dernier incendie, une urne contenant 300 médailles d'or de l'Em-pereur *Titus*. L'inscription qu'elles portent, sem-ble indiquer qu'elles ont été frappées après l'Expédition de cet Empereur contre les Juifs : *Tito Vespasiani filio , Judæis subactis*.

10 *Novembre*. On écrit de Parme, que le célebre Tronchin , après avoir inoculé heureu-sement l'Infant *Ferdinand*, a reçu du Prince, son pere, les honneurs les plus flatteurs ; que la communauté de la ville de Parme, d'abord allar-mée de cette méthode nouvelle, ayant eu part de son heureux succès, a écrit une lettre au Ministre de son Altesse Royale , en remercie-

ment & en témoignage de reconnoissance : en conséquence, elle supplie son Altesse Royale de permettre d'expédier à M. Tronchin un Diplôme, par lequel il seroit admis au rang de Citoyen avec les cérémonies accoutumées , & d'ériger en son honneur dans l'hôtel de ville une inscription en marbre , pour perpétuer la mémoire de ce grand événement ; enfin de faire frapper une Médaille , sur laquelle sera représentée d'un côté la tête de ce savant Médecin , & de l'autre un revers allégorique avec une devise analogue. Ce revers doit être composé sur une comparaison ingénieuse ; tirée des Mémoires de M. de la Condamine sur l'inoculation. D'après cette comparaison il représentera un fleuve rapide , que s'efforceront de traverser plusieurs nageurs entraînés par le torrent, tandis qu'un homme sur le rivage montre à un autre homme une petite barque , dans laquelle il pourra gagner en sûreté l'autre bord. On lira pour devise ces mots d'Ovide : *tutissimus ibis*. L'Infant a approuvé cette proposition.

11 *Novembre* 1764. M. de Voltaire , malgré la haute opinion qu'il affiche des profondes connoissances de M. de Foncemagne , est si peu disposé à se rendre aux preuves qu'il allegue en faveur du Testament du Cardinal de Richelieu , qu'il écrivoit dernierement à un de ses amis qu'il étoit à ce sujet comme les hérésiarques , qui s'enracinent dans leurs erreurs à mesure qu'ils vieillissent.

12 *Novembre.* Il paroit sourdement une brochure sous trois titres consécutifs : 1°. *Collection complette des Oeuvres de M. de Voltaire :* 2°. *Ouvrages Philosophiques pour servir de*

preuves à la *Religion de l'auteur*: 3°. *l'Evan-gile de la Raison*, ouvrage posthume de M. de M..... Viennent ensuite cinq pieces : 1°. *Saül & David*, tragédie ; on a déjà parlé de cet ou-vrage de M. de Voltaire: 2°. *Testament de Jean Meslier* ; on a également fait mention de ce Ma-nuscrit très précieux de la part d'un Prêtre de bonnes mœurs & fort instruit : 3°. *Catéchisme de l'honnête homme*. C'est un extrait du livre de J. J. Rousseau sur l'Education : 4°. *Sermon des Cinquante*. Cette Dissertation, qu'on a attribuée d'abord à M. du Marsais, le Grammairien, en-suite au Médecin la Metrie, se donne ici com-me sortie des mains d'un Prince très instruit: 5°. *Examen de la Religion dont on cherche l'é-claircissement de bonne foi*. Celui-ci est assez généralement réputé de M. de St. Evremont. On ne peut regarder que comme très redoutable un recueil d'autorités & de raisonnemens aussi forts contre la Religion.

13 *Novembre* 1764. L'Académie Royale des Inscriptions a fait aujourd'hui sa rentrée publi-que d'après la St. Martin. M. le Beau, Secrétaire de l'Académie, a annoncé que le sujet proposé l'année derniere pour le prix fondé étoit *d'exa-miner ce qui concerne les prêtres Egyptiens, leurs fonctions & ce qui les distinguoit des au-tres citoyens*. Il a été remporté par M. *Schmidt*, Conseiller intime du Margrave de Bade-Dour-lach. C'est le 9e qui lui est adjugé. M. le Beau a lu ensuite *l'Eloge de M. le Comte d'Argenson*, ancien Secretaire d'Etat de la guerre & Mini-stre. Cet Eloge a été fort applaudi.

M. le Beau, son frere, a lu une Dissertation *sur l'âne d'or d'Apulée*, & particuliérement sur

les cérémonies des Initiations ; il y fuit fon projet de tirer des anciens Romains des connoiffances fur les ufages de l'antiquité.

A fuivi un Mémoire de M. Bonami fur les *titres d'honneur donnés à nos Rois & finguliére-
ment fur celui de fa Majefté*, qui fignifie la fu-
prême grandeur & qui ne fe donnoit autrefois qu'à
la Divinité. Cette qualification eft devenue la
qualité diftinctive des Rois depuis le traité de
Munfter.

Le troifieme Mémoire étoit de M. Danville,
fur *l'étendue de Conftantinople*, comparée à celle de Paris, où cet habile Géographe fait voir
que la premiere de ces deux villes doit le céder
à l'autre en grandeur, malgré l'opinion contraire établie fur de fauffes échelles, des plans de
décombres & autres.

14 *Novembre* 1764. La Séance publique de
l'Académie Royale des Sciences a commencé aujourd'hui par la lecture de *l'Eloge de M. le
Comte d'Argenfon*, qu'a fait & prononcé M. de
Fouchy, Secrétaire de l'Académie.

On a lu enfuite un Mémoire de M. l'abbé de
Chappe fur les *Reffources de prendre les Longi-
tudes en Mer*, d'après les recherches & les dé-
couvertes de feu M. l'abbé de la Caille ; où il a été
fait mention de tout ce que l'Angleterre & la
France ont entrepris en dernier lieu fur cette
importante matiere pour la Marine.

M. de Morand a lu le fecond, fur *l'Hiftoire
Phyfique & Anatomique des Nains*.

Ce Mémoire contient deux parties, dont l'u-
ne eft toute entiere de M. le Comte de Treffan,
& l'autre confifte en des réflexions de M. Morand fur cette premiere partie ; M. de Treffan

ayant envoyé à l'Academie une defcription exacte de la perfonne du Nain fi connu du Roi de
Pologne Staniflas, nommé *Bebé*, la relation de
fa naiffance, de fa vie, de fes mœurs & de fa
mort, le tout accompagné de la ftatue ou plutôt de la moulure en cire de fa perfonne, habil-
lée de fes habits & coëffée de fon bonnet & de
fes propres cheveux.

C'eft à cette occafion que M. Morand a donné fes réflexions, tant hiftoriques qu'anatomi-
ques, fur les Nains en général, qu'il fubdivife
en deux efpeces; favoir ceux qui le font primi-
tivement en venant au monde, par la conforma-
tion de leurs parties; & ceux qui, étant nés tels
que le commun, ne deviennent Nains que par
des maladies & des accidens arrivés dans leur
enfance.

Ce qu'il a remarqué à ce fujet & prouvé par
l'expérience, c'eft que les Nains de la premiere
efpece vivent peu, & à peu près en raifon de leur
ftature, 20, 25 ou 30 ans tout au plus; & que
les autres, toujours les plus difformes, vivent
presqu'autant que les hommes ordinaires.

L'affemblée a fini par le 3e. Mémoire de M.
de Parcieux fur *les inondations de la Seine à
Paris*, matiere des plus importantes pour cette
Capitale, fur les defordres qu'elles y ont caufés,
& fur les mefures qu'il y auroit à prendre pour
les prévenir ou pour en diminuer les fuites funeftes.

15 *Novembre* 1764. *Difcours qui a remporté
le prix d'Eloquence* de l'Académie de Befançon
en 1764, par M. Coffon. On prouve dans ce
difcours éloquent que les progrès des modernes
ne doivent pas difpenfer de l'Etude des Anciens.

On y propose avec raison ce précepte d'Horace,
exemplaria Græca nocturna versate manu versate diurna. M. Coffon eft un jeune orateur,
qui donne les plus grandes efpérances ; c'eft un
enthoufiafte éclairé d'Homere , qu'il venge dignement des farcafmes de Perrault & de la Motte. Son ouvrage eft rempli de traits vigoureux,
qui annoncent la trempe mâle de fon goût &
une profonde Littérature.

15 *Novembre* 1764. Le Sr. Paliffot vient de
rendre publique une méchanceté contre Poinfinet, intitulée *la gageure de Poinfinet.* C'eft une
fiction adroite, par laquelle il dévoile tous les
larcins de l'auteur ; il fait voir que fon Drame
n'eft qu'un ouvrage de marqueterie , dont les
différentes pieces ont été prifes dans plufieurs
auteurs comiques cités ; enforte qu'il ne refte
rien à ce petit homme, pas même le titre qu'il
dit avoir été pris chez lui Paliffot.

19 *Novembre.* Le Gazetier Eccléfiaftique,
dans fa feuille du 12 Novembre 1764 , fait
mention à l'article de Paris d'un *Almanach chinois , ou coup d'œil curieux fur la religion , les fciences , les arts , les ufages & les mœurs des peuples de la Chine.* Il s'exprime avec fon amertume ordinaire fur cet ouvrage peu connu en
France , & dont la notice lui eft arrivée d'Italie.
Il le regarde comme un livre émané du fein Jéfuitique , pour faire leur apologie , & attaquer
indirectement la Religion & fes vrais défenfeurs.
Il finit par déclarer qu'il eft de l'abbé de la Porte,
Prêtre Ex-jéfuite, & il ajoute l'énoncé qui fuit:
„ le Sieur Jofeph de la Porte , Prêtre, eft connu
„ par diverfes compofitions indigeftes & un nom-
„ bre d'écrits fatyriques & autres ; tous font mar-

„ qués au coin de la frivolité : ce qui souvent
„ n'eſt pas encore leur plus grand défaut. Sorti
„ de la Société des ci-devant Jéſuites, le Sr. Fré-
„ ron, ſon ancien confrere, l'accueillit & ſe l'aſ-
„ ſocia dans la compoſition de ſes feuilles pé-
„ riodiques.... Nous ignorons ſi cette aſſocia-
„ tion fut longtems paiſible : des intérèts tem-
„ porels & des reproches mutuels, qu'ils méri-
„ tent probablement l'un & l'autre, la rompi-
„ rent enfin. L'abbé de la Porte ſe croyant ſans
„ doute en état de marcher ſur les pas du Sr.
„ Freron, entreprit ſon *Obſervateur littéraire,*
„ dont le but eſt le même que de l'*Année litte-*
„ *raire*, de rendre compte des romans, comé-
„ dies, hiſtoriettes & autres productions à peu
„ près du même genre ; & de cenſurer les ouvra-
„ ges les plus utiles, ou du moins d'en juger
„ ſuivant ſes préventions, & ſans jamais s'éloi-
„ gner des ſentimens de la Société, qu'ils n'ont
„ quittée l'un & l'autre qu'extérieurement."

19 *Novembre* 1764. Il paroît très clandeſtine-
ment une *Lettre d'un Chevalier de Malthe à M.*
l'Evéque de ***. L'auteur, ſous prétexte de faire
part du Bref du Pape du 4 Avril dernier à M. de
Grenoble, où le St. Pere trace le tableau touchant de la deſtruction des ci-devant ſoi-diſant
Jéſuites, des maux qui déſolent l'Egliſe de France, & invite, exhorte, encourage les premiers
Paſteurs, à s'unir entr'eux & avec le St. Siege
pour combattre les ennemis du Seigneur, traite
avec la plus grande chaleur la cauſe de la Société de Jéſus, met ſous les yeux du Prélat anonyme la conduite de feu M. de Soiſſons, de MM.
de Lyon, d'Angers, d'Alais & de leurs ſembla-
bles, qu'il qualifie d'Evêques pour le menſonge,

&

& gémit fur Israël de ne voir que les 14 Prélats pour la vérité; MM. de Paris, d'Auch, du Puy, d'Uzès, de Lodeve, de St. Pons, d'Amiens, de Langres, de Lavaur, de Pamiers, de Caftres, de Grenoble, d'Aix & de Vannes: fe plaint de la timidité de ceux qui fe font bornés à écrire au Roi & à fes Miniftres contre les entreprifes des Parlemens; que leurs lettres qu'ils n'ont ofé publier, n'inftruifent pas les peuples de leur jufte réclamation &c. Il n'eft pas poffible de rendre par extrait la chaleur du zele qui anime l'auteur; il fuffira de dire que la brochure contient 62 pages d'impreffion, très petit caractere, non compris le Bref du Pape: & qu'elles font employées avec cet enthoufiasme de parti d'un homme qui croit voir la caufe de Dieu dans celle qu'il défend. C'eft l'écrit le plus fougueux & le plus fanatique qui ait encore paru, il refpire la vengeance par les voyes les plus odieufes & les plus criminelles.

On attribue cette Lettre au Pere Patouillet, Jéfuite.

20 *Novembre* 1764. M. Dorat, toujours inépuifable en productions tendres & galantes, vient de régaler le public d'une nouvelle Héroïde; c'eft une *Lettre du Comte de Cominges à fa Mere.* Elle eft compofée d'après les Mémoires du Comte de Cominges, que M. Dorat attribue fauffement à Mad. la Comteffe de Murat; ils font de Madame de Tencin, auteur du *Siege de Calais.*

Le Comte de Cominges eft fuppofé à la Trappe, où il s'eft retiré par un defefpoir amoureux. Sa maîtreffe s'y trouve auffi; elle meurt & fe déclare en ce moment. C'eft quelque tems après

Tome II.   F

cet événement que le Comte est supposé écrire à sa mere.

A la suite de cette Lettre est celle de *Philomele à Progné*, elle avoit déja paru avec succès : mais quel foible mérite !

21 *Novembre* 1764. Les noms de Jean-Jacques Rousseau & de Diderot sont si connus dans le monde qu'il n'est pas besoin de rappeler leur célébrité : il vient de se passer un fait trop singulier pour ne le pas rapporter. Les rebelles de Corse leur ont député pour les engager à leur dresser un code qui puisse fixer leur gouvernement, ayant en horreur tout ce qui leur est venu de la part des Genois. Jean-Jacques leur a répondu que l'ouvrage étoit au dessus de ses forces, mais non pas de son zele & qu'il y travailleroit. Quant à Diderot, il s'en est défendu sur son impuissance à répondre à cette invitation, n'ayant point assez étudié ces matieres pour pouvoir les traiter relativement aux mœurs du pays, à l'esprit des habitans & au climat, qui doivent entrer pour beaucoup dans l'esprit de Législation propre à la confection d'un code de loix.

Il ne paroît pas étonnant que les Corses se soient adressés à Rousseau, auteur du *Contrat Social*, où dans une note très avantageuse il prédit la grandeur inévitable de cette République : mais à l'égard de Diderot, on ne voit pas en quoi il a pu mériter une distinction aussi flatteuse.

22 *Novembre*. La Littérature Angloise vient de faire une perte considérable par la mort de M. Charles Churchill, que ses Satyres ont rendu célebre. Il avoit passé de Londres à Boulogne pour voir son ami M. Wilkes, devenu par

fes Satyres en profe encore plus célebre que lui. Il y eft mort d'une fievre milliaire. Il a chargé par fon teftament M. Wilkes de recueillir & de publier fes ouvrages, avec des remarques & des explications. Perfonne n'eft plus propre à bien exécuter cette commiffion. M. Wilkes & M. Churchill penfoient & fentoient de même. Il eft dommage que les Satyres de M. Churchill foient trop perfonnelles & que le fond tienne à des querelles de parti & à des circonftances momentanées, dont l'intérêt varie & fe perd bientôt.

23 *Novembre* 1764. M. de la Harpe, auteur de *Warwich* & de *Timoléon*, quoique très jeune, vient de fe marier; il a époufé la fille du caffé où il avoit un logement. C'eft une jeune perfon-ne très jolie, très honnête, très modefte, & qui étoit groffe de plufieurs mois de ce Poëte fé-cond. Il paroît que les Mufes ont fait les frais les plus confidérables de cet hymen : les deux conjoints n'ont rien du tout.

24 *Novembre.* M. d'Arnaud a mis en dra-me *l'hiftoire du Comte de Cominges*, que M. Do-rat n'a préfentée qu'en recit. Cette tragédie eft en trois actes & dans le genre le plus fingulier, puifque la fcene eft à la Trappe : elle eft en vers. On fent qu'un pareil fujet doit néceffairement être très intéreffant, mais l'auteur en a-t-il tiré tout le parti poffible ? Son pinceau mol & peu pittoresque, eft-il propre à rendre tout le terri-ble d'un pareil Drame ? On y pouvoit réunir à la fois la fimplicité des Grecs, le fombre des Anglois & le tendre de notre théâtre. On doute qu'on trouve dans le *Comte de Cominges* toutes

ces qualités réunies, au point dont il étoit susceptible.

25 *Novembre* 1765. Le *Journal des Dames*,
après avoir paſſé par quantité de mains différentes
avec auſſi peu de ſuccès, vient de tomber entre
les mains de Mrs. de Sauvigny & de Semperavi.

25 *Novembre*. *Balechou*, célebre Graveur,
vient de mourir à Avignon. Il s'étoit d'abord
fait connoître par des portraits, il s'eſt immor-
taliſé par ſes magnifiques planches de Marine de
M. Vernet. La mort de l'auteur va rendre ces
morceaux encore plus curieux.

26 *Novembre*. *Lettres à M. le Duc de Choiſeuil, Miniſtre & Secrétaire d'Etat en France,
par M. Treyſſan de Vergy, Avocat au Parlement de Bordeaux.* 4°. *A Liege* 1764. Tel eſt le
titre d'un écrit publié depuis peu de ſemaines à
Londres, en faveur de M. d'Eon. C'eſt un tiſſu
abominable de complots atroces dont on accuſe
Mrs. le Duc de Praſlin, le Comte de Guerchy,
& le Comte d'Argental. Ce Vergy déclare que
ſa querelle avec M. d'Eon eſt la ſuite de ſes con-
verſations, à Paris, avec ces trois Meſſieurs ;
qu'on l'a engagé à jouer ce rôle infâme, ſous
l'eſpoir de remplacer cet Ex-Miniſtre Plénipotentiaire ; qu'il a eu la foibleſſe de ſe laiſſer ſé-
duire, mais qu'il doit un témoignage authentique à la vérité. Les événemens juſtifieront ou
détruiront ces horribles accuſations.

Dans une Note, M. de Vergy nous apprend
qu'il eſt auteur d'une brochure imprimée en 1762
en deux vol. intitulée *les uſages*, & qu'elle ſou-
leva contre lui les trois quarts des ſots & des
femmes galantes de Paris.

27 *Novembre*. M. le Marquis d'Argens vient de

nous faire connoître un Philofophe Grec Payen, par une traduction fort exacte & enrichie de Notes & de difcuffions. Cet auteur eft *Ocellus Lucanus*. Ce livre très rare , que l'auteur prétend pouvoir fervir de fuite à la *Philofophie du bon fens* , n'a point été compofé fans deffein. Il fait corps à merveille avec cette foule de productions en tout genre, qu'on éleve aujourd'hui contre la Religion. Il paroît que le germe de la plupart des fyftêmes enfantés de nos jours fur fur cette matiere, éft dans ce philofophe ancien. M. d'Argens, pour égayer la matiere, à l'exemple de Bayle , fe repofe avec complaifance fur quantité de détails obfcurs, & cherche à réjouïr fon lecteur licencieux. Le texte eft d'environ 40 pages ; & l'interprête, par fa prolixe érudition , en a fait un volume de plus de 300 pages d'un caractere très fin.

28 *Novembre* 1764. De Londres le 22 Novembre 1764. On vient depublier ici un ouvrage en 6 volumes in 12 , fous le titre de *l'Efpion Chinois* , ou *l'Envoyé Secret de la Cour de Pekin pour examiner l'état préfent de l'Europe.* Le fentiment de l'auteur du *London Chronicle* fur ce livre fait croire qu'il eft de M. d'Eon. Voici comme il s'exprime : ,, Ce ne peut être que la pro-
,, duction d'un efprit fatyrique, turbulent, irré-
,, ligieux , inconfidéré. Nous croyons y reconnoître la plume amere d'un certain Che-
,, valier , dont la querelle avec un Miniftre
,, étranger a fait un fi grand bruit dans l'Europe
,, & particuliérement dans cette ville. Cet ou-
,, vrage embraffe plufieurs fujets relatifs au gou-
,, vernement, à la religion, à la morale ; à la
,, politique, aux vertus, aux vices, aux folies,

F 3

,, aux extravagances de plufieurs nations, ac-
,, compagnés de prétendues anecdotes très peu
,, connues jufqu'à préfent, & de caracteres des
,, Rois, Princes & Miniftres, que le lecteur fage
,, & judicieux ne fauroit parcourir fans ennui ".

Nous ne pouvons encore prononcer fur cet
ouvrage que nous n'avons pas lu ; nous nous
contenterons d'obferver qu'un pareil livre peut
tout au plus exciter l'indignation : la fatyre doit
être bien platte pour ennuyer.

19 *Novembre* 1764. *Lettres Ruffiennes*. L'auteur y combat le fyftême de M. de Montefquieu
fur le *Defpotifme*: il prétend faire l'apologie de
cette forte de gouvernement. Le nom feul eft
trop révoltant pour que cet écrivain ne s'aliene
pas les fuffrages par un pareil début. Il établit
enfuite que la Ruffie n'eft point un Etat Defpo-
tique, furtout dans le fens que l'entend le Préfident. On ne peut refufer beaucoup d'érudition à l'auteur & une grande connoiffance du
droit public.

1 *Décembre*. M. de Chabanon a publié
depuis quelques jours fon *Eloge hiftorique de
M. Rameau* : c'eft une véritable amplification
de college, & tout le monde s'accorde à regarder
cette production comme l'ouvrage d'un écolier:
il a pour épigraphe *eris mihi magnus Apollo*.

2 *Décembre*. On doit fe rappeler l'*Inftruction Paftorale de M. l'Evêque d'Alais*, au
fujet des Affertions, dans laquelle il combat
avec netteté, précifion & évidence, l'erreur per-
nicieufe fur le principe des actions Chrétiennes,
& le rapport des actions à Dieu. Cette Inftruction, à laquelle a adhéré M. l'Evêque de Soiffons quelques jours avant fa mort, n'a pas été

vue du même œil par M. l'Archevêque d'Aix.
Ce Prélat a adreffé plufieurs Lettres à M. d'A-
lais, dans lefquelles il attaque cette Inftruction
& les a rendu publiques par l'impreffion. Son
adverfaire y a repondu par la même voye. On
ne peut affez s'étonner de voir des Princes de
l'Eglife auffi peu d'accord entr'eux dans des
points fur lefquels ils doivent fixer la foi des
fideles.

4 *Décembre* 1764. Les Directeurs de l'Opéra
ont remis aujourd'hui au théâtre *Armide*, malgré
le défaut d'acteurs : il y a efpérance que ce drame leur rendra de l'argent. Mlle. Dubois joue
Armide, & Le Gros *Renaud*. L'une n'a pas affez
d'étendue de voix pour fon rôle, & fes yeux
de travers lui aliénent le public; l'autre, malgré fon bel organe, joue mal & avec une froideur révoltante. On fe fauve par de beaux divertiffemens, & des morceaux de mufique qui
enlevent. Le quatrieme acte furtout réunit les
fuffrages des amateurs.

6 *Décembre*. Les efforts en faveur de l'Inoculation redoublent de toutes parts. Les écrits
fe multiplient : on voit entr'autres une *Lettre
du Docteur Maty*, Médecin Anglois, à Mrs. du
Journal Etranger, datée de Calais le 26 Octobre
& inférée dans le Supplément de la Gazette Littéraire. Ce Docteur vient à l'appui du Docteur
Gaty, qui vient de publier des *Réflexions fur
les préjugés qui s'oppofent aux progrès & à
la perfection de l'inoculation*. Il y apporte de
nouveaux argumens très forts, & il refute l'affertion avancée par quelques anti-inoculateurs,
que cette méthode avoit été abandonnée à Londres en 1730. Il en fait la chronologie hiftori-

que, & il prétend prouver que malgré les con_
tradictions des ignorans, l'Inoculation avoit tou_
jours été pratiquée à Londres.

7 *Décembre* 1764. M. *Dutens*, chargé des affaires de S. M. Brit. auprès du Roi de Sardaigne,
vient de faire imprimer un *Prospectus* sur le des_
sein qu'il a de donner une édition complette des
Oeuvres de Leibnitz. Plusieurs savans avoient
déja tenté la même entreprise. M. Dutens, par
ses vastes connoissances, est à même d'exécuter
plus heureusement cette immense entreprise ; il
se propose de faire cette édition sans le secours
de la souscription. On ne sauroit assez applaudir au projet de nous faire connoître dans toute
son étendue un homme, qui, à son mérite étonnant en Mathématiques & en Philosophie, joi-
gnoit des talens dans tous les genres où l'esprit
humain peut s'exercer.

7 *Décembre*. *The Sugar Cane, a Poesi, in*
four Books.... *La Canne de Sucre, Poésie en*
quatre Chants, avec des Notes, par Jacques
Grainger, Docteur en Médecine. Il paroît que
ce poëme, susceptible d'images neuves & intéressantes, a beaucoup de succès à Londres.

8 *Décembre*. M. de Rochefort, dont nous
avons annoncé un *Essai de traduction d'Ho-*
mere en vers, va faire paroître trois chants
de ce poëme. Il a eu la permission de l'Académie des Inscriptions & Belles Lettres de lui en
faire la dédicace. Il y a joint un discours étendu & raisonné sur ce grand Poëte, où il paroît
l'envisager avec des yeux d'une espece neuve &
particuliere.

9 *Décembre*. La gazette de France d'avant-
hier parle d'un Divertissement de la composi-

tion de M. Poinfinet, & exécuté à Trianon le mercredi 28 Octobre pour l'amufement de Noffeigneurs les Enfans de France. Les interlocuteurs font des perfonnages moraux, dans le goût de ceux des fables de la Motte, *Dame Mémoire*, *Dame Imagination* &c. On conçoit combien cela doit être froid.

11 *Décembre* 1764. On parle déja d'une nouvelle Edition du *Dictionnaire Philofophique*, augmenté de plus d'un tiers. Ceux qui connoiffent M. de Voltaire, ne font pas furpris de cette fécondité ménagée. Le livre d'ailleurs eft fufceptible de toutes les additions qu'on y voudra faire : il a déja eu l'honneur d'être brûlé à Genève. Si nous en croyons le compte ou plutôt la notice qu'en donne le Sr. Fréron, au lieu de fon avis, il cite un prétendu extrait d'une Gazette Angloife *Loyds Evening Poft* du 23 Novembre. Il faut avouer qu'il rend affez bien l'idée qu'on peut fe former de cette production de M. de Voltaire ; il eft vrai qu'il ne le préfente que fous le côté défavorable, & qu'il y a des éloges à joindre à cette critique amere & judicieufe.

14 *Décembre*. M. de la Dixmerie, qui depuis quelques années eft affocié au *Mercure* pour la partie des Contes, vient de les recueillir en deux volumes in-12. fous le titre de *Contes Philofophiques & Moraux*. Il eft fâcheux qu'il marche dans cette carriere après M. Marmontel.

15 *Décembre*. Il paroît un Volume de *Lettres Secrettes* de M. de Voltaire, publiées par M. L. B. Elles font écrites depuis 1734 jufqu'en 1744. Cette production femble cette

F 5

fois-ci vraiment une infidélité : elle contient des chofes faites uniquement pour le fein de l'amitié. Quoiqu'on annonce ces Lettres comme très-curieufes, comme relatives aux querelles de M. de Voltaire avec l'abbé Desfontaines, avec Roufleau, avec Le Franc de Pompignan, comme contenant des anecdotes littéraires & de bons jugemens fur les ouvrages du tems, on ne peut qu'attribuer à l'avidité des Editeurs cette publicité; on y trouve peu de faits, noyés dans tous les détails, ou dans tout le verbiage auquel fe livre un auteur qui écrit dans fon déshabillé.

16 *Décembre* 1764. Il court une chanfon manufcrite qui paroît venir de Nantes : c'eft une *Paraphrafe d'une Lettre écrite par M. de Laverdy, Contrôleur général, à M. le Duc d'Aiguillon,* qui tient les Etats en Bretagne. Cette pafquinade, néceffaire à recueillir comme piece hiftorique, eft moins que rien comme littéraire.

17 *Décembre. Lettre de Zamon à Zelie.* Cette héroïde eft remarquable par le fond de l'hiftoire qu'on donne comme vraie & tout récemment arrivée. Zamon eft un jeune homme de 22 ans, éperduement amoureux d'une fille du même âge : celle-ci répond à fa paffion; mais la fortune les obligeant de fe féparer ils fe jurent en fe quittant une fidélité inviolable. L'amant apprend bientôt que fa maîtreffe fe marie : le défefpoir de perdre ce qu'il adoroit, le porte à fe marier auffi. Après la mort de Zelie, on apporte chez lui une lettre de fa maîtreffe, par laquelle elle lui apprend la nouvelle de fon mariage & celle de fa mort en même tems : elle s'eft empoifonnée. On fent que cette fituation prête in-

finiment à la poéfie & fournit des orages de cœur fufceptibles d'une touche tendre & pittorefque.

18 *Décembre* 1764. Le Prince de Conti fe propofe de faire jouer à l'Ifle-Adam *le Comte de Cominges*, ou *les Amans malheureux*, drame de M. d'Arnaud, qui a fait pleurer tant de femmes. On affure que S. A. fait faire actuellement les décorations qui doivent accompagner ce fpectacle fombre, pour nous fervir de l'expreffion de l'auteur dans fa préface.

19 *Décembre*. *Timoléon* paroît imprimé : on y lit à la fin un avertiffement de l'auteur, où il s'exprime cathégoriquement fur les reproches d'ingratitude envers fes Maîtres. Il paroît braver la calomnie & cite pour fa défenfe le témoignage même de ceux auxquels on l'accufe d'avoir manqué de reconnoiffance. Cet Avertiffement, qu'il appelle *néceffaire*, eft fuivi de *Réflexions*, qu'il nomme *utiles*. Tous les Lecteurs ne feront pas du même avis.

Cette piece, qui à deux reprifes n'a eu que trois repréfentations ou quatre, eft abfolument inférieure au *Comte de Warwick*.

21 *Décembre*. Les Italiens ont donné aujourd'hui la premiere repréfentation du *Serrurier*, comédie en un acte mélé d'arièttes. Les paroles font de M. Quetan, & la mufique de M. Kohaut, Allemand, qui s'exerce pour la premiere fois dans ce genre-là. Il paroît qu'on eft affez d'accord fur la méchancété de ce drame : quant à la mufique, les fentimens font partagés : on convient pourtant en général qu'après le *Maréchal* il étoit difficile de travailler en pareil genre, fans rentrer dans la mufique imitative

F 6

de cette piece. Le tems nous apprendra dans quel rang il faut fixer la production allemande.

21 *Décembre* 1764. *Lettre à M. de* *** *Docteur en Sorbonne, fur la piece qui a remporté le prix à l'Académie Françoife* : brochure nouvelle, où l'auteur prétend démontrer qu'on trouve dans la piece de M. Chamfort les principes de Rouffeau, de M. de Montefquieu, de M. Helvetius, &c. enfin de tous les philofophes modernes, qui s'efforcent depuis longtems d'étendre leur complot fecret contre la Religion. Il s'étonne que l'Académie en couronnant cet ouvrage paroiffe en adopter tacitement la morale fcandaleufe. Ce cenfeur, homme d'efprit, colore très-bien fa critique. On ne peut excufer le poëte que par ce lieu commun, argument ordinaire de fes confreres, qu'une piece de vers n'eft pas un ouvrage théologique. Avec une pareille réponfe on gliffe ce qu'on veut. Cette Lettre eft pleine de chaleur & d'un ftyle énergique.

22 *Décembre.* On commence à exploiter fortement les Mines Littéraires Allemandes. Un M. d'Antelmy, Profeffeur à l'Ecole Royale Militaire, vient de nous donner une traduction des Fables de M. Gothold Ephraïm Leffing, & de cinq Differtations fur la nature de la fable. Les idées de l'auteur Allemand fur ce genre font trop différentes des nôtres pour les adopter. Ces fables, pleines d'efprit & de fel en général, approchent plus de la maniere de la Motte que de celle d'aucun autre de nos fabuliftes. Il y a des idées neuves, fines, philofophiques dans fes Differtations; mais il y regne une métaphyfique fort déplacée dans un genre auffi fimple, &

furtout une pédanterie révoltante. On ne peut
pardonner à cet Allemand fon humeur contre
les Italiens, les François, & même fes compatriotes : on ne lui paffe pas furtout fes critiques
de la Fontaine. Au refte, il eft curieux de voir
fur cet article la façon de penfer d'un Etranger
& fa tournure d'efprit.

24 *Décembre* 1764. On compte dans l'Avant-
coureur d'aujourd'hui 24 Décembre les annon-
ces de 72 Almanachs de toute efpece. On ne
peut qu'admirer notre rare fécondité & les grands
progrès que fait en France ce genre d'écrire.

25 *Décembre*. On annonce dans le monde
une nouvelle production de M. Rouffeau de
Geneve, *les Lettres de la Montagne*. Cet ouvrage, magnifiquement imprimé en deux volumes, roule fur le gouvernement de Geneve. On
fe doute bien que l'auteur y déploye toute fon
amertume contre une patrie ingrate à laquelle
il a été obligé de renoncer. Il y fait en conféquence l'apologie de fes ouvrages, furtout de
ceux qui lui ont attiré des perfécutions fi vio-
lentes. On prétend qu'il n'y dément en rien fes
principes hétérodoxes & fa maniere d'écrire har-
die & pleine de feu.

26 *Décembre*. On écrit de Londres qu'on y
a publié depuis quelque tems *Mémoirs of ****
ommonly known by the name of George Pfalmanazar, a reputed native of Formofa, &c.*
C'eft-à-dire, *Mémoires de * * * * connu fous le
nom de George Pfalmanazar, cru natif de
l'Isle de Formofe, écrits par lui-même pour
être publiés après fa mort.* Cet homme fingulier fut un impofteur hardi, qui après s'être fait
paffer toute fa vie pour un habitant de l'Ifle

de Formofe, converti par les Jéfuites au Chriftianifme, en mourant à Londres l'année derniere a fait l'aveu de fes menfonges & en donne
l'hiftoire dans fes Mémoires. Il y cache·fon véritable nom & le lieu de fa naiffance, mais il
paroît par un grand nombre de circonftances
qu'il étoit né dans quelqu'une des provinces mé-
ridionales de la France, de parens catholiques
romains.

Il a fait quelques ouvrages : 1°. une traduction dans fa prétendue langue de l'Ifle de Formofe, du catéchifme de l'Eglife Anglicane. L'E-
vêque de Londres a dépofé dans fa Bibliothéque ce manufcrit comme une rareté.

2°. *Relation de l'Isle de Formofe*, roman
où il n'y a rien de vrai ni même de vraifemblable, mais qui partagea les efprits pendant
quelque tems, qui fut traduit en plufieurs langues, & qui n'eft qu'un roman moins ingénieux
que ceux de *Sadeur* & de *Maffé*.

3°. Il a été un des auteurs de l'Hiftoire Univerfelle, & a compofé la plus grande partie de
l'Hiftoire Ancienne.

27 *Décembre* 1764. La nouvelle édition du
Dictionnaire philofophique portatif, attribué
à M. de Voltaire, paroît enrichie de huit articles nouveaux & de plufieurs changemens dans
les anciens. Quoique profcrit prefque partout
& même en Hollande, c'eft de-là qu'il nous
arrive.

Nous citerons à ce propos une anecdote relative à ce livre. Au mois de Septembre dernier
MM. de l'Académie des Belles Lettres ayant été
préfenter au Roi leur nouveau volume... *Eh
bien!* [dit le Roi au Préfident Henault, chef

de la députation.] *voilà votre ami qui fait des siennes.* Le Dictionnaire venoit de paroître. *Le malheureux*, dit le Président à ses confreres, *il travailloit dans ce moment même à revenir en France.* C'est ce qui a donné lieu au désaveu envoyé par M. de Voltaire à l'Académie Françoise, que personne n'a cru.

30 *Décembre* 1764. M. de la Harpe, pour soutenir sa réputation naissante, vient de publier *le Recueil de ses pieces fugitives*, sous le titre de *Mélanges Littéraires, ou Épitres & pieces philosophiques.* On trouve dans son 3e. discours ces vers remarquables, après un Eloge de Voltaire, à l'occasion de l'histoire de *Pierre le Grand*, il ajoute :

Souvent même ses mains reprenant les pinceaux
Se ranimoient encor pour peindre les héros...
Et Zoïle marqué du sceau de l'infamie,
Et pour dernier affront, méprisé par l'envie,
Le cœur rongé d'un fiel qu'il prenoit soin d'aigrir
S'agitoit dans sa fange & n'en pouvoit sortir.

On prétend que ces vers font l'origine du dégoût de M. Fréron pour la tragédie de *Warwick*, & pour tout ce qui fort de la plume du jeune poëte. On lit avec plaisir les *Réflexions sur Lucain.* M. de la Harpe cherche à détruire l'apothéose qu'on affecte de faire en ce siecle de cet auteur ; il le remet à sa véritable place, c'est-à-dire infiniment au dessous de Virgile ; il fait sentir tout le ridicule, tout le faux des éloges que M. Marmontel prodigue à son héros.

31 *Décembre* 1764. *Chanson sur l'Air : Avez-vous vu ce héros ?*

Laverdy prêche aux États
Qu'il eſt las ;
De leurs ennuyeux débats ;
Il raiſonne dans ſon ſtyle
Comme un Con.. comme un Contrôleur habile.

Avez-vous vu ſon Édit
Plein d'eſprit ?
En deux mots il a tout dit.
En moyens qu'il eſt fertile
C'eſt un Con.. c'eſt un Contrôleur habile.

Qui l'auroit dit? qui l'eût cru ?
Qu'un fétu,
Tout prêt à montrer le cu
Auroit appris à la terre
Ce qu'un Con.. ce qu'un Contrôleur peut faire ?

La Finance des Gaulois
Aux abois
N'avoit bientôt plus de voix,
Quand le Roi dans ſa détreſſe
Vîte au Con.. vîte au Contrôleur s'adreſſe.

Il ſait faire en un moment
Sans argent
Délirer le Parlement,
Aux Choiſeuils faire la nique ;
C'eſt un Con.. c'eſt un Contrôleur unique.

La Finance dans ſa main

Prend un train
A faire bien du chemin;
Les effets changent de gîte.
Ah! qu'un Con.. ah! qu'un Contrôleur va vîte.

Sans ce Sully bien placé
L'an paffé
Dans un carton verniffé,
Notre fort étoit finiftre.
C'eft un vi`... c'eft un vigoureux Miniftre.

Celui qui nous l'a donné,
Soit loué !
Quoiqu'on le dife un roué,
Il jauge avec connoiffance
Tous les Con.. tous les Contrôleurs de France.

31 *Décembre* 1764. Les Jéfuites de Treves foutinrent en 1763 qu'il y avoit eu dans l'Eglife deux grands fchifmes, celui des Grecs & celui des François. Le Profeffeur a été obligé de rétracter cette affertion, & voici comme il s'énonce.

,, Il n'y a point eu dans l'Eglife de fchifme
,, qu'on puiffe appeler *Schifme des François* :
,, ainfi la thefe imprimée & foutenue au Col-
,, lege de Treves, au mois d'Août 1763, eft
,, fauffe & erronnée. Le Pere Kreins, Profeffeur
,, Jéfuite, qui en eft l'auteur, n'a jamais en-
,, tendu & voulu dire par cette expreffion,
,, comme il l'a déclaré lui-même dans fes in-
,, terrogatoires & dans une proteftation fpéciale
,, qu'il a fignée, que l'Eglife Gallicane ait été
,, dans aucun tems, autrefois ou aujourd'hui,

„ Schifmatique : mais qu'ayant intention de
„ parler du fchifme du 14e. fiecle, il l'avoit
„ nommé plutôt le *Schifme de France*, que
„ d'une autre nation, uniquement parce qu'il
„ l'avoit vu nommer ainfi dans un petit ou-
„ vrage dont il avoit oublié le titre, ainfi
„ que le nom de l'auteur, &c. „

ANNÉE M. DCC. LXV.

Le 1er. Janvier. Depuis la profcription faite
à Geneve du livre d'*Emile* & la rénonciation
de M. Rouffeau à fon titre de citoyen, la fermentation a été fi grande dans cette ville, fes
parens & fes amis s'y font remués avec tant
d'activité & de perfévérance, qu'ils ont prefque
forcé le gouvernement à députer vers lui pour
le prier de reprendre fa qualité de Bourgeois.
Le Confeil a été obligé de faire fon apologie,
par l'organe d'un M. Tronchin, Procureur-général, lequel, dans des *Lettres écrites de la
Campagne*, juftifie les démarches du gouvernement, & fait voir que le livre flétri le méritoit
fous toutes fortes de points de vue : qu'à l'é-
gard de l'auteur on ne l'a point attaqué, qu'on
lui a laiffé toute liberté de comparoître, de
fe défendre, ainfi que fon ouvrage, & que c'eft
lui-même qui s'eft en quelque forte jugé par fon
abdication.

M. Rouffeau n'a pas vu tranquillement un
pareil manifefte : il vient de publier une *Réponfe*
en deux volumes in-4°., dit-on. Ce livre fort
rare n'a fait qu'accroître les troubles de la Ré-

publique, & l'on regarde avec raifon le Philofophe moderne comme un orateur fi éloquent
que tous fes ouvrages excitent des tempétes.

5 *Janvier* 1765. M. de Marfan, le nouvel
acteur dont nous avons annoncé le début, eft reçu
aux appointemens de mille écus. On avoit
befoin de lui pour jouer *le Siege de Calais*,
& l'on prétend qu'il paroîtra dans cette tragédie, annoncée depuis longtems.

6 *Janvier.* M. de Rochefort, jeune homme
dont nous avons annoncé l'ouvrage depuis longtems, vient enfin de faire imprimer un *Effai de
traduction de l'Iliade d'Homere*, contenant les
9e, 18e. & 22e. livres, avec un difcours fur ce
Poëte & des remarques en forme de Notes fur
fon original.

Le difcours eft très-bien écrit, fort de chofes
& d'une érudition profonde, mais éclairée par
le goût; il peut fe lire même par ceux qui connoiffent celui de l'illuftre Pope.

La verfification du 9e. livre nous a paru quelquefois foible, lâche; celle du 18e. eft plus
animée, & il y a des morceaux de poéfie très-
bien faits. Nous n'aimerions pas autant celle
du 22e. livre.

L'ouvrage, comme on l'a déja annoncé, eft
dédié à l'Académie des Belles Lettres, & par
une modeftie affez finguliere, l'auteur n'a figné
que la premiere lettre de fon nom.

7 *Janvier.* L'abbé de la Porte, fentant la
gravité des reproches qui lui font faits par l'auteur des *Nouvelles Eccléfiaftiques*, & ne pouvant répondre directement, cherche à les élu-
der, en défavouant l'*Almanach Chinois*, auquel il fait une renonciation expreffe dans le

Mercure de ce mois-ci. Ceux qui favent le maquignonage de ce *Partifan Littéraire*, ne font pas bien intimément convaincus de ce défavœu.

8 *Janvier* 1765. M. de Nogaret ayant fait un livre intitulé *la Capucinade*, efpece de roman ordurier, dont il fait ces religieux les héros, la Police a cru devoir réprimer cette licence, & l'auteur eft à la Baftille.

8 *Janvier*. Par une Lettre de Londres du 3 Janvier, on apprend que M. d'Eon, quoique décreté de prife de corps pour fon livre, n'a point comparu ; qu'il eft toujours dans cette capitale, & quoi qu'on faffe mine de le chercher, il ne paroît pas qu'on foit fort jaloux de fe faifir de fa perfonne.

9 *Janvier*. Nous venons de lire *les Lettres écrites de la Montagne par J. J. Rouffeau*, avec cette devife : *Vitam impendere vero.* L'ouvrage eft divifé en neuf Lettres : les fix premieres roulent fur les procédures faites contre fon ouvrage ; l'importance de l'auteur forme tout l'intérêt du livre : la troifieme Lettre eft plus curieufe que les autres, elle roule fur les Miracles ; & l'on voit dans une Note finguliere, que Rouffeau fe regarde comme auffi forcier que J. C. Il rapporte un tour très-merveilleux qu'il prétend avoir fait étant premier Secretaire de l'Ambaffadeur de France à Turin.

La feconde partie contient trois Lettres, qui concernent le Gouvernement de Geneve. L'auteur y chante la palinodie fur cette République, qu'il a nagueres exaltée comme le modele des Gouvernemens : fuivant lui cette République n'a plus que le nom & une ombre de liberté ;

fes citoyens gémiffent en effet fous le plus affreux Defpotifme. Toujours même énergie de ftyle , même vigueur de fentimens , même paradoxes.

10 *Janvier* 1765. M. de Voltaire ne ceffe de faire retentir l'Europe de fes réclamations contre la foule d'éditions de toute efpece qu'on donne de fes œuvres ténébreufes , en tout ou en partie ; il a écrit au *Mercure* , au *Journal Etranger* , au *Journal Encyclopédique ;* &c. il défavoue le livre intitulé *Recueil complet des Oeuvres de M. de Voltaire* , où font le *Saül* & le *Sermon des Cinquante* ; il défavoue le *Dictionnaire Philofophique* , *les Lettres fe-crettes* , &c. &c.

11 *Janvier.* Un anonyme vient d'envoyer dans les maifons une brochure légere , intitulée *Arbitrage entre M. de Foncemagne & M. de Voltaire , au fujet du Teftament du Cardinal de Richelieu.* Cet auteur ne femble donner gain de caufe à M. de Foncemagne fur un point , qu'afin de foutenir avec plus de vraifemblance l'opinion du dernier , dont il paroît engoué. Il loue l'un & l'autre fur leur façon polie de s'attaquer & de fe défendre : il prétend que M. de Foncemagne a raifon de regarder comme du Cardinal , ou au moins comme avouée de lui , la premiere partie de l'ouvrage , qui contient une récapitulation des faftes du Regne de Louis XIII. C'eft-là où fe trouvent les ratures & les corrections de la main du Cardinal : le refte eft l'ouvrage informe & mal digéré de l'abbé de Bourzeis , & ne porte en rien l'empreinte du génie de ce grand homme.

12 *Janvier* 1765. *Les Lettres fecrettes* , im-

primées, de M. de Voltaire, ne font qu'une très-petite partie de ce qu'on avoit recueilli. M. *Robinet*, l'auteur Ex - Jéfuite du Livre *de la Nature*, en eft l'Editeur : il a mis pour lettres initiales, *publiées par M. L. B.* voulant faire entendre *la Beaumelle*, qui n'y a aucune part. Il a fupprimé toute la Correfpondance avec le Roi de Pruffe, foit qu'il n'ait pas ofé la faire paroître, foit qu'il eût efpéré en retirer plus de profit de ce Prince ; enfin il a tronqué une infinité de Lettres : ce qui rend ce recueil très-décharné & fort fec. On a vendu le manufcrit 25 Louis, & c'eft par une fille, maîtreffe d'un homme anciennement attaché à M. de Voltaire, qu'un homme de Lettres avide a fait enlever ce manufcrit.

13 *Janvier* 1765. Dans le grand nombre de chanfons, pafquinades, bons mots, plaifanteries de toute efpece, auxquelles M. de Laverdy eft en bute, on diftingue l'épigramme fuivante ; elle eft relative à une anecdote, qu'il faut favoir.

M. le Contrôleur général ayant indiqué un jour & une heure d'audience pour les Receveurs généraux, au commencement de cette année, il les fit entrer & les reçut en bonnet de nuit & en habit noir. M. d'Ormeffon, Intendant des Finances, étoit à la tête :

Sait-on pourquoi le Contrôleur pédant
Ces jours derniers, avec un ris mordant,
En bonnet gras, du col montrant la nuque,
Admit chez lui les publicains jaloux ?
C'eft qu'il vouloit leur faire voir à tous
Qu'il n'étoit pas une tête à perruque.

15 Janvier 1765. On annonce un fameux médaillon, que Garrick a fait frapper pour Mlle. Clairon. Les flatteurs ont déjà fait les vers suivans :

> Sur l'inimitable Clairon,
> On va frapper, dit-on,
> Un médaillon.
> Mais quel éclat qui l'environne,
> Si beau qu'il foit, fi précieux,
> Il ne fera jamais fi cher à nos yeux
> Que l'eft aujourd'hui fa perfonne.

Un cauftique a fait la parodie fuivante :

> De la fameufe Fretillon,
> A bon marché fe va vendre le médaillon :
> Mais à quelque prix qu'on le donne,
> Fût-ce pour douze fols, fut-ce même pour un,
> On ne pourra jamais le rendre auffi commun
> Que le fut jadis fa perfonne.

16 Janvier. On a publié à Geneve une *Réponfe aux Lettres de la Montagne*, fous le titre de *Sentimens des Citoyens*. Cet écrit eft un libelle infâme contre J. J. Roufleau, & fi digne de mépris que ce célebre profcrit n'a pas cru devoir mieux s'en venger qu'en invitant fon Libraire, par une Lettre du 6 de ce mois, à le réimprimer avec quelques Notes, qui en démontrent l'atrocité & la calomnie. Il penfe que l'auteur de cette brochure eft M. Vernet, Miniftre du St. Evangile & Pafteur à Seligny. Il reproche à Roufleau les maladies les plus infâmes & les débauches les plus honteufes. A la fin eft un *Poftfcriptum*, où l'on annonce le défaveu des Citoyens de Genève, & que ce pamphlet a été jetté au feu comme un libelle.

19 *Janvier* 1765. Nous avons lu une Differtation manufcrite de M. Boulanger, l'auteur du *Defpotifme Oriental*. Elle roule fur *St. Pierre*. Il cherche à démontrer très-favamment que ce perfonage n'a jamais exifté individuellement; que c'eft le réfultat de plufieurs autres, & qu'on attribue à ce feul individu ce qui concerne des perfonages très-connus chez différentes nations, & même des Divinités payennes.

Le même auteur a laiffé imparfait un très-grand ouvrage manufcrit intitulé, *Nouvelle maniere d'écrire l'hiftoire*. Il avoit déjà compofé le titre fommaire de quatorze Differtations, relatives à ce grand projet. On ne peut que regretter qu'il foit refté imparfait. L'auteur, aux connoiffances les plus étendues, paroît joindre une force de raifonnemens victorieufe. Son fyftême eft de prendre le *Déluge* pour le premier & l'unique point hiftorique, auquel il faille rapporter toutes les fêtes, cérémonies & inftitutions, dont les nôtres dérivent encore.

20 *Janvier*. Dans la première feuille de l'Année Littéraire 1765, Fréron, à l'occafion des *Lettres Secrettes de M. de Voltaire*, rend compte des démélés de ce grand poëte avec Rouffeau, l'abbé Desfontaines & M. de St. Hyacinthe. Il prétend remonter à l'origine de leurs querelles, & les attribue toutes à la grande fenfibilité de M. de Voltaire, qui ne peut fouffrir la plus légere critique. Il faut voir ce détail dans Fréron, en fe reffouvenant que c'eft un auteur fufpect.

20 *Janvier*

20 *Janvier* 1765. Un nouvel auteur femelle se met sur les rangs : c'est Madame la Marquise de Champsery : elle fait paroitre un roman intitulé *Mémoires en forme de Lettres, de deux jeunes personnes de qualité*. Cet ouvrage, dans le goût de *Clarisse*, est écrit avec élégance & naturel ; il respire les bonnes mœurs, il y regne du pathétique & des situations intéressantes.

22 *Janvier*. M. Dudoyer de Gastel se met sur les rangs & vient de publier une *Epitre à la louange de Mlle. Doligny*, jeune actrice de la Comédie Françoise, distinguée par ses talens & la pureté de ses mœurs. Cette Epitre, pleine de graces, d'aménité, roule sur la sagesse & l'ingénuité de cette comédienne. Elle fait autant d'honneur au panégyriste qu'à l'héroïne.

23 *Janvier*. Nous allons insérer ici un madrigal de M. Favart à Mlle. Arnoux, parce qu'il nous a paru d'un genre particulier, & que s'il est véritablement de lui, il justifieroit ses partisans qui soutiennent opiniâtrement qu'il est capable des choses les plus délicates, en réponse à l'avis de ceux qui lui refusent d'être auteur d'*Annette & Lubin*, de *l'Anglois à Bordeaux*, & autres ouvrages d'un sentiment très-exquis.

A *Mlle. Arnoux.*

Pourquoi, divine enchanteresse,
Me troubles-tu par tes accens ?
Tu me fais sentir une ivresse
Qui ne va pas jusqu'à tes sens :
Peut-être que dans ma jeunesse

Tome II. G

Mon bonheur eut été le tien !
Je t'aime & le tems ne me laisse
Que le desir.... Desir n'est rien.
Tais-toi.., mais non.. non.. chante encore :
Qu'avec tes sons voluptueux
Mon reste d'ame s'évapore
Et je me croirai trop heureux.

24 Janvier 1765. M. Freron , dans sa feuille N°. 2 , rapporte en entier la piece à Mlle. Doligny. Il ajoute ses réflexions , il fait l'éloge en prose de l'Actrice. Tout cela paroît préparé pour amener le portrait le plus infâme & malheureusement le plus vrai de Mlle. Clairon , qu'il fait contraster honteusement avec l'autre. Le Journaliste , sans la nommer , la peint avec des couleurs si fortes & si caractérisées , qu'on ne peut la méconnoître , pour peu qu'on soit au fait de ses anecdotes & de sa célébrité.

24 *Janvier.* Les Italiens ont continué avec succès les représentations du *Serrurier.* Il paroit que l'auteur Allemand a su faire goûter sa musique au public. On vante plusieurs ariettes de M. Rohaut & d'autres morceaux de musique. On trouve en général ses accompagnemens agréables , légers & bien composés.

Quant au drame , nous apprenons que M. de la Ribardiere le dispute à M. Quetant ; il prétend avoir traité ce sujet le premier & avoir même présenté sa piece aux Italiens. Peu importe ce débat ; les auteurs feroient mieux de se disputer à qui ne l'auroit pas fait.

25 *Janvier. Vers à Madame Razetti, pour le jour de sa fête, par M. Poinsinet :*

Chacun s'empreffe à vous chanter :
Des fons brillans fe font entendre.
Je ne fais trop comment m'y prendre,
Moi qui n'ai que l'art de conter :
Du moins on le dit à Verfailles ;
Je dois le croire ; ainfi, vaille qui vaille,
Je vais rapporter de mon mieux
Une anecdote de Cythere,
Elle eft d'hier. Le fait n'eft pas bien vieux.
Tout en jouant, l'Amour dit à fa mere,
Je veux, maman, faire votre portrait,
C'eft en paftel : La Tour, dont j'ai pris la maniere
De mon dernier ouvrage a paru fatisfait ;
Un portrait de ma main eft toujours fûr de plaire.
A ce difcours Venus fourit ;
Je ne puis qu'approuver ton zele,
Mon cher enfant ; mais, crois-moi, lui dit-elle,
Si tu peins la beauté, les graces & l'efprit,
Razetti, comme moi, peut fervir de modele !

Qu'eft-ce que c'eft que cette Madame Razetti ? C'eft la maîtreffe de M. de la Ferté.
Qu'on juge de-là avec quelle infamie M. Poinfinet proftitue fa mufe. A quelle baffeffe ne fe
dégrade-t-on pas, quand on a perdu les mœurs !
27 *Janvier* 1765. Le *Loyds Evening Poft*, du
9 au 16 Janvier, annonce la Suite de *the ge-*
nuine hiftory of the Marchionneff de Pompa-
dour, miftreff to the french King, and firft
Lady, of the bed chamber to his queen, con-
taining the fecret Memoirs of the court of
France, from her firft coming into power, to
her death.

On annonce qu'il y a eu quatorze éditions

G 2

d'une traduction allemande, qu'on en avoit fait une traduction françoise en Hollande, mais que la Cour de France a fait enlever tout ce qu'elle a pu.

29 *Janvier* 1765. Il va paroître un *Profpeǧus* d'une édition nouvelle de *Racine* en fix volumes, enrichie de Notes Grammaticales & de Commentaires dans le goût de ceux que M. de Voltaire a faits fur *Corneille*, avec des gravures de Gravelot. On y joindra une traduction des morceaux que cet auteur a imités ou empruntés des Grecs : il eft à fouhaiter que cet ouvrage foit fait avec plus de foin que le premier.

30 *Janvier.* Nous tenons de quelqu'un, contemporain de M. de la Harpe, & qui a été au college avec lui, que les couplets dont il fe juftifie & qu'il nous donne comme des amufemens puérils de fa jeuneffe, font en effet des couplets infâmes & pour le moins auffi abominables que ceux de Rouffeau : qu'il n'a point, il eft vrai, attaqué fes maîtres, dont il a provoqué le témoignage; mais qu'il a maltraité un maître de quartier & d'autres perfonages qui, s'ils ne lui avoient point fait de bien, ne lui avoient pas fait de mal. Une telle noirceur, finon auffi criminelle que l'ingratitude, indique toujours une ame méchante & un cœur gâté.

31 *Janvier.* Le Sr. Freron, dans fa feuille d'aujourd'hui, rend un compte fort détaillé du *Timoléon* imprimé de M. de la Harpe. Il continue à diftiller fon fiel fur ce jeune auteur; il nous cite l'épigraphe de cette pièce en Grec, qui fignifie *un jour viendra*..... On ne peut

justifier M. de la Harpe sur cette prophétie im-
pudente. Le Journaliste finit par ce portrait :

„ M. de la Harpe n'est pas sans esprit, mais
„ je ne le crois pas appelé à la poésie. Il
„ manque d'invention, de dessein, de chaleur,
„ de coloris, & surtout de sensibilité. Il ne fera
„ de sa vie une seule scene, même médiocre,
„ de sentimens : les émotions douces, les ten-
„ dres épanchemens de l'ame sont une langue
„ tout-à-fait étrangere pour lui. Je suis faché
„ qu'il s'obstine à cultiver un champ qui ne
„ lui produira jamais que des ronces & des
„ épines ; il me semble qu'il feroit plutôt for-
„ tune par la prose que par les vers : peut-être
„ réussiroit-il s'il embrassoit une autre profes-
„ sion, celle d'Avocat, par exemple ? . . . . . .

1 *Février* 1765. Extrait d'une Lettre de M. de
Voltaire, des *Délices* . . . Janvier 1765.

„ Nous avons dans ce moment-ci une petite
„ esquisse à Genève de ce qu'on nomme *Li-*
„ *berté*, qui me fait aimer passionnément mes
„ chaînes. La République est dans une com-
„ bustion violente : le peuple, qui se croit sou-
„ verain, veut culbuter le pauvre petit Gou-
„ vernement, qui assurément mérite à peine ce
„ nom. Cela fait de Ferney [château de M. de
„ Voltaire] un spectacle assez agréable. Ce qui
„ le rend plus piquant, est de comparer les dif-
„ férentes façons de penser des hommes & les
„ motifs qui les font agir : souvent ces motifs
„ ne font pas honneur à l'humanité. Le peuple
„ veut une Démocratie décidée ; le parti qui
„ s'y oppose n'est point uni, parce que l'envie
„ est le vice dominant de cette petite ruche,
„ où l'on distille du fiel, au lieu de miel. La

G 3

„ nature de leur querelle n'eſt pas prête à finir ;
„ la Démocratie ne pouvant exiſter , quand la
„ nature des fortunes eſt trop inégale. Mais je
„ prédis que la ruche bourdonnera juſqu'à ce
„ qu'on vienne manger le miel. C'eſt Rouſſeau
„ qui a fait tout ce tapage : il trouve plaiſant
„ du haut de ſa montagne de bouleverſer une
„ ville , tel que la trompette du Seigneur qui
„ renverſa les murs de Jéricho „. . . . .

2 *Février* 1765. Aujourd'hui, jour de la Chan-
deleur, le Pere Eliſée , Carme déchauſſé , fameux prédicateur, ayant eu l'honneur de prêcher devant le Roi , il a fini ſon ſermon par la
péroraiſon ſuivante , dont tous les courtiſans ont
pris copie.

„ *Sire* , vous êtes Roi , mais ce n'eſt pas ſeulement pour commander aux autres , c'eſt encore
pour faire honorer & pratiquer la loi de Dieu
& pour la pratiquer vous-même. Vous le devez à la nation. L'Europe vous regarde , &
Dieu ſera votre juge. Rendez les hommes heureux par vos bienfaits, & vertueux par vos exemples, & ſoyez auſſi grand devant Dieu que vous
êtes cher à vos peuples !

Autre Leçon.

Sire , la loi qui commande à tous les hommes
eſt la regle des Souverains : moins elle peut les
maîtriſer par la force , plus il faut qu'elle domine ſur eux par l'amour de la vertu. La même
grandeur qui favoriſe leurs paſſions , doit les
contraindre ; & plus l'autorité ſemble leur
laiſſer de licence , plus le devoir & les bien-
ſeances leur en ôtent. Perſonne n'a le droit de

vous demander compte de vos actions, mais vous le devez à la France qui vous chérit, à l'Europe qui vous regarde, à Dieu qui fera votre juge : vous le devez, pour ainsi dire, à vous-même, à votre ame droite, généreuse, tendre, compatissante. C'est elle qui reclame toujours les droits de la vertu, qui vous dira que la grandeur véritable est dans la soumission à la Loi de Dieu ; que les Rois ne sont établis que pour rendre les hommes heureux par leurs bienfaits, & vertueux par leurs exemples. Vous êtes cher à vos sujets, & ma voix n'est ici que l'interprête de tous les cœurs. Ce sentiment a éclaté dans nos allarmes, dans nos prospérités, dans nos revers, & rend plus touchante la vénération de ceux qui vous approchent ; il annoblit l'hommage même du courtisan ; il fait verser des larmes de joie au pere de famille, lorsqu'assis au milieu de ses enfans, satisfait des soulagemens qu'il trouve dans sa vieillesse, il leur apprend à vous chérir, ou qu'il adresse une priere commune à l'Etre suprême pour la conservation de son bon maître. Un peuple qui sait aimer ainsi, mérite votre amour, & vous ne seriez pas digne de sa tendresse, si vous lui refusiez la vôtre.

Vos projets bienfaisans attendirent des jours tranquilles. Déjà vous avez accordé la paix à nos desirs ; achevez votre ouvrage, remplissez le vœu de votre cœur, en nous faisant goûter avec elle la joie, l'abondance, la félicité. Que votre regne soit celui de la volonté de Dieu, qu'il conserve à la religion son autorité, & qu'il maintienne le dépôt de la foi contre tous les efforts des esprits indociles. Dieu de nos peres !

exaucez les vœux fi tendres d'une nation que vous avez toujours protégée, jettez des regards de miféricorde fur le Prince qui la gouverne, ajoutez à fes vertus l'éclat immortel de votre juftice, faites-en un Roi felon votre cœur, & qu'il foit auffi faint à vos yeux, qu'il eft cher à fon peuple ! Ainfi foit-il !

3 *Février* 1765. M. Dorat verfe fans relâche dans la fociété les différentes productions de fes loifirs, il vient de faire imprimer un nouveau volume contenant *les trois Freres & Combabus*, contes en vers, précédés par des réflexions fur le Conte, & fuivis de *Floricourt*, hiftoire françoife.

5 *Février.* Quoique M. de Sartine & M. le Vice-Chancelier paroiffent avoir le projet de fupprimer tout-à-fait le *Journal de Trevoux*, depuis la mort du continuateur, M. Jolivet, ces Magiftrats fe font laiffés aller aux follicitations de Mrs. de Ste. Genevieve, & il paroît que cet Ordre s'eft emparé de la continuation : il eft actuellement entre les mains de M. Mercier, Bibliothécaire de Ste. Genevieve & de M. le Duc de la Valiere. C'eft un Littérateur de beaucoup d'érudition, & qui a un génie cauftique, propre à répandre le fel néceffaire à un pareil ouvrage. On commence à en être plus content, depuis qu'il eft entre fes mains.

6 *Février.* M. du Rozoý vient de faire imprimer une tragédie, ayant pour titre *les Decius François*, ou *le Siege de Calais*. Il rend compte dans une préface affez longue des raifons qui l'ont déterminé à dévancer M. du Belloy ; il affirme que fa piece, préfentée aux Comédiens dans le tems que celle-ci étoit en-

core au .berceau , refta longtems entre leurs
mains , & qu'après lui avoir été rendue fans
qu'on lui donnât aucune raifon du retard & du
refus , il apprit qu'elle avoit été dans les mains
d'un ami du comédien à qui il l'avoit confiée ,
lequel ami étoit fort lié avec M. du Belloy.
Il infinue qu'il fe pourroit trouver une reffemblance entre les deux drames , & qu'il veut
éviter d'être accufé de plagiat. Le refte de fa
préface contient deux anecdotes , dont nous
avons déja fait mention , l'une concernant le
Cromwel de M. du Clairon , & l'autre le *Titus*
de M. du Belloy.

Du refte , la piece eft mal écrite , & le can-
nevas ne préfente aucun trait de génie.

7 Février 1765. Nous avons eu entre les mains
un manufcrit intitulé *les Matinées du Roi de
Pruffe.* C'eft une extenfion d'un petit imprimé
qui parut , il y a plus de dix ans , intitulé *Idée
de la Perfonne & de la maniere de vivre du
Roi de Pruffe.* On lui fait détailler au Prince
Royal tous les principes de fa conduite fecrette ,
civile , militaire & politique , & débiter les
maximes les plus terribles dans tous les genres ,
ou les donner pour refforts à fes vertus les plus
brillantes. Ce pamphlet eft écrit d'un ftyle fin ,
fpirituel & ironique.

8 Février. On nous écrit de Londres , qu'il
y paroît un livre intitulé *the Ghoft , or a mi-
nute account of the appearance of the ghoft of
Johan Croxford.* Il roule fur l'apparition faite à
un Eccléfiaftique d'un revenant , appelé le *Revenant de Cocklane* : cet efprit eft l'efprit d'un
miférable , pendu pour avoir affaffiné un petit
marchand. Il revient exprès déclarer au Minif-

tre que dans un certain endroit il trouvera une
bague appartenante au Marchand , dans l'intérieur de laquelle font gravés deux petits vers
Anglois , qui veulent dire :

> Certainement pendu fera
> Celui qui me dérobera . . . 1765.

Ce Miniftre de l'Evangile raconte très-férieu-
fement fon entrevue avec le phantôme , &c.
L'auteur étale dans cet ouvrage beaucoup de
théologie. Le plus fingulier , c'eft que le ftyle
& le ton en font fort au - deffus de ce qu'on
devroit attendre de l'hiftoriographe d'un revenant. Cette puérile crédulité confirme ce qu'on
dit ici d'un homme de beaucoup d'efprit , &
qu'on n'auroit pas cru fufceptible de pareilles
foibleffes.

9 *Février* 1765. *Offrande aux Autels & à la
Patrie.* Cet ouvrage de M. Rouftan , Miniftre
du St. Evangile , eft une efpece de réfutation
d'un article du *Contrat Social* de Rouffeau ,
dans lequel il prétend qu'un Etat compofé de
Chrétiens ne fauroit fubfifter. L'auteur refute
Rouffeau comme un ami : il n'a pas la véhé-
mence & l'énergie de l'autre. Il roule fur des
matieres fort délicates à manier. On y trouve des
affertions fort hardies , pour ne rien dire de
plus , & qui rendent ce livre très-prohibé.

Le même auteur a fait *Examen hiftorique des
quatre beaux fiecles de M. de Voltaire.* Il entreprend de faire voir qu'il n'y a point eu de
fiecle qui ait produit plus de tyrans & de flatteurs , & moins de grands hommes.

Il y a en outre un *Difcours fur la maniere*

de réformer les mœurs d'un peuple corrompu.
En général, cet auteur écrit foiblement & avec
peu de coloris : il y a quelques morceaux d'enthoufiafme.

10 *Février* 1765. Il y a quatorze ans que
M. Garrick, le plus grand acteur du théâtre de
Londres, vint paffer quelques jours à Paris : il
vit jouer Mlle. Clairon, & il reconnut ce qu'elle
devoit être un jour. Il vient de faire faire un
deffin par M. Gravelot, dans lequel Mlle. Clairon eft repréfentée avec tous les attributs de la
Tragédie : un de fes bras s'appuye fur une pile
de livres : on y lit *Corneille*, *Racine*, *Crebil-*
lon, *Voltaire*, &c. & Melpomene eft à côté
qui la couronne. Dans le haut du deffin on lit
ces mots : *Prophétie accomplie*, & ces quatre
vers au bas :

J'ai prédit que Clairon illuftreroit la fcene ,
    Et mon Efprit n'a point été déçu ;
Elle a couronné Melpomene,
    Melpomene lui rend ce qu'elle en a reçu.

Ces vers font de M. Garrick.

Les enthoufiaftes de Mlle. Clairon ont faifi
avec avidité cette occafion de la célébrer : on a
inftitué *L'Ordre du Médaillon*, & l'on a frappé
des Médailles repréfentant ce portrait, dont ils
fe font décorés.

11 *Février*. M. le Normand d'Eftioles, ayant
époufé depuis quelque tems une fille d'Opéra,
dont il avoit fait fa maîtreffe, appelée Mlle.
Rem ; de fort mauvais plaifans ont ainfi joué
fur le mot :

G 6

Pour réparer *Miseriam*
Que Pompadour laisse à la France,
Son mari, plein de conscience,
Vient d'épouser *Rem publicam*.

12 *Février* 1765. Mlle. Clairon ayant paru me-
nacer de son indignation l'auteur de la parodie
rapportée à l'article du 16 Janvier, il s'est fait
connoître, & s'annonce partout pour l'avoir faite: c'est M. de Saint-Foy. Il en donne l'histoire: il rapporte qu'un jour où l'on jouoit à la
Cour *Olympie*, & *les Graces*, il pria avant la
piece Mlle. Clairon de trouver bon que Mlle.
Doligny, qui faisoit un rôle de prêtresse, sortît
de la scene un peu plutôt, afin d'être en état
de paroître tout de suite & d'empêcher le Roi
de s'en aller, suivant sa coutume, quand on
met un intervalle entre les deux pieces. Elle
répondit fort insolemment, qu'elle ne le vouloit
point ; que Mlle. Doligny se donnât bien de
garde de manquer à la pompe & à la décence
du spectacle, sinon qu'elle quitteroit la scene
elle-même. Le Breton piqué s'est vengé par la
cruelle parodie dont il est question.

13 *Février*. Enfin a paru aujourd'hui *le Siege
de Calais* ; cette tragédie tant annoncée. La fureur avoit redoublé, & l'on a peu vu de foule
aussi considérable.

La piece, plusieurs fois à la veille d'être sifflée
jusqu'a la fin du quatrieme acte, a repris fortement par le jeu supérieur de l'acteur [*Molé*], &
a fini par être très applaudie. Quoiqu'il n'y ait
à proprement parler, qu'un caractere théatral
point de passion, point d'intérêt, point d'onction, point de vraisemblance dans tout le reste ;

que les incidens en foient forcés, le ftyle bouffi, & la plupart des tirades hors d'œuvre & pleines de penfées fauffes, nous ne doutons point que cette piece n'ait le plus grands fuccès ephémere, par rapport aux grands noms qu'elle illuftre encore & aux éloges prodigués aux François de ce tems-là, que ceux de celui-ci veulent bien s'attribuer: en un mot, c'eft un fermon monarchique, que le gouvernement doit protéger, étendre & faire entendre à toute la nation, s'il eft poffible.

Le grand mérite de l'auteur confifte à avoir fait, à l'exemple des Grecs, choix d'un fujet national, où il nous rappelle nos mœurs, nos coutumes, nos loix, notre gouvernement: tous ces détails, quoique gauchement amenés, & froidement énoncés, feront grand plaifir à ceux qui ne regarderont point cet ouvrage avec les yeux du connoiffeur.

14 *Février* 1765. Mlle. Clairon s'étant parfaitement reconnue dans fon portrait tracé d'après nature par Freron, eft allé trouver les Gentilshommes de la Chambre, & a menacé de fe retirer fi l'on ne lui faifoit pas juftice de ce vil journalifte. En conféquence on a follicité un ordre du Roi pour le faire mettre au Fort-l'Evêque. Heureufement pour lui, il a la goutte, & fes amis en ont obtenu la fufpenfion jufqu'à ce qu'il fut en état d'y aller. Toute la Littérature impartiale crie contre une pareille injuftice, d'autant plus grande que cette Reine de théâtre, quoique parfaitement reffemblante, n'eft point nommée, & n'eft même caractérifée par aucun trait affez particulier pour qu'on puiffe dire qu'il l'ait défignée fpécialement.

15 *Février* 1765. On fait en Hollande une nouvelle Edition de la *Pucelle* ; petit format , enrichie d'eſtampes très curieuſes & en grand nombre : on l'aura dans toute l'ingénuité du texte.

Un petit auteur ici , nommé Nogaret , a formé le projet aſſez plat de donner la continuation de ce poëme.

16 *Février*. Le démêlé de Freron avec Mlle.
Clairon fait grand bruit à la cour & à la ville.
M. l'abbé de Voiſenon ayant écrit à la ſollicita-
tion des amis de ce premier une lettre très pathétique à M. le Duc de Duras , Gentilhomme de
la chambre , celui-ci a répondu à l'abbé qu'il
aime beaucoup, que c'étoit la ſeule choſe qu'il
croyoit devoir lui refuſer , que cette grace ne
s'accorderoit qu'à Mlle. Clairon ſeule. Ainſi le
pauvre diable , à la honte de devoir ſon châtiment à Mlle. Clairon , eſt menacé de joindre
l'humiliation plus grande de lui devoir ſon pardon ; il dit comme le Philoſophe Grec : *aux*
Carrieres plutôt.

19 *Février*. *Le Siege de Calais* prend avec
la fureur que nous avions annoncé ; le fana-
tiſme gagne au point que les connoiſſeurs n'o-
ſent plus dire leur avis. On eſt réputé mauvais
patriote pour oſer élever la voix. L'auteur eſt
regardé comme le *Thyrtée* de la nation , & les
bas courtiſans prônent avec la plus grande emphaſe une pièce qu'ils ſifflent in *petto*.

18 *Février*. M. du Rozoy, l'auteur du *Siege*
de Calais imprimé, vient de ſe reſſentir de ſa
hardieſſe d'avoir oſé attaquer M. du Belloy dans
ſa préface : il eſt mis au Fort-l'Evêque pour les
anecdotes qu'il y a débitées , & malgré le Pai

de France [le Duc de Grammont] auquel elle
est dédiée.

19 Février 1765. Nous apprenons que l'auteur
de *l'Espion Chinois* est M. Gaulard. On a de lui
les *Intérêts de la France mal entendus*, livre
bien supérieur à celui-là, où il ne fait que ressasser en détail les grands principes établis dans ce
dernier. Son style est inégal, quelquefois énergique.

20 Février. M. de Voltaire s'étant excusé
dans une *Epitre à M. le Chevalier de Bouflers*
sur sa vieillesse & sur le danger d'écrire encore
dans un pareil âge, finit ainsi :

> C'est à vous, ô jeune Bouflers,
>
> A vous, dont notre Suisse admire
>
> Les crayons, la prose & les vers,
>
> Et les petits contes pour rire ;
>
> C'est à vous de chanter Thémire
>
> Et de briller dans un festin,
>
> Animé du triple délire
>
> *Des Vers, de l'Amour & du Vin.*

Réponse de M. le Chevalier de Bouflers.

> Je fus dans mon printems guidé par la folie,
>
> Dupe de mes desirs & bourreau de mes sens ;
>
> Mais s'il en étoit encor tems
>
> Je voudrois bien changer de vie.
>
> Soyez mon directeur, donnez-moi vos avis,
>
> Convertissez-moi, je vous prie :
>
> Vous en avez tant pervertis.
>
> Sur mes fautes je suis sincere,
>
> Et j'aime presqu'autant les dire que les faire.
>
> Je demande grace aux Amours.

Vingt Beautés à la fois trahies
Et toutes affez bien fervies,
En beaux momens, hélas ! ont changé mes beaux jours.
J'aimois alors toutes les femmes :
Toujours brûlé de feux nouveaux
Je prétendois d'Hercule égaler les travaux,
Et fans ceffe auprès de ces Dames
Etre l'heureux rival de cent heureux rivaux.
Je regrette aujourd'hui mes petits madrigaux,
Je regrette les airs que j'ai faits pour les Belles,
Je regrette vingt bons chevaux
Que courant par monts & par vaux
J'ai, comme moi, crevé pour elles ;
Et je regrette encor bien plus.
Ces utiles momens qu'en courant j'ai perdus.
Les neuf Mufes ne fuivent gueres
Ceux qui fuivent l'Amour. Dans ce métier galant
Le corps eft bientôt vieux, l'efprit longtems enfant.
Mon efprit, & mon corps, chacun pour fon affaire
Viennent chez vous fans compliment :
L'efprit, pour fe former, le corps pour fe refaire.
Je viens dans ce château voir mon oncle & mon père.
Jadis les Chevaliers errans
Sur terre après avoir longtems cherché fortune,
Alloient retrouver dans la lune
Un petit flacon de bon fens :
Moi, je vous en demande une bouteille entiere,
Car Dieu mit en dépôt chez vous
L'efprit dont il priva tous les fots de la terre,
Et toute la raifon qui manque à tous les foux.

21 *Février* 1765. Freron avoit si bien fait mouvoir ses amis, que la Reine avoit ordonné qu'il eût sa grace. Mlle. Clairon nè s'est point trouvée satisfaite, elle a écrit de nouveau aux Gentilshommes de la Chambre une Lettre très pathétique, où elle témoignoit son regret de voir que ses talens n'étoient plus agréables au Roi; qu'elle le présumoit, puisqu'on la laissoit avilir impunément, &c. qu'en conséquence elle persistoit à demander sa retraite. Elle est allée ensuite en personne chez M. le Duc de Choiseuil, où, après avoir épanché son cœur, elle lui a fait part de son projet : ,, Mademoiselle [a repris le Duc] ,, nous sommes, vous & moi, ,, chacun sur un théâtre; mais avec la différen- ,, ce que vous choisissez les rôles qui vous con- ,, viennent, & que vous êtes toujours sûre des ,, applaudissemens du public. Il n'y a que quel- ,, ques gens de mauvais goût, comme ce mal- ,, heureux Freron, qui vous refusent leurs suf- ,, frages. Moi, au contraire, j'ai ma tâche sou- ,, vent très desagréable; j'ai beau faire de mon ,, mieux, on me critique, on me condamne, ,, on me hue, on me baffoue, & cependant je ,, ne donne point ma démission. Immolons, ,, vous & moi, nos ressentimens à la Patrie; & ,, servons-la de notre mieux, chacun dans no- ,, tre genre. D'ailleurs la Reine ayant fait gra- ,, ce, vous pouvez, sans compromettre votre ,, dignité, imiter la clémence de S. M. " La Reine de théâtre a souri avec noblesse à ce pro- pos, & s'est retirée fort mécontente du persifla- ge; elle est revenue chez elle, où s'est tenu un comité avec ses amis & la troupe des Comédiens, présidé par M. le Duc de Duras, & l'on est

convenu que celui-ci feroit craindre à M. de St.
Florentin la défertion de toute la troupe , fi l'on
ne faifoit pas raifon à la Melpomene moderne
de l'infolence de Freron. Cette démarche a fort
étourdi M. de St. Florentin , & ce Miniftre
écrit à une Princeffe , que l'affaire devient d'une
fi grande importance, que depuis longtems matiere auffi grâve n'a été agitée à la cour, qu'elle en eft divifée, & que, malgré fon profond
refpect pour les ordres de la Reine , il ne fait
s'il ne fera pas obligé de prendre là-deffus ceux
du Roi. En forte que Freron eft encore dans
les tranfes.

22 *Février* 1765. *Le Siege de Calais* a été
joué hier à la cour. Le Roi en a paru très flatté, il a accepté la dédicace que M. du Belloy
a demandé d'en faire à S. M. , & la piece doit
être imprimée au Louvre , honneur que n'a jamais eu Corneille. En outre , le Roi a chargé
M. de Laverdy d'avifer au moyen de récompen-
fer cet auteur.

24 *Février. Lettre de M. l'abbé de Rancé à
un ami , écrite de fon Abbaye de la Trappe ,
par M. Barthe.* Cet ouvrage annoncé depuis
longtems , paroît aujourd'hui in 8°. enrichi d'ef-
tampes & de vignettes ; luxe moderne, dans lequel M. Dorat a mis nos jeunes auteurs. Dans
cette piece, qui ne repréfente aucune fituation
neuve, après l'hiftoire, après le Comte de Cominges , on trouve ce beau vers :

Je n'avois plus d'Amante, il me fallut un Dieu.

26 *Février.* Les Comédiens Italiens ont donné aujourd'hui la premiere Repréfentation de
Tom Jones , comédie en trois actes & en profe,
mêlée d'ariettes ; mufique du Sr. Philidor, paro-

les du Sr. Poinſinet. Ce ſujet, plus ſuſceptible de pathétique que des bouffonneries de ce théâtre, eſt abſolument raté. L'auteur a parſemé cette piece de toutes ſortes de plaiſanterie groſſieres & ſans aucun ſel. Les deux premiers actes ont ennuyé. Le parterre s'eſt mis en belle humeur au troiſieme, & a renouvellé la ſcene du troiſieme acte du *Jeune Homme*, joué aux François l'été dernier : à chaque phraſe c'étoit des huées, des éclats de rire, des claquemens de mains, qui ont prolongé de beaucoup le ſpectacle & qui l'auroient abſolument fait finir, ſi la piece eût été plus longue. Philidor prétend que cette muſique eſt ſa meilleure ; elle eſt tellement noyée dans l'amas de mauvaiſes choſes dont l'auteur l'a ſurchargée, qu'elle n'a trouvé aucune grace. Quelqu'indulgent qu'on ſoit à ce ſpectacle, il n'eſt gueres poſſible qu'on donne deux fois une pareille piece.

Le Sr. Poinſinet, très confiant, avoit dit plaiſamment qu'il alloit faire lever *le Siege de Calais*, voulant faire entendre que la foule ſe tourneroit vers lui.

1 *Mars* 1765. Les enfans de France, pour qui Poinſinet a fait un Divertiſſement aſſez mauvais, ayant ſçu ſa diſgrace au théâtre Italien, en ont été ſi touchés que les Gentilshommes de la chambre, pour faire leur cour, ont exigé des Comédiens de jouer *Tom Jones* une ſeconde fois. On a diſtribué beaucoup de billets *gratis*, & par une révolution aſſez extraordinaire, cette piece, huée, baffouée la veille, hier eſt montée aux nues. On a demandé les auteurs, & ils ont reçu de grands applaudiſſemens. On ne dou-

te pas que cette piece ne re*t*ompe inceſſamment
dans l'oubli tout-à-fait.

2 *Mars* 1765. M. Craſſous, Docteur en Droit &
Profeſſeur, a reçu, il y a quelques jours, une
Lettre de cachet, qui l'exile pour avoir envoyé
ſans permiſſion du gouvernement à M. l'Archevêque d'Utrecht la conſultation de la Faculté
de Droit, portant que les formes canoniques
ont été obſervées dans le Concile d'Utrecht,
dont cet Archevêque a envoyé un exemplaire à
la Faculté de Droit. Par arrêt du Conſeil, le
Roi caſſe & annulle tout ce qui a été fait &
tranſcrit ſur les Regiſtres de ladite Faculté à ce
ſujet, en ordonne la radiation & que le dit Arrêt ſera inſéré tout entier ſur leſdits Regiſtres.
Pour intelligence ſommaire de cette affaire, il
faut ſe rappeler qu'il s'eſt établi, il y a pluſieurs
années, à Utrecht, un nombre de gens Anti-
Conſtitutionnaires, qui ont cru pouvoir y former une petite Egliſe indépendante de là Cour
de Rome & qui ſe régit par elle-même.

3 *Mars.* Les *Lettres écrites de la Montagne par J. J. Rouſſeau*, dont on a parlé, qui re-
préſentent Geneve comme gémiſſant ſous l'op-
preſſion, le Conſeil comme un amas de tyrans
exerçant le plus dur deſpotiſme, le magnifique
Conſeil des Deux Cent comme un vil fauteur de
la tyrannie, ont excité la plus grande fermentation dans cette petite République, & porté
les membres outragés par ces qualifications
odieuſes à inviter les Citoyens & Bourgeois à
déclarer publiquement s'ils les regardoient comme bons & fideles Magiſtrats ? Ce que le plus
grand nombre a fait, en leur donnant un témoi-

gnage de leur eftime, de leur refpect & de leur confiance.

5 Mars 1765. Rapport de fix des douze Commiffaires, nommés par la Faculté de Médecine à Paris, pour examiner & difcuter les avantages ou les inconveniens de l'Inoculation de la petite verole, & en référer devant elle ; avant qu'elle prononce fon jugement fur les queftions propofées par le Parlement, dans fon Arrêt du 8 Juin 1763 : lû par M. de l'Epine, ancien Doyen & ancien Commiffaire, dans les affemblées convoquées per Juramentim, les 29 Août. 20, 22 & 24 Septembre 1764. De ce Rapport imprimé en 125 pages in 4°., pour être communiqué à tous les Docteurs, il réfulte qu'on ne doit pas même tolérer l'inoculation : rien n'eft plus capable que cet écrit de jetter la terreur dans les efprits fur les fuites funeftes qui peuvent en arriver. Sans doute que les fix autres Commiffaires favorables à cette pratique, rendront auffi publics leur avis & leurs motifs. Celui-là eft figné de Mrs. *l'Epine, Aftruc, Bouquart, Baron, Verdelhan* & *Macquart*.

6 Mars. On débite depuis quelques jours une traduction d'un ouvrage Anglois intitulé *l'Hôpital des fous.* Cette plaifanterie ingénieufe n'eft cependant pas affez originale pour mériter une diftinction particuliere. M. Dorat, dans une Lettre aux auteurs de *l'Avant-coureur* & dans une Lettre à Freron, defavoue cette production qu'il prétend qu'on lui attribue.

7 Mars. Le *Siege de Calais* continue à faire l'engoument de la cour & de la ville. Il n'eft dans les talons rouges que le Comte d'Ayen qui ait le courage de fe déclarer & de larder la

piece de tous les farcafmes que lui préfentent
les circonftances. On lui reprochoit ces jours-
ci cet acharnement contre ce monument patriotique : *vous n'êtes donc pas bon François*, lui
difoit-on? *Bon François! à Dieu ne plaife*,
s'écria-t-il, *que je ne le fuffe pas meilleur que
les vers de la piece.* En effet elle eft barbarement écrite.

9 *Mars.* Mlle. Mazarelli , non contente d'a-
voir enrichi le public d'un *Eloge du Duc de
Sully* , foi-difant éclos de fa Minerve, vient de
donner au public *Camédris* , Conte. C'eft une
féerie peu importante, quant au fond, & dé-
nuée même de ces graces dont le fexe fait or-
ner tout ce qu'il touche. On y décele la main
flétrie & décharnée du pauvre Mõncrif.

10 *Mars* 1765. La ville de Calais enchantée
de la commémoration que M. du Belloy a fait
de fes antiques héros, lui a écrit une Lettre
fort reconnoiffante, lui a fait offrir des Lettres
de bourgeoifie, avec un préfent, & l'a fupplié
de trouver bon qu'on plaçât fon portrait dans
fon hôtel-de-ville.

11 *Mars. Lettre d'un Cofmopolite , fur
Requifitoire de M. Joli de Fleury & fur l'Arrêt du Parlement de Paris du 2 Janvier 1764
qui condamne au feu l'Inftruction Paftorale
de M. l'Archevêque de Paris du 28 Novemb.*
1763. Tel eft le titre d'un volume in-12 de
près de 400 pages, où l'auteur entreprend de
réfuter le Cenfeur de tous les Ordres de l'Etat,
le Cenfeur de M. l'Archevêque; qualités qu'on
donne à M. le Procureur général. Cet écrit eft
dans la forme & le goût de celui, *Il eft tems
de parler :* il attaque tous les Parlemens qui ont

proſcrit les Jéſuites, les *Comptes rendus* à cet
égard, & ceux qui y ont eu part, ainſi que les
Prélats qui ont condamné les *Aſſertions* impu-
tées aux Jéſuites. Il eſt terminé par un Arrêt
factice que l'auteur préſume qui ſera rendu contre ſon ouvrage, où ironiquement il le condamne au feu dans l'eſprit qu'il critique.

) Cette Lettre, très peu connue ici, à en juger parce qu'elle contient, n'eſt pas nouvelle ;
il paroît qu'elle a été écrite, il y a plus de dix
mois, & avant que le Roi eût ſtatué ſur le ſort
de la feue Société. Quoi qu'il en ſoit, l'auteur
fera bien de garder l'anonyme ou de ſe tenir
éloigné.

12 *Mars* 1765. Le *Gratis* annoncé a eu lieu
aujourd'hui. On ne peut rendre l'affluence du
peuple qui s'eſt préſenté à la comédie, la rue
& les entours étoient pleins dès le matin. On
a commencé le ſpectacle à une heure & demie,
& il a été écouté avec une attention ſurprenan-
te de la part des ſpectateurs. On ne doute pas
qu'il n'y eût-là des gagiſtes qui les avertiſſoient
d'applaudir aux endroits déſignés. L'auteur a
été obligé de ſe montrer, il a été reçu avec les
acclamations les plus réitérées ; on lui a fait
l'honneur inſigne de joindre ſon nom à celui du
Roi, & l'on a crié *vivent le Roi & M. du Bel-*
loy ! Des courtiſans en grand nombre étoient
préſens à cette cérémonie : ils ſont partis ſur le
champ pour en rendre compte à Verſailles.

31 *Mars.* Il paroît une nouvelle *Lettre de*
M. de Voltaire à M. Damilaville, où il rend
compte d'une façon très-intéreſſante de la maniere dont il a pris en main la défenſe des Calas, de toutes les reſſources dont il a eu beſoin

pour fe garantir de toute furprife & pour mettre en mouvement cette grande affaire; il en
annonce une nouvelle du même genre, à l'é-
gard des Sirven. On ne peut affez applaudir au
ftyle touchant & plein d'humanité dont cette
Lettre eft écrite, & que M. de Voltaire fait fi
bien employer.

14 *Mars* 1765. Entre les différens vers faits à
l'honneur de M. du Belloy on a diftingué le madrigal fuivant, ou plutôt l'épigramme fuivante :

Belloy nous donne un Siege, il en mérite un autre :
  Grâves Académiciens,
  Faites-lui partager le vôtre,
Où tant de bonnes gens font affis pour des riens.

15 *Mars.* Le rapport fait fur l'Inoculation
de la petite vérole, dont le réfultat eft qu'on
ne doit pas même tolérer l'Inoculation, eft
rempli de faits & d'autorités prétendus démen-
tis par plufieurs de ceux mêmes qu'on a cités,
qui réclament dans différens Journaux fur cette
infidélité de la part du Rédacteur. [M. de l'E-
pine.] On doit, à ce qu'on affure, publier dans
peu une réfutation complette de cet écrit.

17 *Mars.* M. de Voltaire a rendu auffi fon
hommage à M. du Belloy aujourd'hui *de Belloy* : il finit entr'autres chofes par lui confeiller
de jouir de fon bonheur ; il ajoute qu'il ne manque à fon triomphe que d'être critiqué par Freron. M. de Belloy a répondu, & fa Lettre eft
peu digne du héros Littéraire auquel elle eft
adreffée.

18 *Mars.* On parle beaucoup d'un écrit très
fcandaleux qui a pour titre *Avis important.*
        c'eft

eſt un libelle infâme contre M. l'Evêque d'Orléans.

21 *Mars* 1765. Le Parlement avant-hier a enfin accordé au *Dictionnaire Philoſophique* &
aux *Lettres de la Montagne*, les honneurs de
la brûlure; mais on les a accouplés malheureuſe-
ment à trois libelles obſcurs & fanatiques, qui
déparent cette apothéoſe : *Avis important*, *le
Coſmopolite*, & *les Réflexions impartiales*. On
a déja parlé des deux premiers.

21 *Mars*. On ne peut s'empêcher de conſi-
gner ici une Lettre d'un Militaire, Grand Seigneur très-reſpectable; qui paroît avoir entrepris de nous retracer encore les loyales & fran-
ches vertus de l'ancienne Chevalerie, dont il
paroît avoir conſervé juſqu'au ſtyle.

*Lettre de M. le Duc de Briſſac, à Madame
la Comteſſe de Giſors, qui le ſollicitoit d'aller
chez les juges de M. le Curé de St. Sulpice,
[M. Duleau d'Allemard] au ſujet de ſa dé-
miſſion donnée contre laquelle il veut revenir.*

„ Ma ſeule, unique & eſſentielle Déité, veut
„ donc que j'aille Donquichotter pour les pa-
„ roiſſiaux intérêts de ſa conſcience couleur de
„ roſe ; elle m'ordonne le rôle de valet de la
„ tragédie d'un ſchiſme au fauxbourg St. Ger-
„ main, moi qui galoppe une place dans *Calais
„ aſſiégé*. L'équitable marguiller des honneurs
„ d'un temple commencé doit porter par écrit
„ ſes ſollicitations fondées ſur l'amour des hé-
„ roïnes de nos bandieres proceſſionales. Je
„ n'ai vécu qu'avec nos drapeaux & nos éten-
„ dards, nourri de détails unis avec l'honneur :
„ j'ai vu démiſſions valoir, d'autres refuſées,
„ ſelon la volonté du chef; j'ai vu qu'autrefois

,, faire & dire étoient un terminé inviolable,
,, Sur quoi tabler dans ces climats nouveaux,
,, où les formes font en continuelle bataille
,, avec le fonds. Que la volonté de Dieu foit
,, fatisfaite au profit de nos ames en leur direc-
,, tion ! je ne balayerai jamais la mienne, ma
,, chere fœur, de l'amour que vous m'avez
,, infpiré ,,.

22 *Mars* 1765. Goldoni vient de donner un
nouveau volume de fes Oeuvres, qui fait le
feptieme. On y lit *le Pere de famille*, & *le véritable Ami*, ces deux pieces qui ont occa-
fionné l'accufation de plagiat intentée par Freron contre M. {Diderot, & l'antipathie que ce
dernier a conçue contre cet auteur Italien, qui
ne favoit rien de ce qui fe paffoit à cet égard.
M. Goldoni fait dans une préface le détail de
tout ce que nous avons déja dit là-deffus, & fe
venge avec autant de nobleffe que de juftice des
chofes peu avantageufes que la paffion avoit
dictées à M. Diderot fur les ouvrages du comique Italien.

Cet auteur eft attaché plus que jamais à la
France; il vient d'être fait maître de Langue
Italienne des Enfans de France, avec 2000 écus
d'appointemens.

24 *Mars.* On voit dans la *Gazette Littéraire* une *Lettre de M. de la Condamine*, Dom
Quichotte né de l'Inoculation, où il refute un
fait qu'il fe croit perfonnel, inféré dans le rapport des Commiffaires contre l'Inoculation. Il
déclare qu'il eft prêt à accepter le défi qu'on
lui a fait, & fur lequel on voudroit mettre en
doute fon courage, de fe faire inoculer pour

éprouver si cette opération réussiroit sur un sujet qui a déja eu la petite vérole.

25 Mars 1765. Le *Siege de Calais* de M. de Belloy paroit imprimé. Cette tragédie est dédiée au Roi, elle est précédée d'une préface, & suivie de réflexions ou plutôt de notes historiques. Dans la premiere l'auteur annonce qu'il travaille depuis longtems à une *Poëtique*, qui sera bien mauvaise, s'il a fait ses tragédies sur les regles qu'il a imaginées, ou s'il a tracé ses regles d'après ses tragédies. Quoi qu'il en soit, cette piece ne fait plus à la lecture la même illusion que sur la scene. On convient généralement qu'elle est barbarement écrite, & que l'auteur, faute de trouver le mot propre, estropie toutes ses pensées les plus belles; en un mot, on la relegue dans la classe des tragédies médiocres, pour ne rien dire de plus.

29 Mars. Plusieurs Pairs, les uns disent 16, les autres 18, ont signé un Mémoire, par lequel ils prétendent établir que la véritable Cour des Pairs n'est autre que les Pairs assemblés & présidés par le Roi, & que cette cour subsiste sans la participation du Parlement & indépendamment de cette cour, où ils ont droit d'aller siéger. Ce Mémoire doit être présenté au Roi par M. le Duc de Sully, qui en a la permission. C'est M. Moreau qui paroit être le rédacteur de cet ouvrage intéressant. Peut-être M. de Villaret y a-t-il quelque part, comme on l'a déja dit.

28 Mars. M. Dorat vient de faire imprimer une tragédie en vers & en trois actes, intitulée *Regulus.* Sans examiner le mérite de ce drame, qui a le plus grand défaut de manquer d'action, nous nous contenterons de citer ce

H 2

qu'il dit plaifamment dans fa préface : „ quel
„ ouvrage qu'une tragédie! je ne fache rien de
„ fi embarraffant à faire, & de fi embarraffant
„ quand elle eft faite. La préfentera-t-on aux
„ comédiens? La recevront-ils? La joueront-
„ ils? Réuffira-t-elle? Reftera-t-elle au théâ-
„ tre? Ira-t-elle à la poftérité? Qu'en diront
„ les Journaliftes? „

30 *Mars* 1765. M. *Fardeau*, prê trehabitué prê-
chant aux Carmélites du fauxbourg St. Jacques,
a été arrêté & conduit à la Baftille. Il eft foup-
çonné d'avoir eu part à l'ouvrage qui a pour
titre *le Cofmopolite*, qui vient d'être brûlé par
Arrèt du Parlement.

31 *Mars. Hiftoire amoureufe de Pierre le
Long & de fa très honorée Dame Blanche
Baru, écrite par icelui.* Tel eft le titre d'un
Roman moderne, où l'on a voulu imiter la naï-
veté de *Daphnis & Chloé.* Cet ouvrage n'eft
pas fans mérite, il eft de M. de Sauvigny.

1 *Avril.* On peut fe rappeler les vers
du Chevalier Boufflers, inferés au 20 Février
dernier. M. le Comte de Choifeull la Beaume
ayant réprimandé ce jeune Seigneur au nom des
Dames de Lorraine, voici les vers qu'il a répandus :

Je le connois trop bien ce dangereux Amour,
Dès mes plus jeunes ans il reçut mon hommage,
Il n'eft le plus fouvent que l'ouvrage d'un jour,
Mais un jour ne peut pas détruire fon ouvrage.
J'ai goûté fes douceurs & j'ai fenti fes coups :
Je fais qu'il fe nourrit de plaifirs & de larmes,
   Vous ne connoiffiez que fes charmes,

Ah ! je le connois mieux que vous :
Las des mépris, des inconftances
Dont furent payés tous mes foins,
Je cherchai d'autres jouïffances
Moins pures, il eft vrai, mais qui me coûtoient moins :
J'eus recours, je l'avoue, à ces beautés faciles
Qui veulent de l'argent & non pas des foupirs ;
Elles ont effuyé en courtifanes habiles,
Les larmes de l'Amour par la main des plaifirs.
A l'amant qui leur plaît, ces Belles,
Pour ne les violer ne font pas de fermens.
Que de femmes, hélas ! devroient faire comme elles
Pour ne point tromper leurs amans.
Voilà les vingt beautés que j'ai fi fort trahies
Et qui me l'ont fi bien rendu ;
Voilà les Iris, les Sylvies,
Au nom de qui, Choifeuil, vous m'avez répondu.
Soyez leur Chevalier ; elles doivent vous rendre
Bien des faveurs pour ce bienfait ;
Mais elles trouveront que vous auriez mieux fait
De les bien attaquer que de les mal défendre.

2 *Avril* 1765. On ne peut affez s'étonner des détails que l'on voit dans la gazette de France fur l'animal qui défole le Gevaudan ; ils font fi dénués de vraifemblance, qu'on ne revient pas de la confiance des rédacteurs à les annoncer comme ils font.

3 *Avril. Sur la deftruction des Jéfuites en France, par un auteur défintéreffé.* Tel eft le titre d'une brochure in-12 de 135 pages, qui annonce de la part de fon auteur une impar-

tialité qu'il juſtifie dans le corps de ſon ouvrage.
Il rend un compte ſuccint de tout ce qui s'eſt
paſſé au ſujet de cette fameuſe révolution, il
indique les principaux faits, les raiſons politiques & morales qui ont préparé cet événement.
Le précis dans lequel il entre à cet égard, eſt
bien fait, & préſente le tableau fidele de la
Société. On y trouve des anecdotes hardies,
mais adroitement déguiſées, qui rendent ce livre rare & précieux. On l'attribue à quelques
gens de lettres, entr'autres à M. d'Alembert,
qui s'en nie fortement l'auteur. Des critiques
cependant trouvent ce livre croqué; ils ſont
fâchés que l'auteur y ait indiſtinctement ra-
maſſé les quolibets de toute eſpece qui ont
couru dans le public ſur cette Société.

3 *Avril* 1765. On répand des copies d'une
Lettre de M. de Voltaire, *du* 25 *Février* 1765,
à M. Berger, l'intime ami dans le ſein duquel
cet auteur dépoſoit ſes ſecrets, & à qui l'on a
enlevé les Lettres qui ont été imprimées depuis
ce tems ſous le nom de *Lettres Secrettes*. M. de
Voltaire, après avoir plaiſanté M. Berger ſur la
pierre dont il eſt tourmenté, & avoir fait quelques réflexions burleſques ſur la providence, le
gronde de s'être laiſſé prendre des copies de ſes
Lettres par un nommé Vaugé. Au reſte, il prétend qu'elles ſont ſi défigurées, qu'il ne s'y
reconnoît pas lui-même : il tombe enſuite ſur
Freron, & finit par ſe féliciter de là vie déli-
cieuſe & ſimple qu'il mene aux Délices. On voit
quelque choſe de contraint dans toute cette façon de penſer & de plaiſanter, qui déplaît :
c'eſt un vieillard ſeptuagénaire qui s'efforce de
rire, la rage dans le cœur.

4 *Avril* 1765. Il paroît un Mémoire de M. Loi-
seau, jeune Avocat, qui traite son métier plus
en Orateur qu'en Jurisconsulte. Cet ouvrage fait
grand bruit, comme littéraire. C'est l'histoire
des amours de M. le Bœuf de Valdahon, Mous-
quetaire de la première Compagnie, avec Mlle.
le Monnier, fille du Premier Président de la
Chambre des Comptes de Dole. Il fait parler le
jeune homme, il raconte d'une maniere tendre & touchante toute son intrigue, qu'il ne
releve qu'à la derniere extrémité, & contraint à
le faire pour repousser les imputations atroces
du pere de la Dlle. Rien de plus agréablement
écrit que ce Roman, plein d'incidens & de
peintures voluptueuses. C'est le même sujet
qu'on avoit annoncé devoir être traité par J. J.
Rousseau.

Ce jeune homme s'étoit déja laissé condamner
par contumace au Parlement de Franche-Comté
à 20 ans d'absence, & à 20000 livres de dommages & intérêts. M. le Monnier n'a point cru
cette peine assez grande, & a voulu se pourvoir en cassation du jugement : ce qui augmente
encore l'intérêt pour le malheureux amant.

5 *Avril.* Il paroît un livre en deux volumes, intitulé *Observations sur l'histoire de
France, par M. l'Abbé Mably.* Cet auteur
traite la matiere depuis le commencement de la
Monarchie jusqu'au regne de Charles le Bel,
dernier fils de Philippe le Bel. On ne peut que
louer la maniere courageuse avec laquelle il défend dans son ouvrage les droits de l'humanité
contre les Princes ambitieux qui regardent les
autres hommes comme nés pour l'esclavage.
Cette liberté n'a point plu au gouvernement,

H 4

& le livre eft profcrit. Il eft écrit d'un ftyle ferme & noble, proportionné à la chofe.

5 *Avril* 1765. Il y a une fermentation très grande dans le tripot comique: un acteur affez médiocre, nommé *Dubois*, s'eft fait guérir d'une maladie honteufe par un Chirurgien, qui s'eft plaint à la Compagnie de n'avoir pas été payé par cet acteur, qui a nié la dette. Mlle. Clairon, très vive fur le point d'honneur, a émeuté toute fa cohorte, & on a parlé à M. de Richelieu, Gentilhomme de la Chambre. Celui-ci a traité l'affaire comme une affaire de vilains, il n'a pas voulu s'en mêler, il en a remis la décifion aux Comédiens, difant qu'ils étoient les Pairs de Dubois, & qu'ils pouvoient le juger. En conféquence il a été chaffé, lui & un nommé Blainville, qui paroiffoit avoir rendu quelque faux témoignage dans l'affaire. Mlle. Dubois, fille de l'expulfé, prend la chofe fortement à cœur; elle met en œuvre tous fes charmes auprès de M. le Duc de Fronfac; & elle fe flatte de réintégrer fon pere.

8 *Avril*. Il paroît à Leipfic une huitieme Edition en quatre parties, des *Satyres de M. Rabener*, in-8º. Les deux premieres parties ont été déja traduites de l'Allemand par Mrs. Sellius & Boispreaux. La vérité, la force & la grace avec lefquelles ce grand homme décrit les mœurs de fon pays, font défirer de voir la fuite à la portée de notre nation.

9 *Avril*. M. Quélant répand dans le public la traduction d'un fonnet de Pétrarque, qui commence par ces mots: *S'amor non è, che dunque è quel ch'i fento?* Il peint à merveille le caractere original de cet auteur.

Si ce n'est point amour, qu'est-ce donc que je sens ?

Si c'est amour, grand Dieu, quelle espece est la sienne ?

Pourquoi, si c'est un bien, cause-t-il mes tourmens ?

D'où vient, si c'est un mal, aimé-je tant ma peine ?

Si j'aime de bon gré, d'où vient que je gémis ?

Si j'aime malgré moi, que me servent mes larmes ?

O mort vive & sensible, ô tourment plein de charmes,

Comment à ton pouvoir me suis-je donc soumis ?

Si je l'ai bien voulu, j'ai donc tort de me plaindre.

Agité par les vents de cent côtés divers,

Je suis comme un vaisseau qui se perd sur les mers.

Hors de moi je ne sçais qu'espérer ni que craindre,

J'ignore qui je suis, quelle est ma volonté,

Je brûle en plein hiver, & tremble en plein été.

10 *Avril* 1765. M. le Comte de Lauraguais &
Mlle. Arnoux sont deux personnages trop intéressans dans le monde littéraire pour ne pas rassembler avec empressement tout ce qui a rapport à
eux. Depuis quelque tems il a débuté à l'Opéra
une Danseuse fort bien tournée, nommée Mlle.
Robbe ; elle a donné dans les yeux à M. de
Lauraguais, qui n'a pu s'empêcher de témoigner à Mlle. Arnoux l'impression qu'il avoit
éprouvée de cette Danseuse. Celle-ci a reçu cette
confidence avec la même philosophie que l'a-
mant la faisoit, elle a pris sur elle de suivre la
passion nouvelle de M. de Lauraguais & d'en
apprendre les progrès de sa propre bouche. Un
jour qu'elle lui demandoit où il en étoit ? il ne
put s'empêcher de lui témoigner qu'il étoit dé-
solé de voir toujours chez sa nouvelle Divinité
un certain Chevalier de Malthe, qui l'offus-

H 5

quoit fort : ,, Un Chevalier de Malthe ! s'écrie
,, Mlle. Arnoux : vous avez bien raifon , M. le
,, Comte, de craindre cet homme-là. *Il y eſt*
,, *pour chaſſer les infideles.* ,,

11 *Avril* 1765. On a laiſſé paſſer en France
depuis quelque tems le livre de M. d'Argenſon,
intitulé *Conſidérations ſur le Gouvernement de*
France. On y a mis des cartons. Ceux qui ont
eu l'ouvrage manuſcrit entre les mains, & qui
étoient amis de l'auteur, tels que pluſieurs
membres de l'Académie des Belles Lettres, conviennent que ni celui-là ni l'autre imprimé en
Hollande, ne ſont le véritable texte. Tout en a
été altéré, juſqu'au titre, qui étoit : *Juſqu'où*
la Démocratie peut s'étendre dans un Etat
Monarchique. On prétend que c'eſt à Rouſſeau
de Geneve qu'on doit cet ouvrage, tout imparfait qu'il ſoit, & que M. le Marquis de Paulmy,
fils de l'auteur, a le véritable manuſcrit.

12 *Avril.* Il paſſe pour conſtant que Garrick,
ce fameux Comédien-Auteur de Londres, qui
eſt à Paris depuis longtems, a pour but de travailler à une piece qui puiſſe ſervir de Pendant
au *François à Londres.* On aſſure qu'il a un
talent admirable pour faiſir les ridicules, &
qu'il joue la pantomime au ſuprême degré. Reſte
à ſavoir ſi ſa compoſition aura la même fineſſe
de tact, la même délicateſſe de goût de M. de
Boiſſy, qualités bien rares dans un Anglois.

13 *Avril.* Mlle. Clairon ne ceſſe de ſouffler
le feu de la diſcorde dans ſa troupe ; elle eſt fu-
rieuſe, à ce qu'on prétend, du bruit qui court
que Dubois aura un ordre du Roi pour continuer ſon rôle de *Manni* dans le *Siege de Ca-*
lais, dont on avoit déja chargé un autre ac-

teur. M. Dubois a fi bien mis en œuvre fes charmes auprès de M. le Duc de Fronfac, qu'elle a obtenu ce qu'elle vouloit. On affure qu'il y a des comités fréquens entre les Comédiens : on cabale, on fait des menées, on ne fait comment finira cette hiftoire.

14 *Avril* 1765. M. Diderot s'étant trouvé obligé de vendre fa Bibliothéque pour des difpofitions de famille, cette nouvelle s'eft répandue chez les Etrangers. On en a parlé à l'Impératrice des Ruffies, & cette Princeffe vient de faire écrire une Lettre très flatteufe à notre Philofophe : elle lui marque qu'inftruite des raifons qui le font défaire de fes livres & du prix qu'ils valent, elle défire les acheter ; qu'en conféquence elle a donné ordre qu'on lui comptât une fomme de 15000 Livres, qu'on lui a affuré valoir cette acquifition, & 1000 Livres en outre en forme de gratification, dont elle prétend qu'il jouiffe tous les ans : S. M. Imp. ajoute, qu'elle ne veut point le priver d'un dépôt auffi précieux & auffi utile, qu'elle le prie de garder cette Bibliothéque jufqu'à ce qu'elle la lui faffe demander.

15 *Avril*. Il s'eft paffé aujourd'hui à la Comédie Françoife une fcene dont il n'y a pas encore eu d'exemple depuis l'inftitution du théatre : c'eft une fuite de la fermentation dont nous avons annoncé les progrès. Les Comédiens, inftruits de la certitude de l'ordre du Roi pour faire jouer Dubois, n'ont point voulu en avoir le démenti, & le complot s'étant formé chez Mlle. Clairon de ne pas jouer, il s'eft exécuté de la façon fuivante. Tout étant difpofé fur les quatre heures & demie eft arrivé le Kain :

H 6

Il a demandé aux femainiers qui joueroit le rôle
de *Manni* ? ,, C'eft Dubois, lui a-t-on répondu,
,, fuivant l'ordre du Roi. Cela étant, a-t-il re-
,, pliqué, voilà mon rôle, ,, & il s'en eft allé.
Molé eft venu enfuite, qui a fait la même chofe.
Brizard & Dauberval ont fuivi les traces de ces
mutins. Enfin eft entrée l'augufte Clairon, fortant de fon lit, affurant qu'elle étoit toute malade, mais qu'elle favoit ce qu'elle devoit au
public, & qu'elle mourroit plutôt fur le théâtre que de lui manquer. ,, Qui fait le rôle de
,, Manni, ,, a-t-elle demandé ? Enfuite, fur la
réponfe que c'étoit Dubois, elle s'eft trouvée
mal, & eft retournée fe mettre au lit. Grand
embarras dans le refte de la troupe : point de
Gentilshommes de la Chambre. L'heure s'approche. On confulte M. de Biron, qui fe trou-
voit-là par hazard. On convient de donner *le
Joueur*, au lieu du *Siege de Calais*, & de glif-
fer cette annonce à la fuite du compliment. Cependant la nouvelle avoit tranfpiré & faifoit
l'entretien du Parterre. On s'arrête à la vue du
complimenteur, homme de mine pietre & mefquine, le Sr. Bourette ; il annonce fa miffion,
& déclare que la défection de quelques acteurs
les met dans le cas de fubftituer *le Joueur* au
Siege de Calais. A l'inftant des huées, des fi-
flets ; le mot de *Calais* fe répete de tous les
endroits de la falle ; on crie : *à l'hôpital la
Clairon* : *Molé*, *Brizard*, *le Kain*, *Dauver-
bal*, au *Fort-l'Evêque*. L'orateur eft obligé de
fe retirer, & l'on met de nouveau en délibération ce qu'on fera. Cependant le tapage continuoit ; & la garde vouloit impofer filence. M.
de Biron envoye dire qu'elle fe contienne &

laiſſe le public en liberté, qui ne ceſſoit de repéter *la Clairon à l'hôpital*, &c. M. de Biron
conſulté de nouveau par les Comédiens, leur
conſeille d'eſſayer toujours d'entrer en ſcene ;
ce qui ayant été exécuté par Préville & Mad.
Bellecour, les cris ont redoublé. Les acteurs,
ne pouvant ſe faire entendre, rentrerent dans
la couliſſe, & le ſpectacle ne pouvant avoir
lieu, un Sergent vint haranguer le Parterre de
la part de M. le Maréchal de Biron ; il annonça
qu'on alloit rendre l'argent ou les billets.

Préville & l'autre ſemainier, le ſoir même ont
été rendre compte de l'aventure à M. le Lieu-
tenant Général de Police, qui leur a témoigné
combien il étoit ſenſible à cela, mais qu'il ne
pouvoit ſe diſpenſer d'exercer ſes châtimens.

16 *Avril* 1765. Fermentation étonnante dans
Paris au ſujet de cette hiſtoire, grand comité
des Gentilshommes de la Chambre tenu chez
M. de Sartine. Le réſultat eſt d'envoyer les cou-
pables au Fort-l'Evêque. Brizard & Dauberval
y vont aujourd'hui : Molé & le Kain enſuite,
ſe ſont arrêtés à une certaine diſtance, & ont
écrit une belle Lettre, où ils rendent compte
de leur conduite & déclarent que l'honneur ne
leur permet pas de jouer avec un fripon.

Mlle. Clairon reçoit des viſites de la cour &
de la ville, au ſujet de cet événement ; elle ne
peut digérer l'affront qu'on a voulu lui faire de
la mettre en face de Dubois. On rapporte à ce
ſujet qu'ayant interpellé quelques officiers qui
faiſoient cercle chez elle, & leur ayant demandé ſi dans leurs corps ils n'en uſeroient pas de

même ? Si quelqu'un d'eux avoit fait une baffeffe, ce qu'ils feroient, s'ils ne le chafferoient
pas ? Et fi, par extraordinaire, la cour vouloit
les forcer a garder un infâme, s'ils ne quitte-
roient pas tous ? *Sans doute, Mademoifelle,*
reprend l'un d'eux avec vivacité, *mais ce ne*
feroit pas un jour de Siege.

16 *Avril* 1765. L'Académie des Belles Lettres
a tenu aujourd'hui fa féance publique.

M. le Beau, Secrétaire perpétuel, a annoncé
que le prix propofé pour cette année feroit remis à pâques 1767, parce que les Mémoires des
concurrens ne rempliffoient pas toute l'étendue
dù fujet. Le fujet propofé eft : *par lefquelles*
caufes & par quels degrés les Loix de Lycur-
gue fe font-elles altérées chez les Lacédémo-
niens, jufqu'à ce qu'elles aient été anéanties ?

On a propofé enfuite pour le prix de la St.
Martin 1766, l'examen de ces queftions : *quels*
étoient en Egypte avant le Regne de Ptolemée
les habillemens des deux fexes ? Y avoit-il quel-
ques marques extérieures pour diftinguer les
Magiftrats des autres Citoyens ? Quelle étoit la
forme des temples & des autres édifices ? De
quels batteaux fe fervoit-on fur le Nil ? Quel-
les étoient les cérémonies ufitées dans les fêtes
publiques & dans les funérailles ? Quels font
les animaux, les plantes & les autres objets
que les artiftes peuvent employer pour ca-
ractérifer l'Egypte ?

M. Anquetil lut enfuite la préface qui doit
être mife à la tête de la traduction des différens ouvrages de Zoroaftre.

M. l'Abbé le Batteux lut un Mémoire, qui

tend à prouver que les nations Payennes civi-
lifées n'ont jamais ignoré le vrai Dieu.

M. l'abbé Foucher publia des Recherches fur
l'origine de l'ancien culte religieux des Grecs.

Enfin la féance fut terminée par la lecture
d'une traduction de la 5e. Ode Pythique de
Pindare , par M. de Chabanon.

17 *Avril* 1765. L'Académie Royale des Sciences a tenu aujourd'hui fa féance publique : elle
a partagé en quatre le prix propofé , & qui n'a-
voit pu être adjugé en 1763 par l'infuffifance
des pieces. Le fujet étoit *la meilleure méthode
de lefter & d'arrimer les vaiffeaux :* aucune des
quatre pieces couronnées n'ayant rempli en entier fon fujet , & toutes étant à un égal degré
de mérite , on a cru devoir faire un pareil partage. Les couronnés font M. l'abbé Boffut , Profeffeur de Mathématiques à Méziercs ; M. Bourde
de Vilhuette , Officier des vaiffeaux de la Compagnie ; M. Grognard , Conftructeur de vaiffeaux
du Roi : le quatrieme n'eft pas encore connu.

Le prix propofé pour 1717 eft *la meilleure
maniere de mefurer les tems en mer.*

M. de Sartine avoit propofé un prix de 1000
Livres fur *la meilleure maniere d'éclairer les
rues de Paris.* Les pieces n'ont pas paru fuffi-
fantes. Le prix eft renvoyé à l'année prochaine , avec 1000 Livres d'augmentation.

M. de Fouchy a rendu compte des Arts que
l'Académie a publiés depuis un an. Ils font *l'art
du Tanneur* , par M. de la Lande ; *l'art du
Drapier* , par M. Duhamel ; *l'art de convertir
le cuivre rouge en laiton* , par M. Gallon, Colonel d'Infanterie. Il a lu enfuite l'Eloge de M.

le Marquis de Poleni, Profeffeur à Padoue, mort
en 1762.

M. le Chevalier d'Arci a lu un Mémoire fur
la durée des impreffions qui fe font dans l'œil :
il a trouvé qu'elle eft de huit tierces de tems,
ou environ le quart d'une feconde.

— M. de Fouchy a repris enfuite la lecture par
l'Eloge de M. le Marquis de Montmirail, mort
au mois de Décembre 1765.

M. le Monnier a lu un Mémoire fur les Eclip-
fes de foleil en général, & en particulier fur
celles de 1737, 1748, 1764 & 1765.

La feance a été terminée par un Mémoire de
M. Duhamel, fur la confervation des grains.

18 *Avril* 1765. Mlle. Clairon eft au Fort-l'Evêque depuis avant-hier.

Les Comédiens ont repris hier leur fervice :
comme on craignoit que la fcene fut tumul-
tueufe, on n'a fait afficher que fort tard, enforte qu'il y a eu très-peu de monde, comme
on le defiroit, & des gens gagés qui ont fort
applaudi un affez maigre compliment qu'eft
venu débiter Bellecourt. M. de Sartine, à qui
on l'attribue, étoit préfent au fpectacle. Ils
ont joué enfuite *le Chevalier à la mode* & *le*
Babillard, & tout s'eft paffé fort tranquillement. Le Sr. Bellecourt, en rentrant dans les
foyers après fon débit, a paru pénétré de la
fcene humiliante qu'il venoit de jouer, & a
déclaré qu'il falloit avoir autant d'attachement
pour fa compagnie qu'il en avoit, pour s'être
prêté à un pareil rôle.

Molé & le Kain fe font rendus du lieu de leur
retraite au Fort l'Evêque.

Difcours prononcé à la Comédie Françoife par Bellecourt , avant la piece du Chevalier à la mode , &c.

MESSIEURS,

„ C'eft avec la plus vive douleur que nous nous préfentons devant vous ; nous reffentons avec la plus grande amertume le malheur de vous avoir manqué. Notre ame ne peut être plus affectée qu'elle l'eft du tort réel que nous avons. Il n'eft aucune fatisfaction qu'on ne vous doive : nous attendons avec foumiffion les peines qu'on voudra bién nous impofer , & qui ont été déja impofées à plufieurs de nos camarades. Notre repentir eft fincere ; ce qui ajoute encore à nos regrets, c'eft d'être forcés de renfermer au fond de notre cœur les fentimens de zele , d'at- tachement & de refpect que nous vous devons , qui doivent vous paroitre fufpects dans ce mo- ment-ci. C'eft par nos foins & par les efforts que nous ferons pour contribuer à vos amufemens , que nous efpérons vous ôter jufqu'au moindre fouvenir de notre faute , & c'eft des bontés & de l'indulgence dont vous nous avez tant de fois honorés , que nous attendons la grace que nous vous demandons , & que nous vous fupplions de nous accorder „.

20 *Avril* 1765. Molé & Brizard font fortis aujourd'hui de leur prifon pour jouer dans *le Glorieux*, & *Zenéide*.

On ne peut qu'attribuer à une cabale gagée par eux les applaudiffemens multipliés avec lefquels ils ont été reçus. Leur infolence s'en eft accrue, & l'on ne peut rendre l'indignation qu'a caufé aux gens comme il faut ce contrafte révoltant.

Quant à Mlle. Clairon, elle convertit en triomphe une difgrace qui devroit l'humilier. Elle a été conduite au Fort-l'Evêque par Madame de Sauvigny, l'Intendante de Paris ; & l'exempt n'ayant point voulu lâcher fa proie, il eft monté dans le vis-à-vis de cette Dame, qui a pris Mlle. Clairon fur fes genoux, tandis que l'Alguazil s'eft affis fur le devant. On ne peut omettre une réponfe qu'il a fait à Mlle. Clairon, en lui fignifiant l'ordre de fa détention. Cette héroïne a reçu la nouvelle avec une nobleffe digne d'elle ; elle a déclaré qu'elle étoit foumife aux ordres du Roi, que tout en elle étoit à la difpofition de S. M. ; que fes biens, fa perfonne, fa vie, en dépendoient, mais que fon honneur refteroit intact, & que le Roi lui-même n'y pouvoit rien : *vous avez bien raifon, Mademoifelle*, a-t-il repliqué, *où il n'y a rien, le Roi perd fes droits.*

Cette actrice a le logement le moins défagréable de la prifon : on l'a meublé magnifiquement. C'eft une affluence prodigieufe de caroffes : elle y donne des foupers divins & nombreux, en un mot elle y tient l'état le plus grand.

21 *Avril* 1765. On écrit de Londres que le Docteur Young, auteur *of Night Thougts* & d'autres ouvrages ingénieux, a été enterré le vendredi 12 de ce mois. Son premier ouvrage, intitulé *the laft Dai*, étoit de 1704. Avant fa mort il a fait brûler tous fes manufcrits. Il avoit été intime ami d'Adiffon, & avoit travaillé au

Spectateur. Il est question de lui élever un monument à Westminster.

22 Avril 1765. Mlle Clairon est sortie hier au soir du Fort-l'Evêque, sur la représentation de son chirurgien, qui a déclaré que sa santé étoit en danger. Elle est allée de-là chez Madame de Sauvigny, où, après les tendres amitiés ont succédé les évanouissemens ; enfin elle s'est rendue chez elle. Elle y est aux arrêts, & n'y peut recevoir que trois personnes, outre ceux qui la servent : Mad. de Sauvigny, M. de Valbelles, & un Russe *pot au feu.*

25 Avril. L'affaire des Comédiens est toujours en suspens & le théâtre ne va que cahin caha. On fait sortir journellement les prisonniers pour jouer, & l'on les reconduit au Fort-l'Evêque. On négocie beaucoup. M. de Belloy, pour faire plaisir à Mlle. Clairon, à laquelle il doit son existence, a retiré son *Siege de Calais*; au moyen de quoi le public n'est plus en droit d'exiger la réparation qu'il devoit naturellement attendre, de revoir cette piece avec les mêmes acteurs qui devoient la représenter le lundi 15, jour de la rentrée & de l'incartade de cette troupe.

26 Avril. Il est question d'introduire en France un livre étranger excellent, mais où il se trouve des assertions hardies & inadmissibles sur la religion. Ce livre est de M. de Beausobre, & a pour titre *Introduction à l'étude de la politique, de la finance & du commerce.* Il est en deux volumes. M. de Sartine travaille à le faire épurer, & cet ouvrage paroîtra ensuite ici au moyen de l'édition plâtrée qu'on en fera.

28 *Avril* 1765. On annonce une Suite au *Dictionnaire Philosophique*, sous le titre de *Philosophie de l'histoire*, *par feu l'abbé Bazin.* Ce livre est dédié à l'Impératrice des Russies, avec ses qualifications. On ne peut douter que l'ouvrage ne soit de M. de Voltaire : tout y est marqué au coin de son esprit, de sa plaisanterie & de son incrédulité. Ce livre, qui paroît ressasser beaucoup de choses déjà repetées mille fois, & qu'il a traitées lui-même ailleurs, va recevoir la plus grande vogue par sa rareté & le mérite du sujet embelli de tout ce que peut y ajouter le sarcasme du bel esprit. Il y a à la fin une petite Note, par laquelle on annonce que c'est tout ce qu'on a pu recueillir du manuscrit de cet abbé, auquel on n'a eu garde de toucher : si l'on en recouvre la suite, on promet de la donner au public : c'est ce qu'on appelle une pierre d'attente qui nous annonce une suite prochaine, peut-être déja dans le porte-feuille de M. de Voltaire, cet auteur intarissable.

29 *Avril.* On lit dans une *Vie de M. Rossillion de Bernex*, *Evêque & Prince de Geneve*, *par le R. P. Boudet*, *Chanoine Régulier de St. Antoine*, *&c.* une anecdote singuliere sur un prétendu miracle, opéré de son vivant par ce Prélat. C'est un certificat, signé *J. J. Rousseau*, par lequel ce Philosophe atteste d'avoir été témoin d'un feu éteint à ses yeux, cet Evêque s'étant mis à genoux. Il est assez singulier de voir un homme qui écrit contre les *Miracles*, dresser un Mémoire comme témoin oculaire d'un fait qui ne peut être l'ouvrage du hazard.

2 *Mai* 1764. Epigramme.

Quoi ! mille francs pour ma v . . . . e,
Difoit Dubois à fon Frater ?
Fretillon, pour beaucoup moins cher,
A fait cent tours de cafferole.
Fi donc ! repliqua le Keyfer,
Sandis ! c'eft un exemple unique :
La Belle alors de tout Paris
Étoit la meilleure pratique :
J'aurois dû la traiter *gratis* :
C'étoit l'efpoir de ma boutique.

4 *Mai* 1765. On lit dans le *Mercure* de ce mois une *Lettre de M. Piron au Sr. de la Place*, auteur du *Mercure*, où il annonce fa conver-fion dans fon ftyle ordinaire & avec la tournure l'efprit qui lui eft propre ; on ne peut encore décider fi c'eft fincérité, hypocrifie ou perfiflage. Cette épitre eft occafionnée par l'envoi de la traduction d'un pfeaume. On fe doute bien que cet ouvrage, qui eft le plus édifiant, n'eft pas le meilleur de l'auteur ; quoi qu'il en foit, cette démarche eft des plus originales, & la Lettre **y** répond on ne peut mieux.

Nous apprenons que M. Piron eft furieux de l'impreffion de fa Lettre. Il l'avoit jointe au pfeaume pour lui fervir d'introduction, mais il ne comptoit pas que M. de la Place la rendroit publique.

5 *Mai.* M. Craffou, Docteur & Pro-feffeur de la Faculté de Droit de Paris, eft de retour de Belême au Perche, où il avoit été exilé par Lettre de cachet, comme on l'a vu ci-devant,

5 *Mai* 1765. Mrs. des Requêtes de l'Hôtel, à la fuite du jugement en faveur des *Calas*, ont arrêté que le Roi feroit fupplié de faire abolir une certaine proceffion, d'ufage à Touloufe le 17 Mai de chaque année. On vient de faire imprimer l'hiftoire de cette cérémonie, fous le titre fuivant : *Hiftoire de la délivrance de la ville de Touloufe, arrivée le 17 Mai 1562, où l'on voit la confpiration des Huguenots contre les Catholiques, leurs différens combats, la défaite des Huguenots, & l'origine de la proceffion du 17 Mai, le dénombrement des reliques de l'églife de Cernin : le tout tiré des Annales de ladite ville.* On y a mis cette épigraphe : *tantum religio potuit fuadere malorum !* L'hiftorien, dans une préface très-judicieufe & très-bien écrite, fait voir la néceffité de fupprimer cette cérémonie, monument trop durable du fanatifme & de la révolte, furtout dans ce fiecle philofophique, où l'efprit de tolérance fe répand fi heureufement.

6 *Mai.* Les Comédiens François ont fait aujourd'hui au public un nouveau compliment, dans lequel ils annoncent que la détention de quelques acteurs, l'abfence de Mlle. Dumefnil, la maladie de Mlle. Clairon & la confternation univerfelle de la troupe, les mettent dans l'impoffibilité de continuer des repréfentations fuivies. En conféquence ils ont pris deux jours de congé. On ne croiroit jamais toute l'importance que l'on met à l'accommodement d'une affaire, qui n'en devoit avoir d'autre qu'une foumiffion fervile & aveugle de la part des hiftrions.

7 *Mai.* On apprend de Neuchâtel, que

s'étoit assemblé un consistoire à Moutiers , où réside le célebre Rousseau , qu'il avoit été question de procéder contre lui comme l'*Anti-Christ* ; mais que le gouvernement avoit décidé que ce consistoire n'avoit rien à voir à la religion de M. Rousseau , & avoit arrêté toute procédure ultérieure contre lui.

7 Mai 1765. Pendant la vacance de pâques , les Comédiens Italiens ont ajouté à leur salle six nouvelles loges sur l'avant-scene de leur théâtre , au lieu de deux colonnes qui la décoroient. Ils ont préféré leur intérêt à une magnificence vaine. La fureur de ce spectacle ne se rallentit point , & le tiers des loges est loué à l'année.

10 Mai. L'affaire des Comédiens est enfin terminée ; elle s'est traitée avec une importance qu'on ne s'imagineroit pas devoir apporter à la *vilité* des personages. Dubois a paru demander sa retraite & l'a obtenue. On lui a accordé 1500 Livres de pension , quoi qu'il n'eût que 29 ans de service , & que selon la regle il en faille 30 : en conséquence, pour ne point déroger à l'usage , il est encore censé au théâtre une année , & il jouira de sa part, quoiqu'il ne joue plus. On lui accorde en outre 500 Livres de pension extraordinaire , comme ayant fait une éleve : [sa fille] ce qui est d'étiquette. Les détenus en prison ont été élargis hier au soir.

11 Mai. On voit ici les fragmens d'une Lettre de l'Impératrice des Russies, qui, joints à quantité d'autres traits , lui concilient les suffrages des Philosophes & des gens de Lettres. Elle s'exprime ainsi dans une Lettre à Madame de * * *, pour qui elle a conservé l'amitié dont elle l'honoroit autrefois.

„ Si vous étiez ici, Madame, il n'y auroit d'autre distance entre vous & moi qu'une petite table. Mes ordonnances, relativement au Clergé, n'ont eu pour but que de le débarrasser des soins du temporel, pour que n'étant plus occupé dorénavant que du spirituel, il puisse en paroître plus respectable aux yeux des peuples „.' . . . . . .

„ Ne me nommez plus, je vous prie, le nom de *Montesquieu*, parce qu'il m'arrache des soupirs; s'il vivoit encore, je lui aurois fait des propositions, mais il m'auroit refusé. . . . . Son livre est le vrai bréviaire des Souverains, j'entends de ceux qui ont le sens commun „.

„ Le Roi de Prusse, ce grand Prince, mon ami & mon allié, m'écrit des lettres dont chaque mot & chaque ligne mériteroient d'être imprimés, mais il n'est pas encore tems pour cela. Nous traitons de nos affaires tout haut, parce que nous ne faisons point usage des fausses finesses qui gouvernent dans les autres cours. ”

„ C'est avec raison que vous pouvez avoir été surprise de mes manifestes, mais vous n'avez pas apparement réfléchi, Madame, que je parlois à des Russes, & non pas à des Anglois: pour vous contenter, j'ose vous promettre que vous n'en verrez plus de ma façon. ”

12 *Mai* 1765. On fait l'histoire de la maison d'Orléans, on doit trouver à la tête le portrait de S. A. S. Mgr. le Duc d'Orléans, avec ces vers remarquables :

Vous, qui d'un œil surpris comptez dans cette histoire
    Tant de héros, d'exploits & de vertus,

Si

Si vous doutez, ne doutez plus,
Ce Prince vous les fera croire.

13 *Mai* 1765. Le retour de Mlle. Dumefnil a mis les Comédiens en état de jouer aujourd'hui une tragédie. Ils ont donné *Semiramis*. Le Public eſt retourné en foule à ce ſpectacle, compoſé de gens de la plus haute diſtinction. Mlle. Dumeſnil a été fort applaudie, mais Mlle. Dubois qui faiſoit le rôle d'*Azema*, encore plus : ce qui décele la cabale ameutée en faveur de cette actrice médiocre.

Mlle Clairon eſt encore incommodée, ou du moins fait valoir ſon état pour ne point jouer; elle veut exciter les deſirs du public.

14 *Mai. Jupiter & Danaé*, poëme héroï-comique. Il eſt diviſé en ſix chants, il roule ſur la fable agréable & connue de la métamor-phoſe du Maître des Dieux pour triompher de cette belle Princeſſe. Nous nous contenterons d'indiquer la maniere de l'auteur par ces deux vers caractériſtiques; Danaé joue aux quilles avec ſa ſuivante, elle ſe plaint de ſa mal-adreſſe :

Hélas! que dira-t-on d'une impuiſſante fille
Qui n'a pu dans ce jour mettre à bas une quille!

15 *Mai.* Freron, toujours acharné con-tre M. de Voltaire, vient de publier dans ſa feuille 13e une prétendue *Lettre d'un Philoſo-phe Proteſtant à M.****, ſur une Lettre que M. de Voltaire a écrite à M. Damilaville à Paris, au ſujet des Calas.*

Ce Philoſophe Proteſtant refute la maniere dont M. de Voltaire prétend avoir été autoriſé

Tome II.   I

à préfumer l'innocence des Calas. Il eft bien extraordinaire qu'on fache un mauvais gré à ce grand homme d'avoir embraffé aveuglement la caufe d'un vieillard qu'il fouhaitoit n'être pas trouvé coupable. Quelque peu raifonné que fût fon zele, il ne lui fait que plus d'honneur. Les vrais Philofophes fçauront très mauvais gré à Freron d'avoir mis fous le nom d'un autre Philofophe toutes les mauvaifes chicanes, tous les raifonnemens fchólaftiques, qu'il employe pour prouver que M. de Voltaire a eu tort.

18 *Mai* 1765. M. Clairaut, de l'Académie Royale des Sciences; & l'un des plus grands Géometres de l'Europe, eft mort hier.

19 *Mai*. Entre les différens ouvrages qui ont paru fur l'Education depuis quelque tems, on diftingue celui de M. Garnier, Profeffeur Royal d'Hébreu & de l'Académie des Infcriptions & Belles-Lettres ; il eft intitulé *de l'Education civile*. L'auteur, après avoir étalé fes recherches fur l'Education antique, trace le meilleur plan, fuivant lui, pour nos mœurs. Entre les différentes vues qu'on remarque dans cet ouvrage, on diftingue le projet d'une troifieme année de Philofophie, où l'on étudieroit la *morale pratique, économique & politique, qui comprendroit le droit de la nature & des gens, la fcience de l'homme civil*. C'eft cette derniere partie qui fait l'objet de cet ouvrage, ou d'un cours d'éducation divifé en fept livres, précédés d'une introduction fur la néceffité d'apprendre à fe connoitre.

M. Garnier voudroit furtout qu'on ramenât les lettres à leur véritable inftitution. Nous n a les regardons plus que comme un objet d'amufen

...ment. Il fait une fortie affez vive contre les tra-
...ques françois, auxquels il reproche d'avoir dé-
...radé leur art, & de l'avoir fait dégénérer de fa
...remiere inftitution.

...10 *Mai* 1765. M. Bret vient de recueillir fes
...uvrages de théâtre en un volume dédié à S.
...S. Mgr. le Prince de Condé. Cette Collection
...enferme *l'École amoureufe*, *la Double extra-
...agance*, *le Jaloux*, *l'Entêtement*, *l'Orpheline*
...*le faux généreux*. Les deux premieres pieces
...nt eu du fuccès & font reftées au théâtre, les
...ois autres n'ont pas eu le même avantage.

...En général, M. Bret a du fens, de la raifon,
...es connoiffances; il connoît le ton de la bonne
...omédie, l'entente des fcenes, la variété des
...aractéres : mais fes défauts font un manque
...énergie dans ces mêmes caractéres, du roma-
...esque dans les refforts, trop de fageffe, qui dé-
...enere quelquefois en froideur.

...22 *Mai*. *Difcorfo fopra l'imitatione Dra-
...atica.* Ce petit ouvrage, d'un Philofophe Tof-
...n, eft fait pour prouver que les beaux arts ne
...uvent atteindre leur but qu'en embelliffant la
...ture, qu'il ne faut point le reftreindre à une
...ation fervile qui ne feroit aucun plaifir.

...On y cite l'exemple de Belvéderi, qui avoit
...é à Naples un Théâtre, où il s'étoit propo-
...le rappeler tout à l'exacte vérité; il formoit
...acteurs lui-même, il ne leur donnoit jamais
...des rôles convenables à leur caractere & à
...figure, &c. Cette méthode d'affimiler le
...au caractere des acteurs, réuffit tellement
...elvéderi, qu'il prétend que, dans les momens
...action, l'illufion agiffoit fur eux au point de
...aire rougir ou pâlir fuivant l'exigence du

I 2

rôle. On répond à ceux qui fe prévalent de cet
exemple, que fi le Belvederi a obtenu de fi
grands effets de cette maniere d'imiter la nature,
il les dut fans doute à l'impuiffance de l'imiter
parfaitement.

24 *Mai* 1765. L'Académie des Sciences s'é-
tant employée pour faire avoir à M. d'Alembert
la penfion vacante par la mort de M. Clairaut,
le Miniftre a répondu aux Députés de cette
Compagnie que S. M. étoit trop mécontente des
derniers ouvrages de M. d'Alembert pour lui accorder aucune grace. On croit que ce difcours
tombe fur le livre concernant *la deftruction
des Jéfuites.*

28 *Mai.* Les Comédiens Italiens ont donné
aujourd'hui une réprésentation extraordinaire
du Roi & du Fermier, avec *le Sorcier* & deux
Ballets de Pitro. Le produit de cette repréfentation a été deftiné à Philidor, muficien connu
par fes talens, mais que des malheurs domefti-
ques ont réduit à la néceffité d'accepter ce bienfait de la part des Comédiens, pour lefquels il
travaille depuis plufieurs années avec fuccès.

29 *Mai.* On parle beaucoup d'avance du
difcours que doit prononcer à l'Affemblée du
Clergé M. l'Archevêque de Touloufe. On fait
qu'il roulera fur *l'accord des deux Puiffances;* la
divifion de fon difcours eft : la puiffance Royale
doit foutenir la puiffance Eccléfiaftique dans
toute fon étendue : la puiffance Royale doit empêcher que la puiffance Ecclefiaftique n'excede
fes bornes légitimes. On eft d'autant plus curieux de voir comment M. de Brienne trait-
tera cet objet, qu'il eft fort lié avec M. d'Al-

lembert, & qu'on ne doute pas qu'il n'ait con-
fulté cet auteur.

30 *Mai* 1765. Le Mandement de M. de Sar-
lat, quoique très rare encore, commence à fe
répandre. Nous venons de le lire. Il eft du 24
Novembre : l'Auteur y dévoile d'abord les raifons de fon filence & celles de plufieurs Evêques ; il révele à cette occafion des anecdotes
précieufes ; il foudroie enfuite les trois Mandemens de feu M. de Soiffons, de M. l'Evêque
d'Angers & de M. d'Alais, conformes aux vues
des Parlemens. Il combat le livre des *Affer-*
tions avec une adreffe finguliere ; il foutient les
Jéfuites, & prétend démontrer leur innocence.
Cet ouvrage, même comme littéraire, eft très
bien fait ; eft écrit avec autant de force que de
modération, & donne un bel exemple du zele
avec lequel un Evêque doit dire fon fentiment
dans les matieres qui le concernent.

31 *Mai*. M. l'Archevêque de Touloufe a
prononcé aujourd'hui fon difcours. Son texte
etoit pris de *Zacharie*, Chap. VI : *il s'affeyera*
fur fon trône, & il dominera ; le Grand Prê-
tre fera auffi affis fur le fien, & il y aura en-
tr'eux une alliance de paix.

Dans le premier point, l'orateur a établi que
c'étoit la religion qui avoit formé les loix & les
mœurs, & qu'elle avoit eu recours à l'autorité
temporelle pour en maintenir l'obfervation.

Dans le fecond, il a montré que la puiffance
eccléfiaftique ne doit pas nuire à la protection
qu'elle a droit d'attendre de la puiffance temporelle, en l'occupant au foin de la contenir
dans les limites des fonctions qui lui font con-
fiées, les peuples n'étant heureux que lorfque

l'une & l'autre concourent à entretenir l'harmonie pour le bonheur des sujets.

1 *Juin* 1765. *Lettre d'un Théologien à un
Evêque, député à l'Assemblée du Clergé.* Tel
est le titre d'une petite brochure qui, sous prétexte des projets que l'on attribue à la plupart
des Evêques, tendant à remettre sur la scene *le
Formulaire, la Constitution Unigenitus;* sur
lesquels le Roi a imposé un silence absolu, *l'affaire des Hospitalieres, le rétablissement des ci-
devant soi-disant Jésuites, à prendre la défense
des* Assertions, *enfin à épouser la querelle de
M. l'Archevêque d'Aix contre M. l'Evêque
d'Alais,* présente au public les motifs qui doivent les faire proscrire. Le peu de modération
& de tolérance que présente un écrit fait pour
prêcher la modération & la tolérance, décré-
dite tout ce qu'on pourroit y trouver de bon.

2 *Juin. Avis important aux Cardinaux
Archevêques & Evêques, au Clergé Séculier
Régulier, à la Noblesse, &c.* Cette brochure est
un tocsin général pour mettre toute la nation
en mouvement, sous prétexte de la ruine im-
minente de la religion. On y fait un précis très
exact & circonstancié, on ne peut mieux, des
différens assauts que l'Eglise de France a éprou-
vés depuis la mort du Cardinal de Fleuri : on
dévoile toutes les manœuvres exécutées pour
sapper sourdement & à petit bruit l'autel & le
trône : on y reproche surtout aux Evêques leur
indolence, leur inaction, leur mésintelligence.
Cet ouvrage, écrit avec force & beaucoup de
chaleur, est bien opposé à celui dont nous venons de rendre compte. Les Jésuites n'y sont
pas oubliés. On trace d'une façon effrayante le

suites funestes de leur destruction. Le Jansénisme y est traité d'une façon également inju-
rieuse & méprisante. Cet ouvrage, comme littéraire, est d'une éloquence frappante, & propre à allumer l'enthousiasme & le fanatisme dont
il est empreint à chaque page.

3 *Juin* 1755. On débite sourdement un livre
intitulé *l'Ecole de l'Administration maritime*, ou
le Matelot politique. Cette brochure, dédiée à
l'Impératrice des Russies & signée le *Chevalier
de* * * *, n'est donnée que comme le projet d'un
livre en deux volumes, grand in 8°. qui portera
le même titre. A en juger par celui-ci, ce n'est
qu'une compilation sans ordre & sans méthode
de projets tronqués. L'auteur paroît surtout avoir
puisé dans les *Intérêts de la France mal entendus*. La confusion, l'obscurité, le galimathias
qui regnent dans cet ouvrage, annoncent une
tête étroite, mais organisée & peu propre à
former un systême qui demanderoit un génie
aussi lumineux que fecond. Le style est sec,
dur, & ressemble à celui de M. de Mirabeau,
bien supérieur cependant, quant à l'énergie.

4 *Juin*. Epitaphe à M. Clairaut.

Sous cette tombe gît Clairaut, qui dans ses veilles
    De l'univers entier mesura la grandeur :
Les cieux pour son esprit n'ayant plus de merveilles,
    Il est allé contempler leur auteur.

4 *Juin*. M. Bret s'exerce aussi dans la car-
rière des *Contes Moraux & Dramatiques*,
comme il les appelle. Il vient d'en publier trois.
Ils ne sont remarquables que par la nouvelle for-

me qu'il leur a donné ; c'eſt de mettre les noms
des interlocuteurs à chaque couplet du dialogue.
Il prétend que les jeunes écrivains pourroient
s'exercer utilement dans un ſemblable genre, &
ſe préparer aux grandes compoſitions.

5 *Juin* 1765. Madame Riccoboni ne ceſſe de
ſemer de fleurs ſa carriere littéraire, elle vient de
répandre dans le public un *Recueil de pieces
détachées* auſſi agréable que piquant. Il commence par une continuation de *Marianne*, écrite
dans le ſtyle de Marivaux. Ce morceau, curieux
par la reſſemblance de la copie, préſente juſqu'aux défauts du modele ; mais la piece la plus
curieuſe eſt un *Romanet*, qui a pour titre *Er-
neſtine*. Il nous paroît d'un goût exquis : les caractères y ſont vrais, quoique ſinguliers, & les
incidens neufs, ſans être romaneſques.

6 *Juin*. Il paroît enfin une critique du *Siege
de Calais*. Il s'eſt trouvé un écrivain aſſez hardi
pour dire la vérité, & remettre cette tragédie à
la place qu'elle mérite, c'eſt-à-dire au rang des
plus médiocres.

8 *Juin*. M. l'abbé Frugoni, célebre Poëte
Italien, vient de publier à Parme un volume ſur
l'Inoculation du Prince héréditaire. Cet ouvrage
eſt plein de richeſſes de la poéſie & de fictions
ingénieuſes. On admire ſurtout la maniere pittoreſque dont l'auteur a rendu l'analyſe des ouvrages de l'abbé de Condillac, précepteur du
jeune Prince, & qui, ayant penſé périr de la
petite vérole peu de tems après, méritoit d'occuper une place dans ce poëme.

10 *Juin*. *Lettre à un Ami ſur le livre de
M. d'Alembert ſur la deſtruction des Jéſuites
en France*. Cette brochure écloſe ſous la plume

du plus fanatique Janséniste, est marquée au sceau d'une passion si caractérisée qu'elle ne peut faire aucun tort à l'ouvrage du Philosophe. Il suffira de dire pour démontrer à quelle extravagance on se porte quand on n'est plus guidé par une raison judicieuse, que cet auteur compare M. d'Alembert à l'*Hyene*. La fureur qu'il déploye, discrédite la critique plus sensée de cet ouvrage, qu'il fait en d'autres endroits, tant sur le fonds que sur la forme qui en sont également susceptibles. On lui dit entr'autres choses qu'il a voulu être le singe de Pascal, & qu'il n'est qu'un Pasquin : ce qui est assez vrai.

11 *Juin* 1765. M. d'Arnaud intente une accusation de plagiat contre M. Bret. Il prétend que le trait de ce comique, qui dans son *Faux Généreux* représente un fils vendant sa liberté pour son pere, a été employé longtems avant que le dernier en fit usage, dans sa Comédie du *Mauvais Riche*, composée dès 1745, & représentée depuis en 1750 sur un théâtre particulier. Il soutient même qu'il y a d'autres ressemblances entre son Drame & celui de M. Bret. Quoi qu'il en soit, il écrit à cette occasion une Lettre à M. Freron, insérée au N°. 16, aussi plate que vaine & puérile ; il cite une grande scene de sa piece, qui ne signifie rien & n'en donne aucune idée.

12 *Juin*. M. le Comte de St. Florentin vient d'écrire à l'Académie Royale des Sciences une Lettre, par laquelle il lui marque que le Roi agréoit l'élection faite l'année derniere du Chevalier Turgot, & qu'on procédât à la nomination de quatre nouvelles places d'Associés libres. Le Roi n'a point encore prononcé sur la Pen-

I 5

fion vacante par la mort de M. Clairaut, dont M. d'Alembert a été exclu.

14 *Juin* 1765. On répand deux nouveaux Chapitres des *Matinées du Roi de Pruffe*, faifant le 6 & le 7. Ils font plus étendus, & développés d'une façon moins ironique & plus grâve. On feroit tenté de croire qu'ils ne font point de la même plume : ils font manufcrits, ainfi que les autres.

15 *Juin.* Mlle. Clairon continue à ne point paroître. Il y a même à parier qu'elle ne jouera plus: Malgré toutes fes Lettres hypocrites où elle parle de fon attachement & de fon zele pour le public, elle vient de tenter l'impoffible auprès de M. le Duc de Richelieu pour obtenir une retraite abfolue. Ce fupérieur n'a point voulu, il lui a feulement accordé un congé jufqu'à Pâques, afin qu'elle eût le tems d'aller à Geneve & de s'y faire raccommoder ce qu'elle a de malade, fauf à voir enfuite fi fa fanté exige abfolument cette grace.

16 *Juin.* Dans le *London Chronicle* du 10 au 11 de ce mois, on voit le détail d'une Comédie jouée pour la premiere fois à Londres, fur le théâtre de *Haymarket* [Marché au foin.] Cette piece eft intitulée le *Commiffaire*. Elle eft de M. Foote, c'eft-à-dire gaie & fatyrique.

16 *Juin.* Sur la réponfe du Roi M. Perronet, Directeur des Ponts & Chauffées, & M. Andouillé, premier Chirurgien du Roi, ont été admis, de l'agrément du Roi, Affociés libres par l'Académie Royale des Sciences.

17 *Juin.* On voit dans Fréron, N°. 16, une Lettre fignée *Chary*, où l'on s'étend fort au long fur le Pere *Feijo*, Bénédictin Efpagnol,

Général de son Ordre & membre du Conseil de
la Majesté Catholique, mort au mois d'Octobre
de l'année derniere. C'est le fameux auteur du
*théâtre critique & universel sur les erreurs
communes en tout genre de matieres*, au nombre de 14 volumes. Plusieurs ouvrages périodi-
ques & surtout le *Journal Etranger*, ont parlé
avec éloge de cet ouvrage savant. Mais ce qui
rend le Sr. Feijo encore plus célebre & digne
d'une gloire immortelle, c'est la hardiesse avec
laquelle il a osé s'opposer aux progrès de la su-
perstition, & lever les voiles de l'ignorance dont
elle couvroit son pays. Si l'Espagne a fait quelques pas vers la vérité, elle les doit au zele intrépide de ce Philosophe, qui sans cesse en butte
aux traits de la cabale & de la calomnie, s'est
sacrifié pour instruire sa nation, extirper la fausse philosophie & les préjugés de toute espece
dont ses compatriotes étoient imbus. On y cite,
pour mettre le sceau à son courage héroïque,
la maniere ingénieuse & juridique dont il dé-
trompa les spectateurs d'un faux miracle, qui
se renouvelloit tous les ans depuis plusieurs sie-
cles, & qui n'étoit qu'un effet naturel, ménagé
à propos.

19 *Juin* 1765. Par le *London Chronicle* du
2 au 13 Juin, on apprend qu'il y avoit une
action intentée à Londres contre M. Foote,
pour un caractere connu introduit dans sa nouvelle Comédie du *Commissaire*.

19 *Juin*. M. de la Harpe est actuellement à
Geneve. M. de Voltaire accueille tour à tour
les différens éleves des Muses, qui veulent bien
lui faire leur cour.

20 *Juin. Le Jésuitisme, hérésie nouvelle*,

I 6

ou histoire abrégée des hérésies formées dans l'Eglise depuis son établissement.

C'est l'ouvrage de quelque famélique auteur, qui a cru pouvoir, dans ce moment-ci, se faire une ressource de rassembler dans un très petit volume l'historique des diverses hérésies qui ont affligé l'Eglise ; & pour piquer la curiosité il y a joint celles du prétendu *Jansénisme*, des *Quiétistes*, du *Jésuitisme*, du *Pirhonisme*, de l'*Hardouinisme* & du *Berruyénisme*. Cette Collection abrégée est commode pour ceux qui n'ont pas le tems de lire les détails dans les énormes ouvrages qui en traitent.

22 *Juin* 1765. M. de Mondonville s'étant avisé de remettre en Musique d'un bout à l'autre l'Opéra de *Thesée*, M. le Maréchal de Richelieu a jugé à propos d'en faire faire une répétition aujourd'hui sur le théâtre de l'hôtel des Menus, où ont été convoqués tous les connoisseurs & amateurs. Cette représentation n'a point eu de succès : on a trouvé les airs de symphonie admirables, mais le récitatif bien inférieur à celui de Lully. On doute que cet Opéra soit donné l'automne à Fontainebleau, comme on l'avoit projetté.

23 *Juin.* Il est arrivé de Bretagne deux pieces curieuses dans ce pays-ci ; l'une est la *Parodie* en vers d'une Lettre de M. de St. Florentin, en félicitation aux douze membres du Parlement qui n'ont pas donné leur démission : l'autre est une Gravure faite par M. l'abbé *Lurgais*, Gentilhomme Breton, représentant les Douze bardés de I & de F. Ces deux pieces à conserver comme historiques sont fort rares : la premiere est appelée la *Laverdique*, dont on

déja parlé. La feconde fe nomme la Gravure des Ifs. L'auteur de cette derniere eft à la Baftille.

24 Juin 1765. On écrit d'Allemagne que le Margrave de Bade-Dourlach vient d'établir une Société Littéraire, à laquelle il veut préfider en perfonne, & que, fût-il fimple particulier, il auroit droit à cette préfidence. On ajoute qu'il ne fe livre à fes occupations littéraires qu'après avoir fait tout ce qu'il falloit pour rendre fes peuples heureux.

On apprend encore que le Duc régnant de Wurtemberg a confacré cette année à la dédicace d'une Bibliothéque publique, qui donne fon nom à une Société favante ou qui afpire à l'être ; que cette cérémonie s'eft faite avec toute la folemnité poffible ; en un mot, que ce Prince cherche à donner à fes Etats une fecouffe violente par un luxe prodigieux & les fêtes les plus fplendides, dans l'efpoir qu'il en fortira tout ce qui eft propre à y faire fleurir les Arts & les Sciences.

26 Juin. M. l'abbé de la Tour du Pin, Prédicateur célebre dont on a quelques ouvrages imprimés dans ce genre, vient d'être arrêté au milieu de fa carriere : il eft mort ces jours-ci d'une fievre maligne, plus en Philofophe qu'en Orateur Chrétien. La chronique fcandaleufe publie qu'il n'a point reçu fes facremens ni voulu les recevoir.

29 Juin. On mande de Londres que les délais étant expirés au fujet de M. *d'Eon*, dont il a été queftion, on avoit prononcé qu'il étoit *hors de Loi*.

30 Juin. Dans ce fiecle philofophique, où l'on court encore plus après l'argent que la

fcience, il n'eft rien qu'on ne réduife en art
dont on ne donne de prétendus principes: u
nouveau maître fe met fur les rangs, & veut ré
duire le commerce à des points de doctrine
dont il offre de mettre au fait ceux qui voudron
faire un cours fous lui : M. Cormiere répand u
Profpeétus très-étendu fur cette matiere ; il con
fidere fes Eleves fous trois points de vue géné
raux, *comme entrant dans le commerce, comm*
faifant le commerce, comme quittant le com
merce. Il a quinteffencié les plus habiles auteur
qui ont travaillé fur cette matiere, & vendra foi
Élixir pour 72 Liv. par an.

1 *Juillet.* Il fe répand une *Requête des Béné*
diétins au Roi, imprimée, & qui a été préfenté
à S. M. par M. le Duc d'Orléans. C'eft un
feuille de 4 pages, fignée par un grand nombr
de Religieux de St. Germain des Prez & autres
elle paroît être l'ouvrage des plus Savans d
l'Ordre. Ils fe plaignent fommairement d'êtr
aftreints à des pratiques minutieufes, à des for
mules puériles, à une regle gênante & qui n'ef
d'aucune utilité à l'Etat. Ils demandent à n'êtr
plus tondus, à faire gras, à porter l'habit court
à ne plus aller à matines, à minuit; &c. en u
mot, à être comme Seculiers. Ils prétendent l
réunion des petites maifons en grandes, & f
regardent dès-lors comme plus en état d'êtr
utiles au public; ils offrent d'éduquer & entre
tenir *gratis* 60 Gentilshommes. Cette Requêt
fait grand bruit.

2 *Juillet* 1765. On voit dans le commence
ment du *Mercure* de Juillet une Correfpondanc
entre M. Vernet, Miniftre du St. Evangile, &
le fameux J. J. Rouffeau. Celui-ci avoit par

garder le premier comme auteur du libelle
intitulé *Sentimens des Citoyens*. Ce Ministre envoye à M. Rousseau une rétractation authentique; à laquelle il a répondu laconiquement,
comme n'étant pas persuadé. Replique de M.
Vernet, &c. Il résulte de ce commerce que
celui-ci a fait tout ce qu'il a pu pour se réconcilier
avec l'autre, qui s'est toujours refusé aux différens termes d'un accommodement. On ne peut
connoître le fond de ce procès, & quelles rai-
sons rendent M. Rousseau si *récalcitrant*.

3 *Juillet*. Un Théologien a dénoncé la *Gazette
littéraire* à M. l'Archevêque de Paris comme
un ouvrage tendant à établir la tolérance, à
favoriser les progrès de l'Incrédulité. M. l'abbé
Morlaix a pris en main la cause des auteurs de
cet ouvrage périodique, il a fait des *Observations
sur cette dénonciation*, où il prétend les venger.
Nous doutons que beaucoup de gens lisent &
le Théologien & le Réfutateur. Son écrit est sec,
froid & triste. Il falloit y répandre le sarcasme à
pleines mains, & c'étoit le cas du *ridiculum acri*.

4 *Juillet* 1765. L'Université de Paris, par un
privilege particulier, ayant joui de tout tems du
droit des Messageries & des Postes, le Roi jugea
à propos, en 1719, de réunir ce privilege aux
Messageries & Postes Royales, & accorda à
l'Université pour indemnité le 28e. du Bail Général des Postes, faisant alors 120,000 Liv. Le
Bail ayant augmenté par la suite, l'Université a
réclamé son droit: M. le Contrôleur général lui
accorde 20,000 Liv. d'augmentation. Cette
année que le Bail de la Ferme est porté à
900,000 de Liv., l'Université vient d'exposer
dans une Requête au Roi ses privileges, & sur

quoi elle fonde ſa Réclamation du 28e. du prix
du Bail, dont l'objet eſt de ſubvenir à la dépenſe des frais de l'Univerſité & de ſes membres
pour l'inſtruction gratuite.

5 *Juillet* 1765. La République des Lettres vient
de perdre M. *Panard*, âgé de 74 ans. Il eſt mort
à Paris le 13 Juin dernier. On peut le regarder
comme le Pere du Vaudeville François. M.
Marmontel l'a ſurnommé le *La Fontaine du
Vaudeville*. M. Favart l'a très-bien caractériſé
dans ce vers heureux :

> Il chanſonna le vice & chanta la vertu.

Ce Philoſophe Poëte vivoit de 300 Liv. de
penſion, que lui faiſoient Madame Carré de
l'Orme, Mad. de *** & M. de ..... Il avoit
ſurtout enrichi de ſes productions le théâtre
Italien & encore plus l'Opéra Comique.

6 *Juillet*. On vient de donner un Extrait
de Bayle, en 2 volumes in-8°. Cet ouvrage
qui préſente en raccourci tout le poiſon répandu
dans les in-folio de ce Savant, eſt prohibé avec
la plus grande ſévérité. On l'attribue au Roi de
Pruſſe, c'eſt-à-dire le projet, qui du reſte ne
préſente qu'une exécution très-ſervile. La préface eſt la ſeule choſe qui paroiſſe y appartenir
à l'auteur : on auroit pu même apporter encore
plus de choſes dans ce recueil, & concentrer
davantage l'eſprit peſtiféré qu'il renferme.

7 *Juillet*. Le Sr. Monnet vient de mettre
au jour ſon *Anthologie Françoiſe*. Il a prétendu
du donner un choix des chanſons faites en
France depuis le 13e ſiecle juſqu'à préſent. Rien
de plus mal fait. Il eſt une preuve combien il
faut un goût exquis pour faire un pareil ouvr.

qui ne peut fortir des mains d'un homme
...t l'intérêt guide la plume. On y voit à la
... un Mémoire hiftorique fur la chanfon en
...éral, & en particulier fur la chanfon fran-
...fe. C'eft fans contredit ce qu'il y a de mieux
...s l'ouvrage. Il eft de M. Meunier de Quer-
...n. Le portrait de l'Editeur précede tout cela,
...c ces trois mots, dans lefquels fe dilate fon
...énieufe vanité : *Mulcet, Movet, Monet.* Il
...oit trouvé cette devife fi belle, qu'il l'avoit
...e à fon Théâtre de l'Opéra Comique, dont
...toit Directeur. Du refte, cet ouvrage eft très
...éable pour la partie typographique.

... *Juillet* 1765. M. de la Dixmerie vient de
...e imprimer des *Lettres fur l'état préfent de
...s Spectacles.* On y trouve une critique judi-
...ufe, des vues neuves ; ce qu'il dit furtout par
...pport aux pieces qu'on a tant de peine à faire
...evoir & qui tombent fi facilement, feroit ado-
...de tous les auteurs avec grande joye.

...o *Juillet.* Le concours à l'Académie Fran-
...fe au fujet du prix d'Eloquence propofé
...ur cette année, a été fi nombreux qu'elle a
...pté jufqu'à 200 pieces préfentées : elle en a
...gué un grand nombre, mais il en refte 14
... toutes méritent une difcuffion particuliere :
...fait que le fujet eft *l'Eloge de Defcartes.*

...1 *Juillet. Le Sottifier*, Supplément aux
...s volumes de chanfons du Sr. Monnet,
...oit : il ne vaut pas mieux que les autres. Il
...oit contenir les chanfons les plus gaillardes,
...s il n'y a que des ordures, fans fel, fans
...ces, fans efprit. Toute la Littérature eft ré-
...tée contre l'audace de cet intrus.

...3 *Juillet. La Requête des Bénédictins* n'a

point eu le fuccès qu'ils s'en promettoient. On
n'a vu dans cet ouvrage qu'un defir effrené de
fecouer le joug, & fans un examen bien réfléchi. M. de St. Florentin en a témoigné le mécontentement du Roi aux Supérieurs dans une
Lettre, qui fe voit imprimée à la fuite de celle
de ces mêmes Supérieurs, qui en font part à
toutes les Communautés. Dom Pernetti, Dom
Lemaire, qui avoient la plus grande part à cet
ouvrage très-bien fait, font exilés.

14 *Juillet* 1765. M. Barletti de St. Paul, mécontent du jugement des Commiffaires nommés
pour l'examen de fon *Syftême d'Education*,
préfenté à la cour, à l'ufage des Enfans de
France, vient d'exhaler fa fureur dans un libelle
lancé de Bruxelles, où il a établi fa réfidence.
Cet ouvrage eft intitulé *le Secret révélé*, ou
Dialogues. Il introduit pour interlocuteurs les
Cenfeurs de fon ouvrage, Mrs. de Moncarville,
de Guines, Bonami & de Paffe ; ils fe chargent
réciproquement d'injures groffieres, & le Magiftrat, qui préfide à la Librairie, n'eft pas
épargné dans ce pamphlet, fans fel, fans efprit,
fans raifon.

5 *Juillet*. M. Carle Vanloo, premier Peintre du Roi, vient de mourir. Ses ouvrages connus difpenfent d'en parler.

16 *Juillet*. On écrit d'Italie qu'on prépare
à Lucques une Edition nouvelle des tragédies
de M. l'abbé Conti. Elles font au nombre de
quatre : *Junius Brutus*, *Marcus Brutus*, *Ju-
les-Céfar*, *Drufus*. Cet auteur, dans différentes
préfaces judicieufes qu'il a mifes à la tête de
fes pieces, en développe lui-même la conduite
& donne en détail une Poétique très-bien rai-

onnée. Il affigne entr'autres chofes trois principaux caracteres à la tragédie : le *Caractere
hiftorique*, le *Caractere poétique*, & le *Caractere moral*.

17 Juillet 1765. *The Works of Offian*, &c. Les
*ouvrages d'Offian, fils de Fingal, traduits
de la langue Gallique par M. J. Macpherfon.
3 vol. in-8°*. On trouve dans ces volumes la
Collection entiere des Poëmes en langue Erfe
ou Celtique, que M. Macpherfon a traduits en
Anglois, & dont on a lu les différentes traductions dans le *Journal Etranger*, continué fous
le nom de *Gazette Littéraire*. On a joint à
cette Collection une Differtation fur les Poëmes
d'Offian. Ce morceau, de M. Blair, Miniftre
Écoffois, Profeffeur de Rhétorique & des Belles
Lettres à l'Univerfité d'Edimbourg, fuppofe
beaucoup d'efprit, de goût, de littérature &
de philofophie. Il donne cet ouvrage comme la
peinture la plus fidele des mœurs de ce tems-là.

18 *Juillet*. M. Collé, auteur d'une Comédie intitulée *l'Isle Déferte*, vient de chanter
une Divinité à laquelle les Poëtes facrifient peu :
il a répandu une *Epitre à l'Hymen*. Il y a beaucoup de poéfie & d'images dans cet ouvrage,
qui fait encore plus d'honneur à fes mœurs qu'à
fon efprit.

20 *Juillet*. Il paroît une *Lettre de Rome*,
imprimée en date du 13 Juin ; elle contient
un détail fort curieux d'une converfation ou
plutôt d'une querelle de l'abbé de Caveyrac de
St. Cefaire, avec Guy Acomelli, Secrétaire des
Brefs. Cette fcene s'eft paffée au palais Piom-
bino, où le dernier avoit paru témoigner quelque jaloufie d'une penfion de 100 piftoles

accordée par le Pape à l'Ecclésiastique Fran
çois. Celui-ci , homme ardent & vindicatif , a
entrepris l'autre avec une chaleur singuliére
lui a reproché devant tout le monde d'avoir
reçu 9600 Livres pour insérer dans les Brefs
aux Evéques d'Alais & d'Angers toutes les phra
ses que les Prélats François ont voulu y faire
mettre. Les injures ont été si fortes & si gros
sieres , que rien n'a pu opérer entr'eux une ré
conciliation. On ajoute que l'abbé de Caveyrac
avoit disparu de Rome , & qu'on ne savoit ce
qu'il étoit devenu.

21 *Juillet* 1765. Les Srs. Lucotte , Architecte
& Poitaton , Peintre , feront le 15 Août 1765
sous la protection de M. le Marquis de Mari
gny , l'ouverture d'une nouvelle Ecole , sous le
titre d'*Ecole des Arts*. Il y aura dans cette
Ecole des Professeurs d'Architecture , de Dessin
de Mathématiques. Comme ces Messieurs ont
eu pour objet l'utilité publique , ils ouvriron
leur Ecole *gratis* en faveur de ceux qui , ayant
des dispositions naturelles , ne sont point en
état de se procurer des maîtres , tous les di
manches & fêtes de l'année , à l'exception des
annuelles & grandes solemnelles , depuis la St
Martin jusqu'à la nativité de la Ste. Vierge.

22 *Juillet*. L'affaire des Bénédictins n
paroît point encore finie entr'eux. Il se répand
une *Réclamation des Religieux Bénédictins d
monastere des Blancs Manteaux contre la Re
quête des Religieux de St. Germain des Prés*
Elle est précédée d'une Requête au Roi du 3
Juin. Ces Religieux s'élevent avec force contre
l'entreprise de leurs confreres , ils révendiquent
leur froc , leur tunique , toutes les cérémonie

uériles dont on vouloit les défaire ; ils prétendent que leur gloire y eſt attachée. Le tout eſt
écrit dans un ſtyle & avec un eſprit qui ne ſont
rien moins que chrétiens & charitables. Cet
ouvrage allongé eſt bien inférieur à la feuille
legere des premiers.

23 Juillet 1765. M. de Voltaire, après avoir introduit en gros ſon poiſon dans ſon *Diction-*
naire Philoſophique & ſa *Philoſophie de l'Hiſ-*
toire , le débite à préſent en détail. Il commence par une petite Brochure de 20 pages,
intitulée *Queſtions ſur les Miracles*. Même ar-
deur pour renverſer la Religion & la Morale ;
il y prend le ton d'un ſceptique modeſte, &
couvre les argumens qu'il emprunte de côté &
d'autre de toutes les graces de ſon ſtyle. Il a
pris la vraie tournure pour tromper la crédulité
& gliſſer ſon venin partout où il voudra, malgré
les prohibitions de la Police.

25 Juillet. Nous avons parlé du trait de
généroſité de l'Impératrice de Ruſſie envers M.
Diderot, M. Dorat vient de le célébrer dans une
Épitre en vers qu'il a adreſſée à cette Princeſſe.
Le panégyriſte paroît digne de l'héroïne , & le
poëte célebre ſa bienfaiſance en homme qui
ſent vivement cette vertu. L'éloge de M. Diderot y eſt amené naturellement. L'auteur célebre
le bonheur qu'il aura de poſſéder encore ſa
Bibliotheque :

Homere, Virgile, Pindare,
Vous ne lui ferez point ravis ;
Une faveur ſublime & rare
Lui rend ſes dieux & ſes amis,
Ses vrais amis, les ſeuls fidelles,

Les feuls que l'on retrouve, hélas !
Au fein des difgraces cruelles,
Les feuls qui ne foient point ingrats.

26 *Juillet* 1765. On lit dans la *Gazette Litté-*
raire du 15 Juillet la traduction d'une Elégie
de M. Dufch, auteur allemand , qui a donné
deux volumes d'*Epitres morales* ou *Héroïdes.*
Celle - ci a pour titre *Cléone à Cynéas.* Une
jeune perfonne , abufée par fon amant , qui
l'abandonne après l'avoir rendue mere d'une
fille , eft l'héroïne qui écrit. Rien de plus tendre , de plus touchant, de plus onctueux. On
peut regarder cet ouvrage comme le type de
l'héroïde de M. Dorat fur une pareille matiere,
& de la comédie de la *Jeune Indienne* , donnée
depuis par M. Chamfort. Il faut avouer que les
deux François font bien reftés au - deffous de
l'original du côté du naturel & de ce fentiment
trifte & profond empreint à chaque ligne de
l'Allemand.

25 *Juillet.* Meffieurs de l'Académie Françoife ayant réduit à deux pieces les quinze
qu'ils avoient jugé dignes de leur attention , fe
trouvant embarraffés fur la préférence à donner ,
& voyant une égalité parfaite , ont réfolu d'en
référer à M. le Contrôleur général. Ce cas unique
lui a été expofé. Le Miniftre a offert à ces
Meffieurs de fuppléer au Prix par une fomme de
deux cent écus , qu'il donneroit de fa poche.
Les Députés lui ont demandé la permiffion d'en
rendre compte à leur Compagnie. Il paroît
qu'on eût defiré que M. de Laverdy eût voulu
en parler au Roi, & obtenir cette faveur de Sa
Majefté.

28 *Juillet* 1765. On a été voir avec affluence le monument que la ville de Rheims a fait ériger à gloire du Roi. Il est actuellement rendu à sa destination, & l'inauguration doit s'en faire dans le mois de Septembre prochain. Le Roi y est représenté debout, auprès d'un fût de colonne à sa base, posant la main gauche sur son [...] & étendant la main droite en signe de protection. Au côté droit du piédestal est la France, sous l'emblême d'une femme qui tient à effort un lion par la criniere. Au côté gauche est le symbole du Commerce : on voit un citoyen assis sur une caisse de marchandises, & il paroît occupé à calculer le gain qu'il va faire. Sur le devant du piédestal & au-dessous des armes du Roi on lit cette inscription.

A LOUIS XV,

LE MEILLEUR DES ROIS,

QUI PAR LA DOUCEUR DE SON REGNE

REND SES PEUPLES HEUREUX.

29 *Juillet*. On lit dans *l'Avant - Coureur* aujourd'hui l'avis suivant :

Des gens mal informés ont répandus dans le public que le *Traité de l'Amitié* & celui *des Lions*, qui ont paru, l'un en 1763, l'autre en 1764, étoient de Madame de Bouflers. On avertit que cette Dame n'en est point l'auteur & qu'elle n'a jamais fait de livre.

29 *Juillet*. Vers pour mettre au bas du portrait de Mlle. Clairon, représentée en *Medée* :

Sans modèle au théâtre, & sans rivale à craindre
Clairon fait tour à tour attendrir, effrayer ;
Sublime dans un art qu'elle semble créer
On pourra l'imiter, mais qui pourra l'atteindre ?

30 *Juillet* 1765. A l'occasion de la piece de
Britannicus que les Comédiens François ont
joué depuis peu, un homme d'esprit a fait une
observation judicieuse ; il prétend que Narcisse
confident du jeune Prince, avoit été l'auteur
de la mort de Messaline, femme de Claude &
mere de Britannicus : que ce fait ne pouvoit
être ignoré de ce dernier, & que c'est par une
distraction ordinaire aux plus grands hommes
que Racine fait jouer à ce scélérat un rôle qu'il
ne pouvoit plus faire d'après un fait aussi historique ; qu'on répugne à lui entendre dire par
le Prince : *Je fais vœu de ne croire que toi.* Cette
remarque est d'autant plus singuliere, que depuis plus de 80 ans que cette tragédie est au
théâtre, personne ne l'a faite.

31 *Juillet. L'esprit des Magistrats Philosophes, ou Lettres Ultramontaines d'un Docteur de la Sapience à la Faculté de Droit de
l'Université de Paris.* On lit dans l'avis de
l'Editeur, ou soi-disant tel, l'objet de cette
brochure en faveur de la feue Société. C'est un
vrai libelle contre M. Joly de Fleury. L'auteur
s'y propose de ne pas traiter avec plus de ména-
gement M. de Monclar, relativement à ses Ré-
quisitoires, dans les Lettres suivantes. La préface qui précede cette premiere Lettre, sur
l'Arrêt du Parlement de Paris du 11 Février
1765 est remplie de sarcasmes contre la Magiftrature

...ftrature en général, qu'elle taxe de s'arroger ...us les droits du facerdoce. Cet écrit ne peut ...anquer d'être flétri.

... 1 *Août* 1765. Nous avons rendu compte, à ...article du 7 Mai, des différens troubles furve-...us à Neuchâtel, à l'occafion de J. J. Roufleau ...t des perfécutions qu'y efluyoit cet homme ...xtraordinaire ; nous avons ajouté que le Con-...fil de Neuchâtel avoit décidé en fa faveur. On ...ient d'imprimer les pieces originales de ce pro-...ès, où l'on voit toutes les manœuvres fourdes ...infidieufes, conduites par une vengeance ré-...échie qui arme le Fanatifme en fa faveur. Cette ...rochure eft terminée par un Refcrit de S. M. le ...oi de Pruffe au Confeil de Neuchâtel, daté de ...erlin le 11 Mai 1765. Ce Prince ferme & judi-...ieux, en ordonnant un filence général, té-...oigne le mécontentement le plus fage du zele ...mer d'une piété intolérante.

...2 *Août*. M. Bret n'eft point refté dans le ...ence à l'occafion du crime de plagiat dont ...accufe M. d'Arnaud. Sans donner aucune preu-...e, il s'en tient à l'affurance pofitive qu'il fournit ...e n'avoir eu nulle co noiffance de la comédie ...e l'accufateur ni de fa publicité. Il reproche à ...M. d'Arnaud de n'avoir pas plutôt fait valoir ...es craintes paternelles dans le tems des Repré-...entations du *Faux Généreux*, & furtout lors ...e l'éloge flatteur que M. Diderot a fait dans ...ne de fes Poétiques de ce coup de théâtre ; il ...nit par demander pour lui l'indulgence qu'il ...rétend avoir pour M. d'Arnaud, en croyant ...u'il ne doit fa fcene à perfonne ; il finit par ...xalter le ton de décence & de fageffe avec le-...uel M. d'Arnaud l'attaque. On voit tout cela

Tome II.   K

dans une Lettre de cet auteur à M. Freron, en
date du 5 Juillet.

3 *Août* 1765. Messieurs de l'Académie Françoise ont décidé aujourd'hui qu'il ne lui conve-
noit point d'accepter aucun don de particulier,
fut-il Ministre. En conséquence elle s'est refu-
sée à la générosité de M. de Laverdy, & elle a
arrêté que la Médaille d'or de 600 Livres seroit
divisée en deux, de 300 Livres chacune, pour
être partagée entre les deux concurrens d'égale
force, M. Thomas & M. Gaillard.

4 *Août*. M. le Dauphin ayant commandé
son Régiment de Dragons à la Revue qui en a
été faite, il voulut souper au camp. Un auteur
profita de cette circonstance pour exercer ses
talens grivois, il composa une chanson qu'il fit
chanter ce jour-là par un Dragon Dauphin, &
qui fut ensuite répétée au souper de Mesdames.
La louange naïve qu'elle renferme, rendue aussi
grossiérement, en devient plus piquante & plus
naturelle. On attribue cette galanterie à M.
Collé, auteur de *l'Epitre à l'Hymen*. En voici
un couplet pour échantillon.

> Ma foi v'la qu'est arrangé
> Grand merci not Capitaine,
> Réprenez votre congé,
> L'metier n'a plus rien qui nous gêne.
> J'ai vû Louis & ses Enfans,
> Je veux mourir pour ces honnêtes gens (*Bis*)

6 *Août*. M. Laujon, déja connu avantageu-
sement dans le genre lyrique, sembloit se repo-
ser à l'ombre, non de ses lauriers, mais de ses
myrthes ; il vient de se réveiller & l'on a fait

déja quelques repétitions d'un Opéra en trois actes de fa façon, qui doit être executé à Fontainebleau : il fe nomme *Sylvie*. C'eſt une traduction de *l'Amynte* du Taſſe. La Muſique eſt des Srs. le Breton & Trial. L'ouvrage eſt dans un genre qui ſemble devoir plaire. Peu de récitatif, beaucoup d'airs de mouvement, d'ariettes agréables, des ſymphonies & des airs de Danſe dignes de l'auteur de *la belle Chaconne*, d'*Iphigénie*, &c. Tous ces avantages raſſemblés font du plus favorable augure pour cette nouvelle production.

7 Août 1765. Les Comédiens François commencent à s'occuper ſérieuſement de *Pharamond*. Cette tragédie, qu'une voix aſſez unanime attribuoit à M. Thomas, reçoit aujourd'hui pluſieurs peres : Mrs. le Marquis de Ximenès, Colardeau, Barthe, la Harpe, Chabanon & le Blanc font fur les rangs. Tous renient cette production. On ne peut qu'admirer la modeſtie toute nouvelle de nos auteurs, qui s'enveloppe d'un incognito ſi difficile à garder, mais devenu auſſi prudent que néceſſaire par les chûtes multipliées qu'ont éprouvé le plus grand nombre.

8 *Août*. M. Rochon de Chabannes a voùlu eſſayer ſes talens dans le genre grivois, il a célebré dans une Chanſon appelée *la Dragonade*, l'événement que M. Collé avoit déja chanté; il paroît que cette rivalité n'eſt point à l'avantage du premier. On trouve qu'il a fait une bigarrure d'eſprit & de naïveté tout-à-ſait diſparate. Le ſtyle dragon n'admet point les penſées brillantes dont il a ſemé cet impromptu prétendu.

K 2

9 *Août* 1765. M. le Marquis du Terrail vient de nous enrichir d'une production très importante pour le fonds & pour la forme; c'est le *Francion*, ou l'*Anti-Whisk*. On ne s'imagineroit jamais trouver un Roman entier dans un ouvrage pareil : telle est pourtant cette ingénieuse production. Après avoir établi l'histoire de ce jeu fait pour contrecarrer le premier, qu'on fait nous venir des Anglois, l'auteur en décrit les regles, la tablature, l'esprit, le sens littéral & le sens mystique.

11 *Août. Souscription pour une Estampe tragique & morale.* Elle roule sur la malheureuse affaire des Calas. M. de Carmontel, Lecteur de M. le Duc de Chartres, connu par ses dessins pleins d'esprit & de facilité, a composé un tableau que le Sr. de la Fosse grave actuellement. Il représentera six portraits de la plus exacte ressemblance. Celui de la veuve *Calas*, ceux de ses deux filles & de son fils, celui de M. Lavaysse, & celui de la courageuse servante qui a partagé toutes les disgraces de ses maîtres. Le fond du tableau est la prison même où s'est rendue la veuve Calas pour attendre le jugement du 9 Mars 1765. Elle est assise, ainsi que sa fille aînée, qui est à côté d'elle, la tête appuyée sur la main droite : la fille cadette est debout, derriere sa mere, & penchée sur le dos de la chaise. Ce groupe intéressant est attentif à la lecture d'un Mémoire que tient M. Lavaysse, placé vis à vis & debout. Derriere lui, Calas le fils, un genou posé sur une chaise & regardant par dessus ses épaules ; porte les yeux sur le Mémoire. Entre les deux groupes on voit

la fervante des Calas, toute droite & prefque de face, qui en écoute auffi la lecture.

12 *Août* 1765. M. Dandré Bardon, l'un des Profeffeurs de l'Académie Royale de Peinture & de Sculpture, Profeffeur des Eleves protégés par le Roi, pour l'Hiftoire, la Fable, la Géographie, & membre de l'Académie des Belles-Lettres de Marfeille, &c. vient d'exécuter ce que les Léonard de Vinci, les Dufrefnoy, les Depiles, les le Brun, les Coypel avoient ébauché dans leurs écrits, & tout recemment M. le Comte de Caylus. Ce bon ouvrage contient les principes approfondis de différentes parties de la Peinture & de la Sculpture. On y remarque beaucoup de méthode, de la netteté dans le ftyle, de l'abondance, quelquefois même de la chaleur. Les Lecteurs y trouveront un grand fond d'inftruction & beaucoup d'objets de curiofité.

13 *Août*. M. Marmontel nous annonce depuis longtems fa traduction de la *Pharfale de Lucain*, cet auteur chéri, qu'il met au-deffus de Virgile. M. Maffon, Tréforier de France, le gagne de primauté & vient de faire imprimer fon ouvrage fur le même fujet. Il y joint une vie abrégée de Lucain: il préfente enfuite pour tenir lieu de préface les jugemens des Sçavans fur Lucain tirés de Baillet: cette verfion paroît affez poétique par le tour & par la chaleur.

15 *Août*. Les Comédiens François ont donné hier la premiere repréfentation de *Pharamond*, tragédie nouvelle. En voici le fujet. Ce Roi eft deja vieux. *Clodion*, fon fils, doit lui fuccéder. Son ambition lui fuggere d'en hâter le moment par toutes fortes de voyes; il a pour rival un frere ainé [*Mérovée*] dont il a

K 3

ſçu l'exiſten ce, mais qui, proſcrit dès le berceau par la mere de *Clodion*, eſt cru mort. Il exiſte à la cour même de *Pharamond*, ſous le nom de *Valamir*; c'eſt un guerrier devenu fameux par ſes exploits. Celui-ci ſe connoit, il veut s'oppoſer aux entrepriſes de ſon frere. Le crédit de ce dernier fait arrêter *Mérovée* & le rend ſuſpect au Roi. Son innocence s'éclaircit par une certaine Princeſſe nommée *Ildegonde*, ſon amante, & que *Clodion* voudroit épouſer pour réunir des Etats dont elle doit hériter : *Clodion* alors ſe révolte ouvertement. *Mérovée* ſecourt ſon pere. L'autre eſt tué, & la couronne paſſe au vainqueur.

Cette piece n'a eu qu'un ſuccès médiocre. Le premier acte a paru généralement froid. On a beaucoup applaudi aux beautés réelles du ſecond. L'intérét s'eſt conſidérablement affoibli au troiſieme. Il a ſemblé ſe ranimer au quatrieme, mais pour languir enſuite juſqu'à la fin. Ce Drame eſt remarquable par une ſimplicité de plan, bien rare aujourd'hui : cette qualité fait croire au grand nombre des connoiſſeurs que *Pharamond* eſt de M. de la Harpe.

A la fin on demanda pour rire l'auteur : les uns le déſiroient ſérieuſement, d'autres perſifloient. Le Sr. le Kain, étant venu pour annoncer, les inſtances ont redoublé. L'acteur a dit qu'il n'étoit pas à la comédie. On a inſiſté, on a demandé ſon nom. Le Kain a répondu qu'on ne le ſavoit pas; & le bon public ne s'eſt pas apperçu de la contradiction de cet hiſtrion, & du menſonge impudent qu'il venoit de faire dans l'une ou l'autre réponſe.

16 *Août* 1765. Tous les emplois de feu M.

Vanloo viennent d'être donnés. M. Boucher eſt premier Peintre du Roi. M. Pierre a les Gobelins. M. Michel Vanloo eſt à la tête de l'Ecole Royale de Peinture. On pourroit dire à l'occaſion de ce partage, ce que dit une femme de la cour lorſqu'à la mort de Turenne Louis XIV fit une promotion de pluſieurs Maréchaux de France : *c'eſt la Monnoye de Vanloo*. On conſerve à Mad. Vanloo, ſa veuve, ſon logement au Louvre, avec le droit d'être nourrie, elle & ſa famille, à l'Ecole Royale. S. M. joint encore à cette faveur une penſion de cent Louis.

17 *Août* 1765. Les Comédiens Italiens ont donné aujourd'hui la ſeconde Repréſentation d'*Iſabelle & Gertrude, ou les Sylphes ſuppoſés*, comédie nouvelle en un acte mêlée d'arriettes. Elle eſt tirée d'un Conte attribué à M. de Voltaire. M. Favart, l'auteur de ce drame, a rectifié le ſujet & l'a adapté à la ſcene. Une décoration très bien entendue repréſente le Pavillon d'Hanovre.

19 *Août*. Voici des héros d'une eſpece aſſez rare, & des louanges bien deſintéreſſées : elles n'en ſont que plus ſinceres. Un auteur vient de faire deux Poëmes héroïques, intitulés *l'Hyéne combattue, ou le triomphe de l'amitié & de l'amour maternel*. L'avanture du jeune porte-faix conſignée dans les gazettes, entr'autres dans la gazette de France, fait la matiere du premier poëme. Cette femme intrépide, qui a donné l'exemple cité dans le ſecond, eſt née au village du Rouget : on peut encore voir là-deſſus les nouvelles publiques.

Il y a de la chaleur, de la vérité, des images, du pathétique dans ces deux ouvrages eſtimables & qui ramenent la poéſie à ſon ancienne

K 4

inftitution , de chanter la vertu , d'exciter le zele patriotique.

20 *Août* 1765. M. d'Alembert, qui étoit penfionnaire furnuméraire de l'Académie Royale des Sciences, vient enfin d'obtenir l'agrément du Roi pour la penfion de M. Clairaut. Cette nouvelle eft très-importante par les différens bruits qui avoient couru fur la difgrace prétendue de cet Académicien. La penfion eft de 1400 Livres.

21 *Août. Autres Queftions d'un Propofant à M. le Profeffeur en Théologie fur les miracles :* 14 *pages in-*12 *d'impreffion.* M. de Voltaire [car cet ouvrage eft inconteftablement de lui] traite trois points : *comment les Philofophes peuvent admettre les miracles ?* Ils bleffent, fuivant lui , l'ordre immuable de la formation du monde ; *De l'évidence des miracles de l'ancien Teftament ;* & enfin , *des miracles du nouveau Teftament.*

22 *Août.* Un nouveau mandement fait beaucoup de bruit par les grandes matieres qu'ip traite & par l'éloquence mâle & nerveufe dont il eft plein : c'eft celui de M. l'Archevêque de Tours & de fes Suffragans , à l'exception de l'Evêque d'Angers. Il a pour objet 1°. de combattre les incrédules : 2°. de faire regarder l'exécution de la Bulle *Unigenitus* comme le feul moyen d'établir la paix dans l'Eglife & l'Etat : 3°. de redemander les Jéfuites comme néceffaires à la religion.

24 *Août.* M. l'Abbé de la Chapelle, de l'Académie Royale des Sciences, ayant lu , il y li quelque tems, un *Mémoire fur une forte de corfet ou pourpoint propre à fe foutenir dans l'eau,* l'Académie avoit nommé des Commiffaires pour

fon examen, & le jour ayant été pris enfuite pour fon exécution, M. l'Abbé de la Chapelle a fait lui-même l'expérience dans la Seine vis à vis Berci. Il avoit la tête & les bras hors de l'eau & parfaitement libres, au point de pouvoir boire, manger, prendre du tabac, tirer un coup de piftolet, de fufil &c.

25 *Août* 1765. Aujourd'hui s'eft tenu l'affemblée publique de l'Académie Françoife pour la diftribution du prix partagé en deux, comme on l'a annoncé. Le difcours de M. Thomas étant extrêmement volumineux on en a donné un extrait, ainfi que de l'autre, fur lesquels on ne peut affeoir de jugement. M. de Nivernois a lu enfuite trois Fables, *les deux fomnambules*, *l'avare & fon ami*, *l'aigle & le pélican*. La morale exquife de ces trois apologues, la façon ingénieufe dont ils ont été rendus, & la fimplicité noble avec laquelle ils ont été lus, ont entraîné tous les fuffrages.

Il faifoit fort chaud à cette affemblée; les portes reftoient ouvertes. M. Duclos veut les faire fermer: il s'écrie avec fa pétulance ordinaire; *que diable! où font donc ces Suiffes? M. Duclos*, [lui répond une voix du milieu de la foule], *où avez-vous pris cette phrafe? eft-ce dans le Dictionnaire de l'Académie?* Le Secrétaire perpétuel, rentré en lui-même, par cette apoftrophe, s'eft tu & a fenti l'indécence de fon propos en pareille Compagnie.

26 *Août*. M. l'abbé Torné vient de faire imprimer fes fermons prêchés devant le Roi pendant le carême de 1765. Ils font au nombre de dix-huit. L'impreffion ne leur a rien fait perdre de leur réputation : éloge rare ! C'eft que

K 5

ceux-ci, nourris de tout ce qu'a l'Evangile de plus fort, de plus onctueux, de plus sublime, joignent au raisonnement le plus solide une éloquence noble, touchante, faite pour convaincre & pour émouvoir en même tems ; c'est que l'orateur paroît avoir eu plus en vue les vérités consolantes & terribles qu'il avoit à annoncer, que son amour-propre & cette envie de plaire, qui se remarquent presque toujours dans nos Prédicateurs modernes.

27 *Août* 1765, On vient de traduire en François un ouvrage posthume du Docteur Jonathan Swift, Doyen de St. Patrice en Irlande. C'est *l'histoire du Regne de la Reine Anne d'Angleterre*, &c. Le caractere mordant de Swift le rendoit peu propre à écrire l'histoire. La partialité décidée qui regne dans celle-ci diminue beaucoup de l'intérêt , mais le ton d'enjouement & de plaisanterie qui y domine , plaira toujours aux lecteurs, qui cherchent plus à repaître la malignité de leur cœur, qu'à s'instruire véritablement. Au reste, le Doyen qui avoit composé son ouvrage dans l'effervescence de la haine pour les Ministres contre lesquels il écrivoit, l'avoit condamné au silence dans le calme d'une raison plus réfléchie, & ce n'est qu'un ouvrage posthume.

28 *Août.* L'ouverture du Sallon de Peinture s'est faite à l'ordinaire le jour de la St. Louis. Le public s'y porte en foule depuis ce tems-là. Mrs. Vanloo, Boucher, Vernet & autres y soutiennent leur réputation. La critique s'exerce cependant. On trouve *les Graces* du premier trop maigres, trop droites, trop roides ; il a voulu éviter les reproches qu'on lui avoit fait

fur les dernieres, trop lourdes, trop épaiffes, trop enjouées, &c. Il a donné dans le défaut contraire. Les *Vieillards de la Sufanne* ne paroiffent point affez fatyres, & l'*Augufte* du temple de *Janus* n'annonce pas le maitre du monde. M. Boucher eft toujours lui, galant, léché & préfentant partout le même ton de couleur. M. Vernet eft trop uniforme, & M. Pierre n'a rien mis au fallon cette année. On dit que c'eft par mécontentement de voir M. Boucher premier Peintre du Roi, &c.

On admire en général le tableau d'un nouvel auteur, M. Fragonet; il repréfente le *Sacrifice de Callirhoé*. L'ordonnance en eft très-belle; il y a de grands effets de lumiere dans cet ouvrage, mais on trouve mauvais que *Corefus* ne foit point affez caractérifé, ni comme homme, ni comme grand-prêtre; d'ailleurs il y a trop de monotonie entre les attitudes & la fituation de la victime & du facrificateur : tous deux ont l'air évanoui. L'auteur auroit dû repréfenter *Callirhoé* tremblante, effrayée, &c.

M. Greuze fe foutient avec le plus grand fuccès. M. Cazanove a le même feu dans fes Batailles, & M. Loutherbourg marche à grands pas fur les traces de M. Vernet.

La Sculpture offre de très-beaux morceaux. Le Bufte de Madame de Brionne, la *douce Mélancolie*, & l'*Amitié*, enchantent le public.

Beaucoup de Portraits de toutes fortes d'efpaces obfcures deshonorent ce fpectacle. On y voit Madame d'Efparbès, figure très-intéreffante dans les circonftances.

29 *Août* 1765. Le public ne goûte point les deux difcours couronnés par l'Académie. Celui de

M. Thomas eft, fans contredit, le plus mauvais
de fes ouvrages; il eft noyé dans un tas de dif-
greffions & d'épifodes, tout-à-fait étrangeres.
Le détail dans lequel il entre au fujet des ouvrages de Defcartes, trahit fouvent fon ignorance dans ces matieres, le tout revêtu d'un
ftyle métaphifique, hyperbolique, emphatique,
abfolument indigne du héros fimple & modefte
qu'il célebre. C'eft un volume très-gros, qui
ne peut fe lire en entier. Celui de M. Gaillard,
plus fuccint, eft d'une fimplicité qui dégénere
en petiteffe : il eft plein de figures puériles. En
un mot, l'un eft l'ouvrage d'un pédant, l'autre celui d'un écolier : le premier eft un vin
fougueux qui mouffe, qui pétille, qui caffe les
bouteilles; l'autre eft de la piquette à quatre
fols, très-platte, très-infipide, &c.

30 *Août* 1765. On ne peut trop rire des mouvemens que fe donne fans ceffe M. de Voltaire pour jouer le public & le perfifler : tout
nouvellement encore il vient d'écrire une Lettre à M. Marin, Cenfeur de la Librairie, pour
le fupplier d'engager le Magiftrat à interpofer
toute fon autorité & à arrêter l'introduction
d'une quantité d'ouvrages que tout le monde
fait être de lui, qu'il feroit très-fâché dont on
ne le crût pas auteur, mais qu'il défavoue;
tels font le *Dictionnaire Philofophique*, *la
Philofophie de l'hiftoire*, & récemment fes
Queftions fur les miracles. On plaifante de ces
Lettres, & l'on le laiffe fe repaître de l'efpoir
de duper les crédules.

31 *Août*. On a fait une plaifanterie intitulée *Requête des Moufquetaires à l'Affemblée du
Clergé*. C'eft une parodie de celle des Bénédic-

tins; elle n'a rien d'agréable, de faillant, de léger; elle n'eſt pas même écrite avec l'enjouement que demandoit cette facétie. Elle paroît avoir été faite à Noyon, pendant le voyage de Compiegne; elle eſt imprimée.

1 Septembre 1765. Une conteſtation s'eſt élevée depuis quelque tems entre les deux coryphées de la Danſe au théâtre Italien : l'importance des perſonnages, la ſingularité du procès, exigent que nous en rendions compte.

Madame Pitrot, en ſon nom Louiſe Regis, dite Rey, quoique mariée, a la manie de vouloir paſſer pour fille. Les liens de l'hymen, le reſpect dû au ſacrement, des enfans déja nés, un autre prêt à naître, rien ne peut la perſuader qu'elle eſt femme. Elle s'eſt dite fille pour quitter un époux, & depuis ſon évaſion elle ne veut point d'autre qualité : elle en donne pour raiſon qu'elle a brûlé ſon contrat de mariage, comme invalide. Une pareille querelle ne peut que faire voir à quel comble de corruption les mœurs ſont montées, & c'eſt à un tribunal auguſte qu'on porte un procès pareil! Le mari fait paroître un Mémoire. Me. Marquet n'a point égayé cette matiere autant qu'elle le méritoit.

Le mariage des deux hiſtrions a été contracté à Varſovie en Novembre 1761, & c'eſt le 29 Juin 1764 que s'eſt évadée la femme.

2 Septembre. La Chandelle d'Arras, Poëme héroï-comique en dix-huit chants. Cet ouvrage, attribué à M. de Grubenthal, l'auteur du *Balai*, n'eſt point ſans mérite. Il eſt bien verſifié, a des deſcriptions pittoreſques & voluptueuſes. L'auteur ne fait cependant que finger la *Pucelle* de M. de Voltaire, & ne montre aucune invention. Il y a une Epitre dédicatoire à M. de Voltaire, Comte de Ferney, qui est un vrai galimathias. L'ouvrage est parfemé de Notes, ou impies, ou diffamantes, ou au moins fatyriques. Toutes ces qualités le rendent fort rare.

3 *Septembre* 1765. Mlle. Clairon, qui avoit paru aller à Geneve pour confulter M. Tronchin fur fa fanté, a reçu de cet Efculape une réponfe telle qu'elle la defiroit. Il la menace d'une mort prochaine, fi elle remonte fur le théâtre. On croit que cette confultation est concertée. Quoi qu'il en foit, elle a déployé fes talens chez M. de Voltaire. Ce grand Poëte ne la connoiffoit que par renommée; il n'avoit pas vu cette actrice à fon apogée; il a été enchanté & il lui en a marqué fa reconnoiffance & s'eft enthoufiafmé dans une Epître où il prétend qu'on ne peut avoir de grands talens fans y joindre de grandes vertus. On fent qu'il a fes raifons pour foutenir cet étrange paradoxe.

4 *Septembre. La Requête des Moufque-taires au Clergé* en a fait éclore, fuivant l'ufage, plufieurs autres, encore plus mauvaifes : *Requête des Capucins pour fe faire rafer, & de leur barbe faire des perruques aux Bénédictins*, &c. *Requête des Perruquiers*, &c.

4 *Septembre.* On a donné une *Suite aux Lettres fur les miracles.* Elles font à préfent au nombre de huit, & forment enfemble une petite brochure d'environ 75 pages. Les deux premieres font inconteftablement de M. de Voltaire & marquées à fon cachet; les autres font vraifemblablement interpollées ; elles

ont que remâcher la même chofe, & M. de
Voltaire lui-même ne fait que repéter ce qu'il
a déja dit dans fon *Sermon des Cinquante*, dans
fon *Dictionnaire Philofophique*, &c. & ce que
tant d'autres avoient dit avant lui.

6 Septembre 1765. La République des Lettres
& les Arts regrettent un Sçavant illuftre & un
Mécene peu commun en la perfonne de M. le
Comte *de Caylus*. Il eft mort hier, âgé de 73
ans, de la fuite de fes infirmités, qui le tour-
mentoient depuis long-tems. Il a confervé fa
philofophie jufqu'au bout. On ne fauroit croire
de combien de livres rares & de chofes curieu-
fes il a enrichi la Bibliotheque du Roi, & le
Cabinet des Médailles.

On lui doit une bonne partie de nos décou-
vertes fur les Antiquités Egyptiennes, & il a
fondé, à l'Académie des Infcriptions & Belles-
Lettres, dont il étoit membre, un prix pour ces
recherches, & lui-même eft l'auteur de divers
ouvrages où les Peintres & les Sculpteurs trouvent beaucoup à profiter. Nous lui devons auffi
l'invention de la peinture encauftique, ou en
cire, dont M. Bachelier & d'autres artiftes ont
fait depuis un ufage avantageux.

7 Septembre. Il eft parvenu dans ce pays-ci
une *Lettre* imprimée de M. le Marquis d'Argens, datée du château de Dizac le 20 Juillet
1765. Elle roule fur la Lettre indécente que le
Sr. Freron s'eft fait adreffer, il y a quelque tems,
par un Philofophe Proteftant, au fujet du jugement de Calas. On fe rappelle combien ce fol-
liculaire vouloit y dégrader la belle action de
M. de Voltaire, que l'honnête militaire venge
avec toute la nobleffe & la logique poffible,

Suit un remerciement de M. de Voltaire, en date du 24 Augufte 1765, où il cherche adroitement à intéreffer Mrs. le Maréchal de Richelieu & le Duc de Villars, & même les Maîtres des Requêtes, à faire châtier un auteur de libelles, qui ofe cenfurer un jugement authentique.

A la fuite eft une belle Chanfon, chantée chez M. de Voltaire en l'honneur de Mlle. Clairon, fur l'air; *Annette à l'âge de quinze ans* c'eft un dialogue entre une bergere & un berger. Il faut croire, pour l'honneur de M. de Voltaire, que cette platitude n'eft pas de lui. Voici le dernier couplet:

> Nous fommes privés de Vanloo,
> Nous avons vu paffer Rameau,
> **Nous perdons Voltaire & Clairon;**
> Rien n'eft funefte,
> Car il nous refte
> Monfieur Fréron.

8 *Septembre* 1765. *Sara Th...* *Nouvelle traduite de l'Anglois*, 1765. Tel eft le titre d'un Roman Philofophique, où l'auteur a enchaffé une morale belle, douce, humaine; il a tranfporté la fcene en Angleterre, pour donner quelque vraifemblance à fa fable: une fille de qualité qui époufe un laquais; cela ne peut s'allier avec la délicateffe & l'élégance de nos mœurs. Quoi qu'il en foit de l'origine de cet ouvrage, affurément très-françois, on ne peut qu'applaudir à l'intérêt qui y regne, à l'onction de l'Ecrivain, & à la pureté de fon ftyle. On pourroit reprocher à l'auteur d'y avoir jetté trop peu

d'incidens & d'actions. Cette belle simplicité plaira peut-être davantage aux lecteurs qui aiment à réfléchir.

9 *Septembre* 1765. Aujourd'hui les Comédiens François ont remis au théâtre *Adelaïde Du Guefclin*, tragédie de M. de Voltaire. En 1743, cette piece avoit paru fous le même titre & n'avoit point eu de fuccès : le coup de canon, à ce que prétend l'auteur, la fit tomber. Ce grand Poëte, qui n'abandonne pas volontiers fes productions, remania cette tragédie, & la redonna en 1752, fous le nom du *Duc de Foix*. Elle prit mieux alors. Depuis le fuccès du *Siege de Calais*, dû tout entier aux noms François qui s'y trouvent, M. de Voltaire a jugé à propos de rapprocher de nouveau l'époque de fa tragédie, pour la rendre plus intéreffante, & de la reftituer fous les premiers noms. Cet arrangement lui a parfaitement réufli. Le fuccès a été complet : le coup de canon a fait le plus grand effet. La marche rendue plus rapide, l'intérêt plus preffant, un grand nombre de beaux vers ajoutés, des noms plus illuftres & chers à la nation, tout cela, joint aux beautés dont l'ouvrage étoit déja rempli, a tranfporté les fpectateurs.

10 *Septembre*. M. l'abbé Metaftafio vient de donner un nouvel Opéra, à l'occafion du mariage de leurs Alteffes Royales, Monfeigneur l'Archiduc Léopold & Madame l'Archiducheffe Infante Marie-Louife. Cette tragédie lyrique a été repréfentée à Infpruck le 6 Août 1765. Elle eft en trois actes, elle a pour titre *Romulus & Herfilie*. La mufique eft du célebre *Haffe*, furnommé *il Saffone*.

13 *Septembre* 1765. *Mémoire hiſtorique, critique & politique ſur les Droits de Souveraineté relativement aux Droits qui ſe perçoivent en Bretagne : brochure de plus de* 100 *pages.* Cet ouvrage tend à prouver que l'intérêt des ſujets eſt que les droits de traite, de quelque nature qu'ils ſoient, demeurent dans la main du Prince. On voit bien que cet écrit a été fait pour établir la queſtion & pour juſtifier l'affirmative. C'eſt une production inventée par un de ces courti-ſans qui oſent ſans pudeur favoriſer tout ce qui peut tendre au deſpotiſme.

13 *Septembre. Lettre au ſujet de l'Arrêt du Parlement du* 4 *Septembre.* Cet Arrêt proſ-crit les *Actes du Clergé* de l'aſſemblée de 1755, comme production d'une Aſſemblée illégitime en matiere de Doctrine & même de Diſcipline, étant purement Economique. L'Ecrit en queſ-tion ſert à juſtifier cet Arrêt, il rapporte un trait hiſtorique qui établit l'illégitimité des Dé-libérations de l'Aſſemblée du Clergé. Les preu-ves ſont tirées de Fontanon.

14 *Septembre.* Madame Pitrot fait paroître un *Mémoire en réponſe à celui de ſon mari.* Comme aucun Avocat ne pouvoit décemment ſe charger d'une pareille défenſe, l'écrit paroît être l'ouvrage de la femme même, & n'eſt ſigné que d'elle. On n'ignore point que le Sr. Elie de Beaumont en eſt l'auteur. Les louanges qu'il s'y donne, l'aſſurent davantage. Cette produc-tion prouve que le Sr. Pitrot eſt un coquin, & n'empêche point ladite Dame d'être une co-quine. Il n'eſt pas plus plaiſant que l'autre, malgré les velléités qu'on y trouve de l'être de tems en tems.

15 *Septembre* 1765. Le Sr. Baudouin, Acadé-micien, avoit exposé cette année au Sallon, en-tre plusieurs morceaux de miniature & à gouasse, un petit sujet intitulé, *le Confessional*. Le zéle de M. l'Archevêque de Paris s'est enflamé, il a cru le sacrement profané, & il a exigé que le tableau fût retiré. Il vouloit étendre sa vigilance à quelques autres, mais elle s'y est bornée. Il est certain qu'elle auroit eu de quoi s'exercer sur cette exposition, pleine de nudités les plus scandaleuses & de postures en tous les genres.

17 *Septembre*. Le Sieur Ruggieri, artificier, qui a établi son spectacle aux Porcherons, est un digne rival du Sr. Torré, & l'emporte de beaucoup. Il a donné dernièrement *l'Inaugu-ration de la Statue Equestre du Roi*. Le public a été étonné de l'intelligence de cet artiste, de la hardiesse de ses coups de feu & du bel ensemble de sa composition, qu'on peut appe-ler un Poëme pyrrique. Il a orné en outre ses jardins d'une infinité de lampes de toutes cou-leurs, ce qui formoit une promenade également belle & brillante.

18 *Septembre*. *Actes de l'Assemblée du Clergé* ... *Août* 1765. Ils commencent par une condamnation de quantité d'ouvrages, au nom-bre desquels est le *Dictionnaire Encyclopédi-que*. On a trouvé cette censure d'autant plus extraordinaire, que c'est proscrire en quelque sorte d'un coup de plume toute la France Lit-téraire & flétrir quantité d'hommes d'un mérite rare, de théologiens habiles, de savans très-religieux, qui tous ont concouru à l'édification de ce grand monument.

Ils procedent ensuite à établir la distinction

& l'indépendance des deux Puiffances, l'ir[..]
compétence des tribunaux en matiere de facr[..]
mens, ainfi que pour la diffolution des vœu[..]
religieux.

Enfin, on remet en lumiere cette Bulle, l'obj[..]
de tant de fcandales & de farcafmes, & on l'élev[..]
au rang des objets de notre croyance.

Cet ouvrage, comme littéraire, eft affez bie[..]
écrit, mais n'eft ni favant ni raifonné. C'eft un [..]
très-foible production qui ne feroit pas honne[..]
à un particulier, encore moins au corps des Pr[..]
lats de France. On y trouve une ignorance c[..]
ractérifée, ou une négligence impardonnable[..]
on cite quelquefois l'Ancien pour le Nouvea[..]
Teftament, & *vice verfa*; on y donne po[..]
preuve ce qui fait contre, &c.

19 *Septembre* 1765. *Nouveaux Mémoires c[..]
Obfervations fur l'Italie & les Italiens, p[..]
deux Gentilshommes Suédois, traduits du Su[..]
dois.* 3 *vol. in*-12. On fait que cet ouvrage [..]
de M. le Bailly de Fleury, dont les Suédois [..]
font que le prête-nom. Point de voyage pl[..]
agréable, plus intéreffant, plus féduifant. Cet[..]
production refpire le goût de la belle antiqui[..]
& des bonnes lettres; elle joint une éruditi[..]
immenfe aux détails les plus piquans & les pl[..]
neufs. Le ftyle pourroit être moins néglig[..]
moins inégal, & quelquefois moins obfcur. [..]
doit fervir de *vade mecum* à tous ceux q[..]
entreprennent ce voyage.

20 *Septembre.* M. de Bury, connu par pl[..]
fieurs morceaux d'hiftoire, vient de nous do[..]
ner la *Vie d'Henri IV, en deux vol. in*-[..]
Cette hiftoire, fi intéreffante par le fujet, eft pl[..]
ample que toutes celles que nous avons eu[..]

core : c'eſt dommage que le ſtyle manque de
précifion & de chaleur. Un pareil héros mérite-
roit, ſans contredit, le pinceau d'un Appelle.
L'auteur a ajouté une comparaiſon d'Henri IV
avec Philippe de Macédoine, fort déplacée &
indigne de la majeſté de l'hiſtoire.

1 Septembre 1765. M. Du Rozoy, après s'être
eſſayé dans divers genres ſans beaucoup de
ſuccès, eſt entré dans la carriere romaneſque :
il vient de publier *Clairval Philoſophe*, ou *la
Force des Paſſions : Mémoires d'une femme retirée du monde*, 2 *vol.* Cette héroïne eſt une
femme qui regarde l'honneur, les devoirs les
plus ſacrés & les mœurs, comme des chimeres
ou des préjugés, au-deſſus deſquels elle s'élève.
Le ſtyle de ce Roman a quelquefois de la chaleur, plus ſouvent de la négligence, des longueurs : il eſt fort inégal, & c'eſt un mauvais
ouvrage en général.

2 Septembre. M. de Mareuil, Capitaine
de Cavalerie, ayant été aſſaſſiné à Paris le 5
Juillet 1762, & bleſſé ſi dangereuſement qu'il
en a gardé le lit 18 mois, vient d'adreſſer un
Placet en vers à M. le Duc de Choiſeuil, où il
lui demande la reſtitution de ſes appointemens.
Il y a de l'aiſance, de la fineſſe & de la bonne
plaiſanterie dans cet ouvrage un peu long.

3 Septembre. Il paroît *Quatre nouvelles Lettres ſur les miracles*, ce qui augmente
cette Collection au nombre de douze. On ne
voit rien de plaiſant dans ces dernieres que la
dixieme, ſur le *Grain de foi.* Celle-là eſt très
bonne : il eſt cependant à préſumer que toute
cette Suite n'eſt point de de Voltaire.

4 Septembre. On a écrit de Marſeille que

Mlle. Clairon eſt arrivée dans ce Port, qu'ell
s'y eſt préſentée à la comédie, qu'à cette vu
tout le parterre s'eſt recrié & a demandé *le Si*
ge de Calais & Mlle. Clairon, que M. le Du
de Villars leur a fait dire que Mlle. Clairon éto
venue pour rétablir ſa ſanté, & non pour joue
que cependant il le lui propoſeroit, & feroit ſi
efforts pour l'engager à donner cette ſatisfactio
au public. On en etoit-là au départ du courier.

25 *Septembre* 1765. Les Comédiens François ſ
diſpoſent à donner une Comédie nouvelle e
cinq actes & en proſe, intitulée *le Tuteur tron*
pé. Elle eſt d'un M. Cailhava Deſtandoux, Ga
con. On a eu déja de lui la *Préſomption à*
mode, qui n'a eſſuyé qu'une repréſentation,
qui ne donnoit aucune eſpérance.

27 *Septembre*. Il paroît des *Couplets ſur*
Clergé, ſi déteſtables, qu'on n'en peut ri
extraire.

On parle d'un ouvrage formidable de M. d
Voltaire, intitulé: *Dénonciation de Jéſus-Chri*
& de l'Ancien & du nouveau Teſtament,
toutes les Puiſſances de l'Europe.

Ce ſingulier homme, toujours avide de r
nommée, a la manie de vouloir faire tomber
religion: c'eſt une ſorte de gloire nouvelle, do
il a une ſoif inextinguible.

28 *Septembre*. L'infatigable Madame Bello
après nous avoir donné la traduction de *l'I*
ſtoire de la Maiſon de Tudor, de M. Dav
Hume, vient de publier celle de la *Maiſon*
Plantagenet, du même auteur. Elle a commen
cé par l'hiſtoire de la *Maiſon de Stuart*, ti
duite par l'abbé Prevôt.

29 *Septembre*. L'Inoculation vient de reç

...ir un furieux échec par un événement bien
capable d'allarmer tous ceux qui se sont soumis à cette pratique. Madame la Duchesse de
Bouflers, inoculée par Gaty, il y a deux ans,
vient d'essuyer une petite verole des plus caractérisées. On en voit l'histoire dans la Gazette
du 10 Septembre. Le Docteur est obligé de convenir du fait, & se retourne à dire qu'il avoit
cru pouvoir assurer Madame la Duchesse que
l'inoculation avoit bien pris d'après des symptô-
mes reçus des Praticiens ; qu'il s'étoit trompé
sans doute. Les coryphées de cette méthode ne
se trouvent point battus, & en convenant même que Madame la Duchesse de Bouflers auroit
été bien inoculée, ils la regarderoient seulement
comme une de ces victimes malheureuses desti-
nées aux phénomenes rares sur un nombre infi-
ni ; mais ils tombent tous sur le Docteur, ils
disent que c'est un charlatan qui ne sçait pas bien
inoculer ; qui, pour s'attirer plus de pratiques,
traitoit légerement une maladie qui veut les plus
grands soins & la plus grande circonspection.

1 *Octobre* 1765. L'Académie Royale de Musique a remis aujourd'hui sur son théâtre la tragédie d'*Hypermnestre*. Elle y avoit paru successivement en 1716, en 1728, en 1746. Les paroles sont de La Font, la musique est de Ger-
vais. On dit que dans la nouveauté on reprochoit à ce musicien d'avoir innové, que la tournure de sa musique parut trop moderne : c'est
ce qu'on ne lui reprochera pas aujourd'hui. Malgré sa vetusté, on y a remarqué de tems en tems
des traits de force dignes des grands maîtres
modernes. Rien de plus pathétique, de plus
effrayant, que le Chœur des Fils d'*Egyptus*,

derriere la Scene. C'eſt de la part du Poëte &
du Muſicien un coup de génie des plus tranſ-
cendans. En général, il regne dans la muſique
un chant facile & naturel, toujours beau. Le
poëme eſt une tragédie parfaite, autant que le
comporte le lyrique ; en un mot, malgré la prévention où l'on étoit contre cet Opéra, il n'a
point ennuyé les gens de goût : mérite très-rare
dans ces ſortes d'ouvrages.

3 *Octobre* 1765. *Lettre aux auteurs de la
Gazette Littéraire*, inſérée dans celle du 15
Septembre 1765. On y attaque fortement M. le
Bailly de Fleury ſur quelques Réflexions qu'il a
inſérées dans ſes *Nouveaux Mémoires ou Obſer-
vations ſur l'Italie & les Italiens, par deux
Gentilshommes Suédois.* L'auteur de cette Lettre
paroît être un homme vain & fier de ſes titres,
qui, offenſé des vues philoſophiques de M. le
Bailly de Fleury, ſe mettant au deſſus des préjugés, lui fait regarder comme plus utile à l'Etat
un Commerçant actif & induſtrieux qu'un Noble
pauvre & oiſif, l'argüe vertement, & répand
contre lui toute l'amertume dont eſt accompagné
ſon orgueil.

4 *Octobre.* Il n'a fait que paroître un ouvrage
intitulé *Lettre à une perſonne de Diſtinction ſur
les affaires de Bretagne.* Le gouvernement en a
reſſenti les plus vives allarmes, & en a fait ſupprimer tous les exemplaires qu'on a pu trouver.
Cet ouvrage roule : 1°. *ſur l'ancienneté & l'im-
mutabilité des Droits que le Parlement & les
Etats de Bretagne ont réclamés : 2°. Sur les
motifs puiſſans qui ont déterminé l'abdication
des Magiſtrats : 3°. Sur les moyens les plus
propres à rétablir la paix dans la province.*
Le

Le Contrôleur général furtout s'eſt élevé contre cet ouvrage, abſolument deſtructif du fyſtême qu'il a voulu établir dans cette affaire.

5 *Octobre* 1765. Il nous eſt tombé entre mains un manuſcrit intitulé *Mes doutes* : il roule fur la religion & préſente fous une face auſſi nouvelle que modeſte une foule d'argumens qu'on n'a point encore épuiſés. La clarté, la méthode & la fimplicité de cet ouvrage, le rendent fort dangereux pour les gens qui examinent de fang froid & fans prévention.

6 *Octobre*. Il paroît un nouvel *Eloge de Deſ-cartes, par l'auteur de Camédris*, c'eſt-à-dire, par Mlle. Mazarelli. On fent combien cette tâche eſt au-deſſus des forces de la plume foible & féche d'une courtifane. Cet Eloge n'a point concouru, dit-on.

8 *Octobre. L'Anti-Contrat Social, par M. P. L. de Beauclair*, citoyen du monde. Ce livre, où l'auteur a voulu mettre un ton plaiſant & cavalier, eſt une critique fort au-deſſous de Rouſſeau, il y a cependant quelques endroits penſés aſſez fortement. Il eſt en général peu neuf & ne refutant en rien fon adverſaire.

9 *Octobre*. M. l'abbé Aubert, l'auteur des fables, vient de célébrer la convaleſcence de M. le Comte de St. Florentin. Tout le monde fait l'accident qui lui eſt arrivé : l'auteur met beau-coup d'onction & de facilité dans fon Epitre ; il finit ainſi :

> De ta précieuſe vie
> Ne vas plus hafarder le cours,
> C'eſt s'affliger pour la patrie
> Que de s'affliger pour tes jours !

Tome II.   L

C'eft au public à juger de cet Eloge & à rati-
fier ces fentimens plus que flatteurs.

10 *Octobre* 1765. Extrait du *Difcours de M.*
le Blanc de Caftillon, Avocat Général du Parle-
ment de Provence, le jour de la rentrée de cette
Cour, le 1 *Octobre* 1765, *au palais d'Aix.....*
Les Loix ne font autre chofe que les divers rapports des établiffemens néceffaires à la fociété
avec la loi naturelle. La connoiffance de la loi
naturelle doit être l'unique étude du Magiftrat.
Par elle il aura la clef des loix divines & humai-
nes. Rien ne lui échappera dans le Droit Public:
les matieres les plus abftraites de la théologie
feront à fa portée, la profondeur du dogme
n'aura rien qui l'effraye ; il y ramènera les miniftres chaque fois qu'ils s'en écarteront.

Le plus grand & le plus vafte génie du fiecle
paffé a connu la loi naturelle mieux que perfonne, quoiqu'on puiffe dire qu'il a quelquefois
été un peu trop loin. Montefquieu a corrigé ce
qu'il pouvoit y avoir d'outré dans fon fyftême,
il a vu toutes les chofes dans leurs principes...
les befoins divers des différentes fociétés.... il
nous rend pour ainfi dire, les confidens des Légiflateurs, il met à découvert les renforts de
leur politique, en nous conduifant par la main
dans le dédale inextricable des loix.....

L'Efprit des loix a dégénéré chez prefque
toutes les nations ; on s'eft écarté de la loi naturelle : une grande partie de nos loix font une
fuite du gouvernement féodal.... L'envie d'affervir le peuple fit recourir à la religion ; la fu-
perftition eft le frein le plus propre à gouverner
les hommes. ..... On vit alors fe répandre une
barbare théocratie. ..... On prêcha un Dieu de

miféricorde, & l'efprit de ténebres fuccéda à l'Ange de lumiere.... Les Miniftres de l'autel ne s'oublierent pas, & profitant par eux-mêmes de ce que le defpotifme exigeoit d'eux, ils exciterent aux plus étranges attentats pour foutenir par le fanatifme ce que la piété raifonnée leur refufoit..... Prêtres, Pontifes, Légiflateurs, ils établirent de nouvelles loix, une nouvelle doctrine adaptée uniquement à leur intérêt; ils entraînerent dans l'erreur les peuples, les grands & les conciles.

La politique de la cour de Rome lui fuggéra de ne mettre fur le fiége de Pierre qu'un vieillard décrépit, dont l'imbécillité de l'âge fe prête à tout ce que l'efprit d'intrigue peut defirer. Ce fuperbe Pontife, efclave de ceux qui gouvernent fous lui, enchaine de fes mains au char de l'intérêt, la gloire, l'honneur & la vérité.

Pierre difoit: *levez-vous ;... je ne fuis qu'un homme.* Mais on a fubftitué à un Dieu fait homme, un homme dont on a fait un Dieu... C'eft de la bouche d'un *Hildebrand* que l'on a fait fortir des maximes qui font des imprécations, des oracles qui font des blafphêmes. Le fucceffeur du Prince des Apôtres a répandu l'anathême dans l'univers.

La conduite de nos Prêtres nous fait regretter le Paganifme, autant au-deffus du fanatifme qu'il peut être au-deffous de la doctrine chrétienne. Le Corps du Clergé National, oubliant fon plus beau titre, qui eft d'être François, fe livre à un efclavage fyftématique & ultramontain, dans l'intention de cenfurer des privileges odieux qui ne fauroient fubfifter avec la Liberté Gallicane..... Si nous le fuivons dans fon enfei-

gnement , nous ne ferons bientôt plus François...
Hommes , mais fanatiques Romains , oubliant
leur divin Législateur qui dit que son empire
n'est pas de ce monde , & qui leur promet de
les faire regner dans une autre vie avec lui , ils
répondent : *nous sommes les maîtres du monde ,*
nous aimons mieux dominer ici - bas , que de
regner avec vous dans le ciel..... Que les Rois
de la terre , s'il en est encore , n'existent que par
une soumission aveugle au Jupiter du Capitole.

Ce Corps antique , respectable , dont l'origine
se perd dans la nuit de l'origine de la Nation
Françoise , ce Corps indivisible de la Constitution Salique , essentiellement chargé du dépôt
de la loi , du Contrat entre le Peuple & le Souverain , ce Corps , l'espoir unique de la Nation ,
doit par toutes sortes de moyens rappeler sous le
joug de la loi toute personne qui oseroit l'enfrein-
dre ; il est même des cas où il n'y a nulle exception
à faire : tout infracteur de la loi est traître à
l'Etat.

Tels sont vos titres & vos droits ; c'est sur
vous seuls que la Nation tourne ses regards dé-
solés , elle n'attend de secours que de vous.

Le Magistrat , considéré selon toute l'étendue
de l'expression , est un Juge , Pontife , Législateur : il est la loi qui parle , puisque la loi est
appelée le Magistrat muet. La Religion a ses
Martyrs , la Magistrature doit avoir les siens. Le
Patriotisme renfermé dans le cœur d'un petit
nombre de citoyens vous y invite..... Verser
votre sang pour le maintien de la Loi , s'il le
faut , est votre devoir.

14 *Octobre* 1765. Nous avons annoncé , il y a
quelque tems , une découverte que s'est attribué

M. l'abbé de la Chapelle, & dont il a fait l'expérience devant l'Académie : il étoit question de corsets ou pourpoints de liege, propres à soutenir dans l'eau ceux qui en feroient usage. On voit dans *l'Avant-coureur* d'aujourd'hui 14, une réclamation du Sr. Bonnal, demeurant à Dieppe. Après avoir exposé le fait & parlé de la même expérience faite en Angleterre, il s'exprime ainsi : "Ce n'est ni le Sr. Wilkinson ni le Sieur

» Abbé de la Chapelle, qui ont inventé la ca-
» saque ou corset de liege ; c'est le Sr. Bonnal
» lui-même qui en est l'inventeur. On en doit
» d'autant moins douter, que le 15 Mars 1748
» S. M. lui en accorda un Brevet de Privilege
» exclusif pour la vente & distribution pendant
» dix ans. Ce Privilege lui a été renouvellé
» par un autre Brevet du 1 Décembre 1759.
» [Signé] *Bonnal* fils. De Lusigny ce 3 octo-
» bre 1765 ,,.

15 *Octobre* 1765. M. l'abbé de Lille vient de remporter le prix de l'Académie de Marseille, par une *Epitre en vers sur les voyages*. Ce grand ouvrage de plus de 600 vers, joint une logique judicieuse à tout le brillant de l'imagination. L'auteur possede l'art heureux de parer la raison, & de l'habiller des ornemens de la Poésie.

16 *Octobre*. Rousseau, retiré à Moitié-Travers près de Neuchâtel, pour se soustraire aux décrets prononcés contre lui, tant en France qu'à Geneve, ne s'y est point encore trouvé à l'abri de ses ennemis ; on apprend que la persécution suscitée contre lui par les Ministres du St. Evangile a poussé quelques fanatiques à tenter de violer l'asyle de sa retraite ; ils sont venus

pour l'accabler d'injures & de pierres ; ils ont
voulu enfoncer la porte & maffacrer M. Rouffeau. Eveillé en furfaut, il a crié au fecours ;
le Châtelain, qui logeoit à quelques pas de-là,
eft accouru, accompagné de beaucoup d'honnêtes gens. Les coquins avoient difparu. Ils ont
cherché à engager Rouffeau à fuir. Ce Philofophe
a paru décidé à tous événemens. Le gouvernement de Neuchâtel a pris des précautions pour
prévenir de nouvelles infultes, & mettre ordre
au zele dangereux des enthoufiaftes [*].

17 *Octobre* 1765. M. Thomas ayant envoyé à
M. de Voltaire un exemplaire de fon *Eloge de
Defcartes*, en a reçu une Lettre très-obligeante,
que la modeftie du premier a cru devoir facrifier à fon zele pour la gloire de l'Apollon
moderne : en conféquence elle court imprimée.
M. de Voltaire y dit : " Autrefois nous donnions
„ pour fujet du prix des textes faits pour le
„ Séminaire de St. Sulpice, aujourd'hui les fu-
„ jets font dignes de vous [M. Thomas]. On ne
„ lit plus Defcartes, mais on lira fon Eloge...
„ Vous avez parfaitement féparé le génie de
„ Defcartes de fes chymeres „. Il finit par l'ex-
horter à venir vivre avec lui. Cette invitation,
qu'on trouve affez généralement dans toutes les
Lettres que M. de Voltaire écrit aux différens
auteurs qui fe rangent fous fes bannieres, fera
regardée par fes détracteurs comme un lieu
commun de fa vanité. Ses amis n'y verront que
la magnificence d'un cœur ouvert à l'humanité
entiere.

_____

[*] C'eft la nuit du 6 au 7 Septembre que la fcene
s'eft paffée au village de Moitié-Travers.

21 *Octobre* 1765. M. le Contrôleur général se
met au rang des historiens & vient de faire
paroître trois nouvelles Lettres, pour continuer
à établir son système *de la pleine Souveraineté
du Roi sur la Province de Bretagne.* Elles sont
adressées au Sr. Président : elles sont datées des
12 Juillet, 3 Août & 20 de Septembre. Elles
sont accompagnées d'Observations en réponse
à ces Lettres. Il faudroit être à même de recourir aux sources & de consulter les pieces
originales pour décider ce procès, sur lequel
le Souverain sera toujours à même d'avoir gain
de cause.

22 *Octobre.* On devoit donner aujourd'hui
à Fontainebleau la premiere représentation
d'une Comédie nouvelle de M. Sedaine, en
cinq actes & en prose. Elle est intitulée *le
Philosophe sans le savoir.* Mais la Police y a
trouvé différentes choses à réprimander, entr'autres un duel autorisé par un pere. On a
châtré cette piece absolument, & l'auteur ne
peut se résoudre à la donner en un pareil
état. Elle n'est d'ailleurs ni intriguée, ni
comique. On parle de quelques positions intéressantes.

23 *Octobre. Le Spinosisme modifié, ou
le Monde Dieu.* Ce n'est plus dans les ténebres
& dans le silence que se traîne l'impiété timide, elle leve aujourd'hui un front altier, elle
déchire les bandeaux les plus respectés, elle se
montre à découvert, elle se reproduit de toutes
parts, & telle que ce monstre de la fable,
une de ses têtes à peine abattue, il en renaît
plusieurs autres. La brochure dont il est question, paroîtroit au premier coup d'œil, & à la

L 4

légereté de fon individu , une de ces feuilles
qu'un fouffle fait évaporer. Celle-ci eft la quin-
teffence la plus fubtile des énormes in-folio
écrits fur cette matiere : elle n'a que 48 pages ,
& renferme en un court efpace tout le poifon
répandu dans les divers matérialiftes qui ont
écrit , depuis Démocrite , Lucrece , &c. Il
contient quatre fections , de *l'Etendue* , des
Aftres , des *Etres Penfans* , de la *Fatalité*.
Quoi qu'il ne paroiffe pas y avoir une grande
connexité dans le tout , les affertions que contient ce livre , font très-fortes & difficiles à
réfuter.

Il y a une Epitre à Meffieurs les Docteurs en
Us ; plaifanterie platte , indigne d'un fujet auffi
grâve.

16 *Octobre* 1765. *La Fée Urgelle* , Opéra à
Ariettes , a été joué aujourd'hui à Fontainebleau
pour la premiere fois. C'eft le Conte de Voltaire , intitulé *Ce qu'il plaît aux Dames* , réduit aux regles d'un Drame. Il eft en quatre
actes. Les paroles font de l'abbé de Voifenon ,
fous fon prête-nom ordinaire Favart : la mufique
eft de Dunis. Ce fpectacle a fait la plus grande
fenfation à Fontainebleau. Les critiques ne font
pourtant pas contens de la mufique. Il en eft
qui s'étendent jufqu'aux paroles , d'autres qui y
trouvent des indécences. En général , les décorations , la richeffe & l'éclat de la repréfentation
ont beaucoup féduit. Cette piece doit être jouée
à Paris inceffamment.

17 *Octobre. Epitre de M. Greffet* , fur
un mariage. On y trouve encore en quelques
endroits la touche molle , délicate de l'aimable
auteur du *Ververt* & de *la Chartreufe* ; mais

cette piece est pleine de longueurs, & contient plus de phrases que de pensées.

27 Octobre 1765. *Lettre de M. d'Alembert aux auteurs du Journal Encyclopédique, du* 18 *Septembre* 1765. Ce Philosophe y rend compte du droit qu'il croit avoir à la pension de Clairaut ; il ajoute que l'Académie a écrit aux Ministres à deux reprises différentes, le 18 Mai & 14 Août ; que cette pension étoit dévolue à ce Géometre comme le plus ancien, & qu'elle a joint d'ailleurs à cette démarche en sa faveur les marques d'estime les plus flatteuses, &c. il ajoute que jusqu'au moment où il écrit, l'Académie n'a reçu aucune réponse à ses lettres, reponse nécessaire pour le faire jouir de cette Pension.

Il prétend ensuite que sa maladie n'est point une suite du chagrin prétendu que le refus ou le délai de cette Pension lui ait causé ; il joue la mauvaise santé & singe Voltaire en cette partie : il fait encore un étalage de sa Philosophie, & à travers sa modestie on découvre l'orgueil le plus cynique, dont il a donné déja trop de preuves.

28 *Octobre.* On voit dans le *Journal Encyclopédique* du 1 Octobre 1765, une *Epitre de M. le Comte de Schowalow à M. de Voltaire.* Cet ouvrage en vers de dix syllabes est si bien écrit qu'il est difficile de croire qu'il puisse être sorti de la plume d'un étranger. Ceux qui sont au fait de toutes les manœuvres Littéraires, formeront peut-être là-dessus des conjectures que nous n'osons hasarder. Nous nous contenterons de citer la fin de cette Epitre. Après l'éloge le plus pompeux & le plus

univerſel des talens & du cœur de ſon héros, le poëte dit :

> J'entends le cris des cœurs reconnoiſſans
> Vous célébrer comme un Dieu tutélaire,
> Je vois fumer leur légitime encens :
> Et ſi Zoïle armé de l'impoſture
> Vouloit ternir vos bienfaits renaiſſans,
> Le monde entier dans ſa volupté pure
> Atteſteroit à la race future
> Que vos vertus égalent vos talens.

M. de Voltaire, trop poli pour n'avoir pas répondu à ces vers, s'exprime ainſi :

> Puiſqu'il faut croire quelque choſe,
> J'avourai qu'en liſant vos ſéduiſans écrits,
> Je crois à la Métempſycoſe :
> Orphée au bord du Tanaïs
> Expira dans votre pays :
> Près du Lac de Genève il vient ſe faire entendre.
> En vous il renaît aujourd'hui,
> Et vous ne devez pas attendre
> Que les femmes jamais vous battent comme lui.

M. le Comte de Schowalow a ripoſté par de petits vers de quatre ſyllabes, qui pourroient bien être de lui.

29 Octobre 1765. *Sur la Bête monſtrueuſe & cruelle du Gevaudan, Poëme.* 1765. L'éditeur de cet ouvrage avertit avec raiſon, que l'auteur a une maniere qui lui eſt propre, & qu'il écrit comme perſonne n'écrit. Il s'excuſe de n'avoir point orné ce poëme d'un beau portrait de la Bête du Gevaudan, ou bien de celui de l'au-

...teur. Voici le sommaire de ce merveilleux Poëme : *Exposition des fureurs de la Bête. Digression très-furieuse sur la fête de la Gargouille, qu'on célebre à Rouen. Réflexions sur la galanterie qui sembloit régner dans les démarches de la Bête. Portrait du Monstre. Réflexions utiles sur la cherté du bois qu'il occasionne. Description des Chasses où on l'a manqué. Projet intéressant de faire un beau miracle à l'encontre de cette Bête. Conclusion.* Il ne reste qu'à citer quelques vers de ce poëme. L'auteur parle de l'abord du Monstre.

> De certaine distance alors à quelques toises,
> Par derriere, à la gorge, ou bien par le côté,
> Qu'il attaque sans cesse avec rapidité,
> Sur sa propre victime il va, court & s'élance :
> Par lui couper la gorge aussitôt il commence.
> Monstre indéfinissable, il est d'ailleurs poltron ;
> De grandes & fortes griffes il a la patte armée, &c.

Il voudroit que le Monstre fût auprès d'A-miens, parce que.

> Notre digne Prélat, par sa foi, par son zele,
> Nous en délivreroit avec juste raison,
> Par le moyen du jeûne, ainsi que l'oraison,
> Sur le col de la bête appliquant son étole,
> Il la rendroit plus douce à l'instant & plus mole,
> Par un signe de croix, qu'une simple brebis.

Ce poëme, le plus plaisant qui ait paru depuis le fameux poëme du *Tremblement de terre de Lisbonne*, est de la composition de M.

L 6

le Baron de R..... gentilhomme de Picardie, & poëte d'auſſi bonne foi que M. André, Perruquier.

30 Octobre 1765. Réponſe de M. l'abbé de Voiſe-non à M. Favart, ſur la dédicace de la Comé-die d'Iſabelle & Gertrude.

Je ſens le prix de ton hommage :
Quelque Dieu de la terre en eut été flatté.
Mais tu penſes en homme ſage,
Dans l'amitié tu vois la dignité.
Tu réunis tous les ſuffrages,
Et le public tiré de ſon erreur
Te rend ta gloire & tes ouvrages :
Rien ne peut à préſent altérer ton bonheur ;
Tes ſuccès ſont à toi. J'en goûte la douceur,
Et n'ai jamais voulu t'en ravir l'avantage :
Ton eſprit en a tout l'honneur,
C'eſt mon cœur ſeul qui le partage.

Le commerce de louanges & de fadeurs ne détruit point l'opinion très-fondée, que Favart fait les carcaſſes des Pieces , & que l'abbé de Voiſenon habille la poupée.

31 *Octobre.* Un Bénédictin très-ſavant, nommé *Dom Caſot*, fait imprimer actuellement une *Hiſtoire détaillée des Plagiats de J. J. Rouſſeau.* Il démontre que cet auteur a pillé des pages entieres, & qu'en lui ôtant tout ce qu'il a pris de part & d'autre, il ne lui reſte-roit rien de ſes ſyſtêmes hardis, ni de ſes penſées fortes & vigoureuſes. Le Bénédictin eſt un Savant déja connu par *l'Hiſtoire des Cocqueluchons* , également curieuſe par les

recherches , & rare pour fon ſtyle tudeſque &
ridicule.

1 *Novembre* 1765. Mlle. Clairon eſt enfin de
retour à Paris : elle ne s'eſt point encore expli-
quée ſur ſa rentrée au théâtre ; le public eſt
dans l'attente , il flotte entre la crainte &
l'eſpérance.

1 *Novembre.* On apprend que J. J. Rouſ-
feau s'eſt retiré dans une petite iſle du Canton
de Berne , appelée *l'Iſle St. Pierre.* Les per-
ſécutions qu'il a eſſuyées ont noirci ſon imagination , il eſt devenu plus ſauvage que jamais.
Le Roi de Pruſſe lui fait beaucoup d'inſtances
pour le faire venir à Berlin. On croit qu'il
s'y rendra.

2 *Novembre.* Nous avons annoncé [19
Janvier 1765.] un nouveau manuſcrit de M.
Boulanger , ſur la maniere d'étudier & d'écrire
l'hiſtoire. Il paroît aujourd'hui imprimé dans
toute ſa perfection. Il a pour titre : *L'Antiquité*
dévoilée par ſes uſages , ou Examen critique
des principales opinions , cérémonies & inſti-
tutions religieuſes & politiques des différens
peuples de la terre. 3 *vol. in-12.* Ce livre ,
très-ſavant , & dont le *Deſpotiſme Oriental* ne
faiſoit qu'un chapitre , paroît établir aſſez naturellement le Déluge pour unique point où
remontent toutes les hiſtoires des nations ,
mêlées des différentes fables dont une tradition
imparfaite les a défigurées. L'auteur trouve
partout les traces de l'homme errant , effrayé ,
déplorant la deſtruction de l'univers. Ce ſyſtême , très-ſimple , eſt d'une grande fécondité.
A la tête du livre eſt un précis de la vie de
M. Boulanger.

Nicolas-Antoine Boulanger, étoit né à Paris d'une famille honnête en 1722. Il avoit étudié à Beauvais sous M. Crevier, Professeur de Réthorique; il avoit montré si peu de talens que le Professeur douta longtems que ce Boulanger fût son disciple. Il s'appliqua aux Mathématiques & au Génie; il se distingua dans les Ponts & Chaussées, & y fut chargé de travaux considérables. Il sollicita sa retraite en 1758., à raison de l'épuisement de sa santé. On lui accorda un Brevet d'Ingénieur, distinction qu'il méritoit & dont il reçut le premier l'exemple: il mourut le 16 Septembre 1759.

Il étoit fort laid. Sa figure ressembloit à celle de Socrate. Il avoit un génie tourné à la réflexion. Il est inconcevable qu'au milieu d'une persécution domestique, des occupations les plus pénibles, il ait parcouru une carriere immense: il avoit eu l'imprudence de répandre quelques manuscrits de son *Despotisme Oriental*, & la fureur des *Intolérans* commençoit à fermenter, quand il est mort.

On a déja fait mention de quelques-uns de ses ouvrages: il en a laissé beaucoup d'autres, ou perdus, ou imparfaits, ou qui ne sont pas encore imprimés.

2 *Novembre* 1765. *Réflexions sur les efforts du Clergé pour empêcher la loi du silence au sujet de la Bulle Unigenitus.* Cet écrit, de 38 pages in-12, est suivi d'un Mémoire *sur la nécessité indispensable de garder la loi du silence.* L'un & l'autre tendent à remettre sous les yeux du Lecteur tout ce qui s'est passé au sujet de cette trop fameuse Bulle, & l'auteur en tire l'induction qu'une déclaration nouvelle qui porteroit

einte à la loi du silence, ne serviroit qu'à nouveller les difputes & les troubles ; que l'on it efpérer que le Roi fera exécuter avec plus fermeté que jamais fa Déclaration de 1754., tout *lorfque les Evêques du Royaume arbo- ront auffi audacieufement l'étendard de la obéiffance, de l'indépendance & de la rebel- m.* On voit par ce petit précis le but de l'au- ur, & qu'il s'eft permis des réflexions un u vives fur les Prélats qui ont cru devoir montrer les protecteurs de la Conftitution des Jéfuites.

3 *Novembre 1765. Requête d'un grand nombre Fideles ; adreffée à Mgr. l'Archevêque de* heims, *Préfident de l'Affemblée générale du* ergé *qui fe tient actuellement à Paris, pour* re par lui communiquée à tous les Prélats ladite affemblée, au fujet des Actes qu'il a t imprimer. Tel eft le titre d'une autre bro- ure de plus de 100 pages in-12, fur la même tiere, dans laquelle l'auteur difcute les prin- aux traits des *Actes* dont il eft tant queftion puis trois mois. On voit bien que c'eft moins ur y applaudir, que pour en faire la fatyre la critique.

4 *Novembre.* Un ancien adverfaire des ites fe met de nouveau fur les rangs. Le re *Norbert,* Capucin, fous le nom de l'Abbé atel, répand le *Profpectus* d'un très-grand vrage en fix volumes in-4°. ayant pour titre : émoires hiftoriques fur les affaires des Jéfui- avec le St. Siege, *où l'on verra que les Rois* France & de Portugal, en chaffant ces Reli- ux, n'ont fait qu'exécuter le projet déjà formé

par plufieurs grands Papes de fupprimer leur
Société dans toute l'Eglife.

A en croire l'auteur, Innocent XIII avoir
rendu un Decret, qui défendoit à cette Société
de recevoir aucun Novice (Decret dont fa mort
précipitée empêcha l'exécution.) Il parle auffi
de la fameufe Conftitution de Benoît XIV, *Ex
que fingulari*, qui ordonne que les Jéfuites fe-
-roient chaffés des Miffions, comme des hommes incorrigibles, &c. Il prétend tirer fes autorités des fources les plus pures & les moins
fufpectes : c'eft de Rome même, de la Sacrée
Congrégation, des Tribunaux Eccléfiaftiques,
qu'émanent ces preuves foi-difant authentiques.

Par l'étendue des volumes on peut juger de
l'immenfité de la matiere, fous la plume d'un
homme connu pour implacable ennemi des Jéfuites, & dont l'ouvrage acquiert par-là peu de
confiance.

5 Novembre 1765. Le 2 Novembre on a donné
à Fontainebleau *Zemis & Almafie*, Ballet héroïque : paroles de M. le Duc de la Valiere,
& mufique de M. de la Borde. Ce petit Acte,
comme Drame, n'eft point mal fait : c'eft une
Féerie. Il y a de beaux vers & dans un genre
fublime, de très-belles décorations. Geliotte a
fait le rôle de *Zemis* avec le plus grand fuccès. La mufique eft celle d'un amateur, plus
que d'un véritable génie.

On a joué aujourd'hui, fur le même théâtre,
une Comédie nouvelle de M. Saurin, en trois
actes & en vers. Elle étoit annoncée depuis
long-tems dans le monde fous le titre de *l'Anglomanie*. L'auteur l'a fait jouer aujourd'hui fous
celui de *l'Orpheline léguée*. Elle a eu beaucoup

de fuccès à la cour, & doit être repréfentée demain à Paris.

6 *Novembre* 1765. *Mandement du Révéren-diffime Pere en Dieu Alexis, Archevêque de No-wogorod la Grande* : Pamphlet de 12 pages. L'Auteur, à l'occafion de l'Arrêt du Parlement de Paris, du 5 Septembre, qui condamne au feu la Lettre circulaire de M. l'Archevêque de Rheims, en applaudiffant à ce jugement, fem-ble vouloir traiter férieufement la queftion des deux Puiffances, mais fortant bientôt du ton férieux qu'il affecte, on voit qu'il ne fe pare de fon érudition que pour faire paffer les plai-fanteries qu'il fe permet contre le Pape, la Cour de Rome & fes Miniftres. M. de Voltaire, à qui l'on attribue cette facétie, ne fait que ré-péter beaucoup de chofes triviales, mais tou-jours avec des traits, des étincelles, qui le décelent de tems en tems. Cette drogue eft très-rare.

7 *Novembre.* Les François ont donné hier la premiere repréfentation de *l'Orpheline lé-guée.* On fait le trait du citoyen de Corinthe qui, en mourant, légua à Eudamidas, fon ami, le foin de nourrir fa femme & de pourvoir fa fille. Ce trait a fourni à M. de Fontenelle le fujet de fa comédie du *Teftament*, & à M. Sau-rin celui du nouveau Drame. A cela près, les deux pieces n'ont aucun rapport.

Le principal but de cette comédie eft de nous corriger d'un ridicule affez en vogue chez beau-coup de gens; c'eft notre admiration exceffive pour les Anglois & pour tout ce qui vient d'eux. Il y a des fcenes très-plaifantes & très-ingénieu-fes dans les deux premiers actes : le troifieme commence par une très-longue fcene, où l'on trouve une differtation fur le vrai Philofophe, excellente par-tout ailleurs, mais fort déplacée dans un dernier acte. Comme il paroît que M. Saurin, très-dévoué à M. Helvetius, l'a eu en vue dans ce Drame, il faut rendre un compte détaillé de cet endroit.

La fcene fe paffe entre deux amis, dont l'un Magiftrat, mais devenu fol & fot à force d'Anglomanie, veut abfolument renoncer à tout & même à fa charge, pour vaquer uniquement à la Philofophie. L'autre veut le détourner de ce projet, & lui fait fentir que le vrai Philofophe eft celui qui eft utile à la fociété, & fait remplir le pofte où la Providence l'a placé. Le magiftrat le prend fur le fait, & lui demande pourquoi donc il a abdiqué la place de Fermier général? Celui-ci ripofte, en faifant fentir à l'autre la différence qu'il y a entre un homme, qui, raffafié de richeffes, rentre dans l'ordre modefte des citoyens & quitte un état au moins inutile, & un Magiftrat, &c. Suit un très-beau détail fur les pénibles & glorieufes fonctions de la Robe.

8 *Novembre* 1765. On écrit de Suiffe qu'une Société de citoyens s'y eft formée, il y a quelques années, pour concourir à répandre la connoiffance des vérités les plus utiles aux hommes & pour propofer des Queftions relatives à ce but. Parmi les Mémoires adreffés à la Société, il s'en eft trouvé plufieurs qui avoient un certain mérite académique, mais aucun qui, par la précifion de la forme & l'étendue des vues, fatisfit aux defirs des juges. Dans ces circonftances, la Société prit en 1763 la réfolution d'adjuger

on prix à l'auteur des *Entretiens de Phocion* (M. l'abbé Mably). D'après les mêmes motifs Elle prend le parti d'offrir une médaille de 20 Ducats à l'auteur anonyme d'un traité publié en Italien, fur *les Délits & les peines*, & l'invite à fe faire connoître & à agréer une marque d'eftime due à un bon citoyen, qui ofe élever fa voix en faveur de l'humanité contre les préjugés les plus affermis. L'auteur eft prié de faire parvenir fa déclaration à la Société des Citoyens, fous l'adreffe de *la Société typographique de Berne en Suiffe.*

Cette Société renonce en même tems au deffein de propofer de nouvelles queftions ; elle fe contentera d'encourager l'efprit philofophique & la philantropie par des témoignages d'approbation donnés publiquement à des ouvrages véritablement utiles à la grande foçiété des hommes.

9 Novembre 1765. On a joué à Fontainebleau *Thefée*, remis en mufique par Mondonville. Cet Opéra de Quinault n'a point réuffi fous cette nouvelle forme. On trouve que la beauté du récitatif de Lully eft fupérieure à toutes ces gentilleffes de la mufique moderne.

10 Novembre. L'Orpheline léguée a plus réuffi à la feconde & troifieme repréfentation : au moyen de quelques changemens qu'on y a faits, de mauvaifes plaifanteries qu'on a fupprimées & du jeu fupérieur des acteurs, on l'a trouvée infiniment mieux. Elle pétille d'efprit : il y a des fituations naturelles, de la bonne gaieté, &, quant au total, un dialogue fort & foutenu. Le défaut d'action lui fera toujours tort, & malheureufement le premier coup eft

porté. Il en eft refté plufieurs au théâtre , qui
à coup fûr ne valent pas celle-la.

11 *Novembre* 1765. *Lettre à M***. fur les
Peintures , Sculptures ,* &c. M. Mathon de la
Cour , le fils , auteur de cet ouvrage , s'eft depuis quelque tems donné les airs de répandre
périodiquement fes réflexions fur le Sallon,
avec une hardieffe & une confiance dignes de
fa jeuneffe & de fon peu de lumieres. Quelque
peu prépondérantes que foient fes critiques,
elles défolent les artiftes, & l'on prétend que
le tableau des *Graces* de 1763, par feu Vanloo, n'a été brûlé que d'après la cenfure de
notre Ariftarque. Il n'en faut rien croire : nous
favons que le dédain avec lequel Madame la
Marquife de Pompadour parla de cet ouvrage,
fut un coup mortel pour l'auteur, & voilà la
vraie raifon de fa reproduction. Nous donne-
rons pour échantillon des critiques de M. de
la Cour celles qu'il fait du nouveau tableau des
Graces : il auroit voulu que M. Vanloo les
eût repréfentées danfant une de nos contre-
danfes ordinaires.......

Au refte, l'ouvrage eft bien écrit, il y a de
très-bonnes chofes ; mais des affertions auffi
hardies ne conviennent point à un homme qui
n'a aucun rang dans la Littérature ni dans
les Arts.

Il affure que Vanloo ne travailloit fes dernieres productions qu'avec trois lunettes fur
le nez.

12 *Novembre.* L'Académie Royale des Belles-Lettres a fait fa rentrée publique aujour-
d'hui 12. Le prix, dont le fujet regardoit les
Antiquités Egyptiennes, a été remporté par

M. Frédéric Samuel Schmidt. C'est le dixieme qu'il mérite. On a proposé pour sujet de l'année 1767, à Pâques : *Par quelles causes & degrés les Loix de Lycurgue se sont-elles altérées chez les Lacédémoniens ?*

M. le Beau, le jeune, a lu pour M. Bonami ses *Observations sur la lecture des anciens Actes, & sur la nécessité de consulter les originaux.*

M. Anquetil a lu un Mémoire sur l'*utilité qu'on peut tirer de la lecture des livres Orientaux.*

M. de Chabanon a fait la lecture de son *Systême sur l'introduction des accords dans la musique des anciens.*

Enfin, M. l'abbé Mignot a terminé la séance par un Mémoire fort long & fort ennuyeux *sur les Phéniciens*, où il a fait la description de la Côte de Phénicie & des monumens qui s'y trouvent.

13 *Novembre.* M. de Fouchy a ouvert aujourd'hui la séance publique de l'Académie Royale des Sciences par l'Eloge de M. Clairaut, reçu à l'Académie à l'âge de 18 ans.

Mémoire de M. Guettard *sur la matiere de la Porcelaine, trouvée en France à Maupertuis, village près d'Alençon.*

Observation de M. Petit, Médecin, *sur un Anévrisme de la carotide droite.*

Mémoires de M. Peronnet *sur les différentes méthodes employées pour fonder les ouvrages de Maçonnerie dans l'eau, principalement sur celles qui tendent à supprimer les Batardeaux, & les épuisemens dans la construction des Ponts.*

*Anecdote fur un Mémoire pour l'Inocula-
tion, que devoit lire M. de la Condamine.*
M. de la Condamine a déclaré à l'Affemblée,
avant l'ouverture de la féance, qu'il avoit un
Mémoire à lire fur l'Inoculation, mais qu'il
en avoit reçu défenfe du Préfident, (M. de
Malesherbes.) En conféquence, après la lecture
de l'Eloge de M. Clairaut, cet Académicien a
remis une proteftation par écrit au Préfident &
s'eft retiré.

14 *Novembre* 1765. Lettre de M. de Voltaire
à M. l'abbé de Voifenon. 5 Novembre 1765.

> J'avois un arbufte inutile
> Qui languiffoit dans mon canton,
> Un bon jardinier de la ville
> Vient de greffer mon fauvageon :
> Je ne recueillois de ma vigne
> Qu'un peu de vin groffier & plat,
> Mais un gourmet l'a rendu digne
> Du palais le plus délicat.
> Ma bague étoit fort peu de chofe,
> On la tailla ; beau diamant.
> Honneur à l'enchanteur charmant,
> Qui fit cette métamorphofe !

" Vous fentez, Monfieur, à qui font adreffés
ces mauvais vers. Je vous prie de préfenter
mes complimens à M. Favart, qui eft l'un des
deux confervateurs des graces & de la gaieté
françoife. Comme il y a dix ans que vous ne
m'avez écrit, je n'ofe vous dire : ô mon ami,
écrivez-moi ; mais je vous dis ah ! mon ami,
vous m'avez oublié net. „

15 *Novembre. Les Soupirs du cloître, ou le*

riomphe du Fanatifme. Epître à M. D. M.
Ce poëme, de feu M. Guymond de la Touche, contient quinze à feize cent vers. Il eft écrit avec force & fouvent avec dureté. Ce n'eft autre chofe que le tableau de la *Chartreufe*, traité d'une autre maniere. C'eft prefque la même marche, mais il n'eft perfonne qui ne préfere la mollefle, l'aifance, le délicieux du pinceau de M. Greffet, à la touche noire & finiftre du dernier.

16 *Novembre* 1765. On vient d'imprimer *Adélaïde du Guesclin*, tragédie repréfentée pour la premiere fois le 8 Janvier 1734, & remife au théâtre le 19 Septembre 1765, donnée au public par M. le Kain, Comédien ordinaire du Roi. Cette piece ne contient que très peu de changemens, différens du *Duc de Foix* : elle eft remarquable par l'Editeur, & par la maniere plaifante dont M. de Voltaire perfifle le public à fon ordinaire; il veut nous faire croire que tout cela s'eft paffé fans fa participation & fans fon aveu. Il faut lire la preface très comique.

17 *Novembre.* M. l'Abbé de Voifenon a répondu à la Lettre de M. de Voltaire, que nous avons inférée ci-deffus.

> Vos jolis vers à mon adreffe
> Immortaliferont Favart,
> C'eft Apollon qui le careffe
> Quand vous lui jettez un regard ;
> Ce Dieu l'a placé dans la claffe
> De ceux qui parent fes jardins ;
> Sa délicateffe ramaffe
> Les fleurs qui tombent de vos mains,
> Il vous a choifi pour fon maître ;

Vos richeſſes lui font honneur ;
Il vous fait reſpirer l'odeur
Des bouquets que vous faites naître.

„ Il n'auroit pas manqué de vous offrir ſa
Comédie de *Gertrude*, mais il a la timidité
d'un homme qui a vraiment du talent ; il a craint
que l'hommage ne ſoit pas digne de vous. Vous
ne croiriez pas que malgré les preuves multipliées qu'il a données des graces de ſon eſprit,
on a l'injuſtice de lui ôter ſes ouvrages, & de
me les attribuer. Je ſuis bien ſûr que vous ne
tombez pas dans cette erreur. Quand il ſe ſert
de vos étoffes pour en faire ſes habits de fête,
vous n'avez garde de l'en dépouiller. Il vous
enverra inceſſamment ſa *Fée Urgelle* : il m'a paru
qu'elle avoit réuſſi à Fontainebleau, d'où j'arrive. Ce n'eſt pas une raiſon pour qu'elle ait du
ſuccès ici ; mais vous avez fourni le fond de
l'ouvrage, voilà ſa caution la plus ſûre. „

19 *Novembre* 1765. Tandis que M. de Belloy
reſte ici enſéveli ſous l'auréole de gloire qui l'envi-
ronne, que les trompettes ne raiſonnent plus de
ſa piece, l'Amérique rétentit de ſes louanges.
On écrit de Saint Domingue que M. le Comte
d'Eſtaing, Gouverneur général, a fait repréſen-
ter au Cap *le Siege de Calais* ; que cette tragédie y a fait fermenter au plus haut degré le zele
patriotique. Non content de cela, le Commandant a fait imprimer la piece à ſes dépens, &
en a fait diſtribuer des exemplaires à tous les
habitans & ſoldats.

23 *Novembre*. Le Canton de Berne, comme
allié de la République de Geneve, a cru ne pouvoir tolérer Rouſſeau ſur ſon territoire ; il a fait
ſignifie

signifier à cet illustre proscrit qu'il eût à sortir de ses terres. En vain a-t-il fait valoir les droits de l'humanité ; en vain a-t-il demandé qu'on lui laissât passer l'hiver dans sa retraite, jusqu'à ce que la saison lui permît de se rendre en Prusse, le Canton s'est montré inexorable ; il a poussé la dureté jusqu'à refuser l'offre que faisoit Rousseau, de se constituer prisonnier tout ce tems-là, de se laisser resserrer étroitement, & de ne communiquer avec qui que ce soit. Il a fallu partir : il s'est rendu, tant bien que mal, à Strasbourg. Le Maréchal de Contades, qui commandoit dans cette ville, l'a fort bien accueilli, & lui a permis de se retirer dans un village auprès de Strasbourg, jusqu'à la belle saison, où il se rendra aux instances du Salomon du Nord.

24 Novembre 1765. M. Cholle, jeune Sculpteur, est mort il y a quelque tems : il étoit auteur de la chaire de St. Roch, tant critiquée, qu'on disoit ressembler à une loge d'Opéra. Malgré les défauts qu'on lui reprochoit, il avoit des talens, & les ouvrages qui restent de lui font regretter sa perte.

26 Novembre. Dans la *Gazette Littéraire* du premier Octobre, on lit une *Dissertation critique sur la Thébaïde du Stace*, fort intéressante. L'abbé Conti en a fourni les principaux matériaux, & ce savant & ingénieux Littérateur paroît justifier en partie ce Poëme épique, & vouloir lui concilier une admiration dont il étoit déchu depuis longtems. Il prétend que ce Poëme est un ouvrage allégorique pour flatter *Domitien*, désigné sous le nom d'Etocèle, tandis qu'Oedipe & Polinice représentent *Vespa-*

Tome II. M

ſien & Titus : il va juſqu'à vouloir que le ſtyle enflé & gigantefque de cet auteur ſoit celui qu'il falloit dans ce tems-là, où les Romains, environnés de fpectacles de grandeur, cherchoient à les furpaſſer & vouloient partout du coloſſal & du monſtrueux : en un mot, il a démontré que ce Poëme ſi fort critiqué d'abord, & tombé dans un décri général, ne mérite pas à beaucoup près un pareil oubli, qu'il a toutes les parties qui conſtituent le Poëme épique, & des beautés ſpéciales, dignes d'être admirées dans tous les tems.

29 *Novembre* 1765. *Le Philoſophe ſans le ſavoir*, ci-devant intitulé *le Duel*, ayant occupé depuis longtems l'attention des Magiſtrats, ſans avoir rien arrêté de fixe ſur le ſort de ce Drame, on en a, pour terminer le comité, donné aujourd'hui une repréſentation à huis clos : tous les gens à ſimarre y ont été convoqués, & la pièce a enfin paſſé : au moyen des corrections faites elle doit être jouéelundi.

30 *Novembre.* On peut juger de la futilité de notre goût & de notre pareſſe par la liſte des Almanachs nouveaux. Les titres ſuivans les déſignent aſſez : *l'amuſement à la mode : l'aprèsſouper des Dames, ou les amuſemens d'Églé : le badinage amuſant : le calendrier des amis : les caractères, ou la pure vérité: Chiffon, ou la chiffonniere de Vénus : Etrennes récréatives : Etrennes variées ou Mélange amuſant : Etrennes pour les Enfans, ou alphabet hiſtorique & amuſant, avec figures ; la Grecanicomanie, ou l'amuſement des Belles : l'Inventaire de St. Michel, piece nouvelle en un acte : Je ne ſaurois me taire : les Papillottes, ou Extrait*

Recueil de M. de *** : le Perroquet ou les masques levés : Tout ce qu'il vous plaira. Ceci n'est encore qu'une légere ébauche du débordement d'Almanachs dont nous allons être inondés.

1 Décembre 1765. M. l'abbé du Pignon a fait paroître cette année un livre de politique, intitulé Histoire critique du Gouvernement Romain, où, d'après les faits historiques, on développe sa nature & ses révolutions, depuis son origine jusqu'aux Empereurs & aux Papes. On M. Emmanuel Duni de Rome révendique cet ouvrage, & se plaint en outre que, pour se l'approprier en quelque sorte, son plagiaire l'a totalement défiguré & que son systême est devenu dans les mains du nouvel auteur un tissu de contradictions.

2 Décembre. Les Comédiens François ont donné aujourd'hui la premiere représentation du Philosophe sans le savoir, que nous avons déja annoncé. Ce Drame, espece d'épisode bourgeois, est dans le goût du Pere de famille & du Fils naturel, mais a des défauts d'une espece particuliere.

1°. Le premier acte est absolument ou presque tout-à-fait isolé des autres, & dans cet acte même, chaque scene est si peu liée aux suivantes, qu'on les supprimeroit toutes successivement sans que la machine s'écroulât.

2°. Le Duel, qui n'est qu'épisode dans la piece, l'occupe tellement toute entiere, que le mariage & la noce ne sont que le cadre où il est enchâssé.

3°. De douze acteurs dont la piece est composée, sept seulement sont occupés de l'action principale ; d'autres sont tout entiers au Duel,

M 2

& les premiers font ſi étrangers à cet incident, qu'il arrive, ſe paſſe & ſe termine ſans qu'ils y participent en rien, ſans qu'ils en aient rien ſu, & ils ſortent de la ſcene ſans s'en douter : en ſorte que, quoique dans la regle ordinaire tous les perſonnages doivent concourir au dénouement, dans celui-ci grand nombre n'y eſt pour rien, & pluſieurs ſeroient ſupprimés ſans former aucun vuide.

Quant aux ſituations intéreſſantes qui ont affecté quelques ames plus ſuſceptibles, elles ont manqué leur objet, en général, parce qu'elles ſont forcées, & que n'étant point le réſultat du concours & du choc des paſſions, on y voit perpétuellement l'auteur qui s'efforce & ſe démene en tout ſens pour les amener.

Le mérite de la piece eſt d'avoir des caracteres aſſez ſoutenus, beaucoup de naturel dans le dialogue, & de préſenter des images naïves de ce qui ſe paſſe dans l'intérieur des familles. Le jeu ſupérieur des acteurs n'a pas peu contribué à une illuſion que doit détruire la lecture.

3 *Décembre* 1765. M. Crevier, le continuateur de Rollin, vient de mourir. M. de Voltaire l'avoit caractériſé à merveille ; il l'appeloit le *lourd Crevier* : il avoit fait auſſi une *Hiſtoire de l'Univerſité*.

4 *Décembre.* Les Comédiens Italiens ont donné aujourd'hui la premiere repréſentation de *la Fée Urgelle*, piece en quatre actes, mêlée d'ariettes, déja jouée à Fontainebleau. Ce Drame a eu le ſort de tous ceux annoncés avec trop d'emphaſe. Dénué du brillant appareil qui l'accompagnoit à la cour, il n'a pas répondu à la haute opinion que le public en avoit conçu. On a trouvé la piece ennuyeuſe, platte, indécente,

ridicule : nous en citerons ces deux vers pour échantillon du ftyle ; c'eft la Vieille , qui dans fon entretien avec le Chevalier lui dit qu'elle eft encore gaillarde, qu'elle s'accofte volontiers des jeunes gens :

Je cueille encor des fleurs dans l'hiver de ma vie,
Et viens me réchauffer aux rayons du plaifir.

Il y a beaucoup de fpectacle dans cette piece, entr'autres *la Cour d'Amour*, efpece de tribunal féminin qui a exifté en Provence. D'ailleurs tout le détail de la Chevalerie fait pleurer, & rappelle des ufages antiques fur lefquels on aime à revenir. Mais, en général, le mérite du poëte eft réduit à peu de chofe : la mufique ne répond point à la réputation de l'auteur, M. Duni.

5 *Décembre* 1765. On a fait en l'honneur de M. Clairaut des vers en forme d'Epitaphe, qui caractérifent encore mieux le genre de fes ouvrages, & le mérite de cet auteur.

Vers fur M. CLAIRAUT.

Par fes travaux la Terre a changé de figure ; (1)
La Lune vit par lui fes écarts dévoilés : (2)
Ces Globes chevelus, errans à l'avanture
Fixerent leur retour, à fa voix rappelés ; (3)
Et fon Calcul profond, rival de la Nature,
Démontra les fecrets à Newton révélés.

(1) Voyage au Nord.
(2) Tables de la Lune.
(3) La Comete de 1759.

M 3

6 *Décembre* 1765. On connoît actuellement
l'auteur de l'Anti-Financier; c'est M. Darigrand,
Avocat, qui, après avoir été à la Bastille pour
cet ouvrage, continue à exercer son talent contre les Fermiers généraux, ces sang-sues publiques, auxquels il a juré une haine éternelle : il
a été dans les emplois subalternes de la finance.

7 *Décembre.* Le théâtre dont nous avons
parlé, il y a quelque tems, & qui devoit s'ouvrir incessamment au Temple, est entièrement
achevé : il est question d'y jouer des pieces de
tous les genres, Tragédies, Comédies, Opéra-
comiques, &c. Il passe pour constant que M. le
Prince de Conti a reçu une Lettre de M. le Comte
de St. Florentin, au nom du Roi, qui en sus-
pend l'ouverture. On ne doute pas que ce ne
soit sur les représentations des autres Spectacles.

8 *Décembre.* M. de la Condamine , non
content de sa protestation verbale & par écrit
faite à la rentrée de l'Académie des Sciences,
vient de faire insérer une Lettre dans le *Jour-*
nal Encyclopédique du 5 Décembre, où cet
auteur, après avoir refuté les inductions que les
Anti-Interlocuteurs voudroient tirer de la petite
vérole de Madame la Duchesse de Boufflers,
prétend que cette petite vérole n'est rien moins
qu'étonnante, puisque par le récit même de cet
accident, il est prouvé que l'Inoculation n'avoit
pas pris ; événement très possible & qui ne détruit point alors le danger de la petite vérole
naturelle : il se défend de n'avoir point lu son
troisieme Mémoire, intitulé *Suite de l'histoire*
de l'Inoculation depuis 1738; il s'étoit assuré
depuis neuf mois de l'agrément du Président de
l'Académie, il en avoit eu la confirmation par

écrit le 24 Décembre, depuis l'accident de Madame la Duchesse de Boufflers ; cependant trois
mois après on a réuſſi à lui perſuader ſur un faux
expoſé que le public n'étoit pas diſpoſé à l'entendre, & on l'a engagé à retirer ſa parole une
heure avant l'aſſemblée, par reſpect pour un
bruit dont lui-même reconnoiſſoit la fauſſeté.

Dans un *Poſtſcriptum*, M. de la Condamine
attribue les contradictions qu'il a eſſuyées à un
Médecin ennemi de l'Inoculation, nommé *Guettard*, & à quelques émiſſaires des Commiſſai-
res anti-inoculateurs, &c. Il finit par détruire le
bruit que M. Gatti avoit retiré le dépôt de
12000 Livres placées chez M. Francès, Rece-
veur général des finances, pour celui qui donneroit une preuve d'une ſeconde petite vérole
dans un inoculé : il aſſure que les 12000 Livres ſont encore entre les mains du dépoſitaire.

10 *Décembre* 1765. *L'Autorité Royale juſtifiée
contre les fauſſes accuſations de l'aſſemblée du
Clergé de France*, 1765. L'auteur y prétend que
le Roi impoſant ſilence ſur la Bulle *Unigenitus*,
n'a point impoſé ſilence ſur l'enſeignement.
Ecrit dur contre le Corps Epiſcopal.

11 *Décembre*. Madame Bellot, femme auteur
qui a vécu longtems de traductions Angloiſes
& du produit de quelques Romans aſſez mauvais, vivoit depuis quelque tems avec le Préſi-
dent de Minieres: elle a ſi fort enjôlé ce Préſi-
dent, qu'elle l'a conduit à l'épouſer, il y a pluſieurs mois. Le mariage s'eſt déclaré avant-hier :
elle a joué le ſentiment au point de ne vouloir
recevoir aucun avantage par ſon contrat de
mariage ; on dit *joué*, parce qu'on ne peut ſup-
poſer une façon de penſer ſi délicate dans une

M 4

femme qui a été aux gages de M. de la Poupe-
liniere, à ceux de Paliffot, & qui a vécu fcan-
daleufement avec différens perfonnages, & furtout avec le Chevalier d'Arcq, homme très dé-
crié par fes mœurs.

12 *Décembre* 1765. *Oeuvres de théâtre de* M.
Guyot de Merville, 3 *volumes in-*12. Cette collection renferme non-feulement les pieces que
cet auteur a fait jouer au théâtre françois & au
théâtre italien, mais auffi celles dont les arrêts
irrévocables des comédiens ont privé le public,
& qui ne font pas les moins bonnes : elles forment le 3e. volume. Cette édition eft précédée
de quelques anecdotes fur la vie de l'auteur infortuné; elles intéreffent les cœurs fenfibles &
font l'éloge de fon ame, plus encore que fes
comédies n'ont fait celui de fon efprit.

13 *Décembre.* M. le *C. D. B*, dans une Lettre aux auteurs du *Journal Encyclopédique*,
contenant des *Obfervations critiques* fur *le*
Gouvernement ancien, actuel & préfent de la
France, par M. le Marquis d'Argenfon, voudroit infinuer que cet ouvrage n'eft pas certai-
nement de ce Miniftre : il prétend y relever des
erreurs, des contradictions, que les journaliftes
refutent. Nous n'y voyons d'important qu'une
anecdote affez plaifante. M. d'Argenfon étoit
un des plus ardens partifans des abonnemens
particuliers concernant les impôts : ayant fait
part de fon projet au Roi, S. M. lui dit de le
communiquer au Contrôleur général. Celui-ci
l'ayant écouté tranquillement : *cela eft fort bien*,
lui répondit-il, *mais que deviendront les Rece-*
veurs des Tailles? Alors tournant le dos à fon
collegue : *apparemment, Monfieur,* repliqua le

Comte, *si l'on trouvoit moyen d'empêcher qu'il n'y eût de scélérats, vous seriez inquiet de ce que deviendroient les bourreaux.*

14 *Décembre* 1765. On trouve dans le *Journal Encyclopédique* du premier de ce mois, des Anecdotes & Lettres de M. J. J. Rousseau au sujet de son émigration de la Suisse. On y retrace le détail de ses aventures à Moitiers-Travers, telles à peu près que nous les avons déja racontées. Quant aux Lettres, au nombre de trois, elles sont datées de l'Isle St. Pierre, les 17, 20 & 22 Octobre : elles paroissent adressées à une espece de médiateur entre les Excellences du Canton de Berne & le malheureux exilé ; elles roulent sur ses instances pour y séjourner encore l'hiver, à cause de ses infirmités ; il offre, comme nous l'avons déja dit, non-seulement de se laisser enfermer pour quelque tems, mais même tout le reste de sa vie. On trouve dans ces Lettres des complimens, une onction peut-être trop affectueuse pour un homme comme Rousseau, qui annonce une ame pénétrée de ses malheurs, & qui cherche à faire passer dans celle des autres tout l'attendrissement qu'elle éprouve : du reste, une grande soumission aux Puissances, &c. Suit *l'Extrait du* 15 Novembre, où l'on annonce que cet illustre proscrit est passé à Bâle le 8 Novembre, avec sa gouvernante & son bagage littéraire ; qu'il est en route pour se rendre à Berlin, mais qu'on craint que les Pasteurs du Brandebourg ne soient pas plus tolérans que les autres.

15 *Décembre.* L'Opéra a donné avant-hier la premiere représentation de l'ancien *Jason.* C'est la septieme fois qu'on remet cet Opéra de

M 5

puis son origine. On n'a touché ni au poëme de
Quinault, ni à la Musique vocale de Lully ; mais
on a substitué une ouverture nouvelle à l'ancienne & remplacé tous les airs de danse par
des morceaux plus modernes. L'ouverture est
de M. de Buri, Surintendant de la musique du
Roi. La plupart des airs de danse sont de M.
le Berthon,

L'effet de ce Spectacle, en général, est des
plus imposans. Peu d'Opéra ont été remis avec
autant de magnificence. Le jeu des machines est
très exact, quoique très compliqué. Une des
plus belles décorations qui se puisse voir, est *Minerve*, descendue dans un nuage qui enveloppe
toute la scene, & qui, en disparoissant, laisse
voir un Palais magnifique à la place de celui que
Medée avoit embrasé.

L'Acte des *Furies* offre quelque chose de plus
piquant encore que dans *Castor* : les Démons paroissent avoir réellement percé la terre pour
obéir à *Medée*. Les flambeaux dont ils sont ar-
més, jettent par intervalles une flamme qui les
enveloppe & qui forme le plus bel effet. C'est
à M. Laval qu'on est redevable de ces découver-
tes ingénieuses.

16 *Décembre* 1765. Hier on a donné à la Comédie Françoise la premiere représentation de *la
Bergere des Alpes*, comédie en un acte & en
vers. Le sujet & le titre sont d'un Conte de M.
Marmontel. Ce drame, très triste & très élé-
giaque, est égayé par deux rôles assez plats &
tout au plus bouffons. En général, nul mérite
dans cette piece, qui est le Conte suivi mot à
mot : elle n'a pourtant pas essuyé la chûte qu'elle méritoit ; on a même demandé l'auteur. Les

Comédiens ont prétendu qu'ils ne le connoif-
foient pas. On fait que c'eft M. le Marquis An-
tiqué qui l'a préfentée, & on l'attribue à M.
Marmontel même.

17 *Décembre*. Les Spectacles ont été inter-
rompus aujourd'hui par la trifte nouvelle de l'a-
gonie de M. le Dauphin. Ils ont été affichés jufqu'à deux heures. L'Opéra a fait mettre de nouvelles affiches, où il annonce relâche au théatre
le 17 & jours fuivans, *conformément aux ordres du Roi.*

18 *Décembre.* Le fameux *Jean-Jacques Rouffeau* de Geneve eft à Paris depuis quelques
jours: il a d'abord logé dans la rue de Richelieu, & s'eft enfuite retiré au Temple à l'hôtel
St. Simon, fous la protection du Prince de Conti.
Il eft habillé en Arménien, & doit paffer à Londres avec M. Hume. Il paroît que le Parlement
veut bien fermer les yeux fur fon féjour ici.

20 *Décembre* 1765. Le Pafteur, M. Vernet,
dont nous avons eu occafion de parler à l'égard
d'une conteftation qu'il a eue avec Jean-Jacques
Rouffeau, vient de publier un *Examen de ce
qui concerne le Chriftianifme, la Réformation
Evangélique & les Miniftres de Geneve, dans
les deux premieres Lettres de M. J. J. Rouffeau, écrites de la Montagne.* Cet ouvrage,
divifé en *deux Entretiens, entre Erafte & Eu-
febe,* établit dans le premier *l'utilité de la Religion Chrétienne relativement à la Politique*:
dans le fecond il prouve que par fon *Emile* M.
Rouffeau avoit autant bleffé la Réformation que
les Dogmes des Catholiques-Romains. Ce qu'il
y a de mieux dans ce livre, font des *Réflexions
fur l'Enthoufiafme*, dont plufieurs femblent

M 6

neuves. Quant au raisonnement , il est relatif
à la façon de penser de l'auteur ; le style sera
toujours inférieur à l'éloquence nerveuse & en-
traînante du Philosophe Genevois.

22 *Décembre* 1765. Nous ne pouvons nous empêcher de rapporter une anecdote qui, outre
qu'elle est historique , a droit à nos feuilles ,
comme fournissant une situation théâtrale &
propre à être employée par un grand homme :
c'est la maniere dont le Roi a annoncé à Madame la Dauphine la mort de son mari.

Ce Prince avoit chargé le Grand Aumônier de
rester auprès du mourant jusqu'au dernier in-
stant. Ce Prélat s'étant rendu près du Roi , S.
M. a pris sur le champ son parti, a fait venir M.
le Duc de Berry, & après lui avoir fait un discours relatif aux circonstances , il l'a conduit
chez Madame la Dauphine ; en entrant il a dit
à l'Huissier de la chambre : *annoncez le Roi &*
M. le Dauphin. Cette Princesse a senti ce que
cela vouloit dire , s'est jettée aux pieds du
Roi , &c.

23 *Décembre.* La Comédie de l'*Orphe-*
line léguée n'ayant pu se relever de la chûte peu
méritée qu'elle avoit essuyée à la première Représentation, l'auteur a fait imprimer cette piece , écrite avec beaucoup d'esprit , d'élégance
& pleine de traits fins & ingénieux , qu'on sai-
sit mieux dans le silence du cabinet que dans le
tumulte du spectacle : elle est précédée d'une
Epitre dédicatoire en vers de l'auteur à sa femme. Cette dédicace contient des choses peu
neuves, mais que le sentiment fait passer ; sauf
les deux premiers vers , du ridicule le plus rare
& le plus complet ; les voici :

Ma femme, qui n'es point ma femme,
Ou plutôt ma femme qui l'es !

26 *Décembre* 1765. Il paroît un nouveau livre
intitulé *le Compere Mathieu*; attribué au Marquis d'Argens. C'est un Roman satyrique en trois
volumes; cadre adroit, où l'auteur a enchâssé
& réduit en action beaucoup de principes de la
nouvelle Philosophie. La religion n'est pas l'objet sur lequel il s'exerce le moins. En général,
il y a de la gaîté, du mouvement, de la variété
dans cet ouvrage, un peu grivois. La décence
& les mœurs n'y sont pas toujours bien respec-
tées ; ce qui ne lui donne que plus d'attraits
pour les jeunes gens & les esprits libertins.

27 *Décembre*. On a fait la traduction d'un
ouvrage Italien intitulé *Lettre d'un Canoniste*
sur la Bulle APOSTOLICUM. Cette Bulle est
celle du Pape regnant, qui confirme tous les
Eloges & tous les Privileges accordés par ses pré-
décesseurs à l'Ordre des Jésuites. L'ouvrage en
question refute cette Bulle, & mal-mène la Société, ainsi que ses fauteurs, & entr'autres le
Corps Episcopal de France : il a été écrit à Venise par un Théatin, le Pere Conti. Le Général ayant mandé ce Religieux ; la République a
jugé à propos de le prendre sous sa protection,
& lui a fait défense de sortir de ses Etats.

28 *Décembre*. Il court une Lettre très singuliere du Roi de Prusse au célebre Jean-Jacques
Rousseau : si elle est authentique, elle peut ex-
pliquer les motifs du changement de ce Philosophe sur le lieu de sa retraite. Voici l'Epitre
attribuée au Salomon du Nord.

„ Vous avez renoncé à Geneve, votre patrie.
Vous vous êtes fait chasser de la Suisse, pays

tant vanté dans vos écrits. La France vous a décrété. Venez donc chez moi : j'admire vos talens, je m'amuse de vos rêveries qui, soit dit en passant, vous occupent trop & trop longtems. Il faut à la fin être sage & heureux. Vous avez fait assez parler de vous par des singularités peu convenables à un véritable grand homme. Démontrez à vos ennemis que vous pouvez quelquefois avoir le sens commun. Cela les fâchera, sans vous faire tort. Mes Etats vous offrent une retraite paisible : je vous veux du bien, & je vous en ferai, si vous le trouvez bon. Mais si vous vous obstinez à rejetter mes secours, attendez-vous que je ne le dirai à personne. Si vous persistez à vous creuser l'esprit pour trouver de nouveaux malheurs, choisissez-les tels que vous voudrez. Je suis Roi, je puis vous en procurer au gré de vos souhaits, & ce qui sûrement ne vous arrivera pas vis à vis de vos ennemis, je cesserai de vous persécuter, quand vous cesserez de mettre votre gloire à l'être.

29 *Décembre* 1765. M. l'Abbé Morellet vient de nous donner la traduction du fameux livre Italien *Des Délits & des peines.* On a déja dit que la Société de Berne avoit décerné un prix de 20 Ducats à l'auteur anonyme d'un ouvrage où la cause de l'humanité est si fortement plaidée. La traduction est élégante & énergique.

30 *Décembre.* M. l'abbé Lavocat, Professeur Hébraïque de la Chaire fondée par feu M. le Duc d'Orléans, & fameux par ses connoissances des langues Orientales, vient de mourir. Il étoit Bibliothécaire de Sorbonne, & avoit donné entr'autres ouvrages un *Dictionnaire historique* en deux volumes.

ANNÉE M. DCC. LXVI.

1 *Janvier*. M. le Chevalier de Bouflers continue à enrichir notre poéfie de fes jolies productions : voici des vers qu'il a faits pour fa
mere , le jour de Ste. Catherine , fa fête ; ils
n'ont affurément pas la fadeur des bouquets
ordinaires :

> Votre Patrone, au lieu de répandre des larmes ,
> Le jour qu'elle fouffrit pour le nom de Jéfus,
> Parla comme Caton, mourut comme Brutus;
> Elle obtint le ciel : & vos charmes
> L'obtiendront comme fes vertus.
> Reniez Dieu , brûlez Jérufalem & Rome ,
> Pour Docteurs & pour Saints n'ayez que les Amours,
> S'il eft vrai que le Chrift foit homme
> Il vous pardonnera toujours.

2 *Janvier* 1766. M. Cailhava d'Eftandoux , auteur du *Tuteur trompé* , fe glorifie avec raifon
d'une Lettre de M. de Voltaire , en date du château de Ferney , le 3 Novembre 1765.

„ Je ne puis trop vous remercier , Monfieur ,
de la bonté que vous avez eue de me faire partager le plaifir que vous avez donné à tout Paris. Je n'ai point été étonné du fuccès de votre
piece. Non-feulement elle fournit beaucoup de
jeu de théâtre , mais le dialogue m'en a paru
naturel & rapide. Elle eft auffi bien écrite que
bien intriguée. Il eft à croire que vous ne vous
bornerez pas à cet effai, & que la Scene Françoife s'enrichira de vos talens. Ma plus grande

consolation dans ma vieilleſſe languiſſante eſt de voir que les Beaux Arts, que j'aime paſſionnément, ſont ſoutenus & embellis par des hommes de votre mérite. "

„ J'ai l'honneur d'être avec toute l'eſtime que vous méritez, &c. &c. "

3 *Janvier* 1766. Une nouvelle femme Auteur entre en lice : c'eſt Madame Benoît, auteur d'*Eliſabeth*, Roman en quatre parties. Il affecte le cœur ; les caracteres en ſont bien deſſinés & bien ſoutenus. Tout y eſt naturel & reſſent le ton de la bonne compagnie.

4 *Janvier*. On lit dans le *Journal Encyclopédique* du 15 Décembre 1765, l'annonce ſuivante.

„ On a enfin donné à M. d'Alembert le 16 Novembre dernier la penſion que M. Clairaut a laiſſé vacante, & à laquelle M. d'Alembert avoit tant de droits. Il eſt vrai qu'il n'avoit pas fait la moindre démarche pour l'obtenir. Mais pluſieurs volumes in quarto qu'il a donnés au Public ſur la plus haute Géométrie, [indépendamment de tous ſes autres ouvrages] les repréſentations reïtérées de ſes Confreres, & les vœux de tous les Gens de Lettres & du Public demandoient pour lui cette penſion depuis plus de ſix mois. Quoiqu'il ſemblât dans cet intervalle que cette juſtice ſouffroit quelques difficultés, il a été vivement ſollicité [comme nous l'apprenons par nos Correſpondans] d'accepter dans les pays étrangers les places les plus avantageuſes & les plus brillantes. Ceux qui connoiſſent M. d'Alembert, ne s'étonnerent pas qu'il ait fait à ſa Patrie & à ſes amis ce nouveau ſacrifice. Il y auroit eu lieu de s'étonner que la France fut le

ſeul pays où l'on ne rendit pas juſtice à un Savant qui donne de tels exemples. "

5 *Janvier* 1766. Les *Lettres ſur les Miracles*
ſont à préſent au nombre de dix-huit : elles
ſont toutes écrites dans le même ſyſtême & tendent au même objet, mais ne ſortent pas, à
coup ſûr, de la même plume.

6 *Janvier*. Extrait d'une Lettre du Docteur
Marti, premier Médecin du Roi d'Angleterre,
en réponſe à celle où M. le Duc de Nivernois
parloit à cet Anglois de la mort de M. le Dauphin.

„ Permettez-moi, Monſieur, de mêler mes
larmes aux vôtres. Vos bontés m'ont preſque
naturaliſé François. *Germanicus* fut pleuré de
ſa patrie, de ſes voiſins & même de ſes ennemis. Si M. le Dauphin jette encore un regard
ſur la terre, il n'y verra que des cœurs françois."

8 *Janvier*. M. Du Clairon vient de nous
donner la traduction d'une tragédie Britannique,
intitulée *Guſtave Vaſa*. La piece eſt de M.
Henri Brooke, Ecuyer. Elle n'a preſque point
de rapport avec celle de M. Piron. Ces deux
auteurs ont enviſagé leur ſujet d'une maniere
oppoſée. Il y a de grandes beautés dans ce drame, & des coups de pinceau dans la maniere Angloiſe, que le traducteur a bien rendus.

9 *Janvier*. Copie d'une Lettre de M. de Voltaire à M. le Marquis de Villette, en date du
4 Janvier 1766, au chateau de Ferney.

„ C'eſt vous, Monſieur, qui m'avez appris
que de bons & braves citoyens de Paris avoient
porté des chandelles à la ſtatue d'Henri IV. Je
vous dois la réponſe que j'aurois fait à ces bonnes gens. Si j'avois été à Paris je les aurois ac-

compagnées, mais comme je ne veux point me brouiller avec les moines de Ste. Génevieve, je vous demande en grace avec les inftances les plus vives de ne laiffer prendre aucune copie de ces vers. Il eft vrai que de la Poéfie Allobroge, venant du pied du Mont Jura & du fond des glaces affreufes qui nous environnent, ne mérite gueres la curiofité des gens de Paris; mais le fujet eft fi intéreffant qu'il peut tenter les moins curieux. "

„ De plus, il m'eft important de favoir ce qu'on penfe de ces vers avant qu'on les publie. Je dois peut-être adoucir la préférence trop marquée que je donne à l'adorable Henri IV. fur Sainte Génevieve. Ma paffion pour ce grand homme m'a peut-être emporté trop loin. Je n'ai fongé qu'aux bons François en compofant cet ouvrage tout d'une haleine, & je n'ai pas affez fongé aux dévots, qui peuvent trop fonger à moi. „

„ Recueillez les voix ; je vous en prie, & inftruifez-moi de ce qu'on en dit, afin que je fache ce que je dois faire. „

„ Vous m'appelez plaifamment votre protecteur, & moi je vous appelle férieufement le mien dans cette occafion. „

10 *Janvier* 1766. Il paroît un Mandement de M. l'Archevêque de Paris, qui ordonne des Services dans cette capitale pour le repos de l'ame de feu M. le Dauphin : on l'admire & l'on eft attendri du pathétique qui regne dans cet ouvrage. On raconte à cette occafion que M. l'Archevêque s'étant trouvé avec Piron ces jours-ci, lui a demandé ce qu'il en penfoit &

s'il avoit lu? *Non*, *Monseigneur*, a répondu le vieux caustique, *& vous?* . . . . .

11 *Janvier* 1766. Réponse de M. le Marquis de Villette à M. de Voltaire.

> Lorsque je reçus votre Lettre,
> Dont je suis encor attendri,
> Chacun commençoit à connoître
> Votre *Oremus* au grand Henri.
> Dans une espece de Bréviaire
> Je l'inférai dévotement :
> Moitié triste, moitié content
> Je le chantois à ma maniere.
> Mais tèls que ces vieux libertins,
> Ces invalides de Cythere,
> Qui nuls, & même les matins
> Se bercent de mille chimeres,
> Qui voudroient, quoique sans vigueur
> Cueillir cette premiere fleur
> Qu'un vieux pécheur ne trouve gueres,
> J'aurois voulu tenir de vous
> Jusqu'au moindre petit ouvrage,
> Pouvoir l'admirer avant tous
> Et jouir de ce pucelage.
> Ah! qu'il m'auroit fait de jaloux!
> Il m'eut procuré l'avantage
> De publier ces vers touchans
> Que les dévots lisent avec rage,
> Avec transport les bonnes gens.
> C'est ainsi que chacun raisonne.
> Votre Muse après soixante ans
> Nous plaît encore & nous étonne;
> Elle joint aux fruits de l'automne
> Les fleurs brillantes du printems.

12 *Janvier.* Quoiqu'il n'y ait plus que trois jours pour aller à la fin des grandes pleureuses, les Spectacles ont repris aujourd'hui. L'Opéra a donné *Jason & Medée*, remis avec de

ñouvaux changemens dans les décorations &
dans les Ballets , qui ajoutent beaucoup à la
beauté du fpectacle. Il n'y avoit perfonne aux
premieres Loges.

13 *Janvier.* M. de Voltaire , en fuppofant ce
que M. le Marquis de Villette lui avoit marqué
fur les citoyens qu'on avoit vu au pied de la
ftatue d'Henri IV , un cierge à la main , prier
pour M. le Dauphin , a fait les vers fuivans :

Intrépide Soldat , vrai Chevalier , grand homme,
Bon Roi , fidele Ami , tendre & loyal Amant,
Libre de préjugés , de Genève & de Rome
Dans le fond de ton cœur riant également,
Henri , tous nos François|adorent ta mémoire;
Ton nom devient plus cher & plus grand chaque jour,
Et peut-être autre fois quand j'ai chanté ta gloire
Je n'ai point dans les cœurs affoibli tant d'amour,
Un des beaux rejettons de ta race chérie,
Des marches de ton trône au tombeau defcendu
Te porte , en expirant , les vœux de ta patrie ,
Et les gémiffemens de ton peuple éperdu.
Lorfque la mort fur lui levoit fa faulx tranchante
On voit de citoyens une foule tremblante
Entourer ta ftatue & la baigner de pleurs.
C'étoit-là leur autel ; & dans tous nos malheurs
Nous t'implorons encor comme Dieu tutélaire.
La fille qui nâquit aux chaumes de Nanterre
Eft la Sainte qu'implore un peuple vain & fot
Pour mériter du ciel un regard plus propice.
Mais le bon citoyen à toi feul eft dévot:
C'eft toi , c'eft ta valeur , ta bonté , ta juftice ,
Qui préfide à l'Etat raffermi par tes mains;
Ce n'eft qu'en t'imitant qu'on a des jours profperes:
C'eft l'encens qu'on te doit. Les Grecs & les Romains
Invoquaient des Héros , & non pas des Bergeres.
O ! fi de mes déferts où j'acheve mes jours ,
Ma voix pouvoit percer au fond du fombre empire
Si , comme au tems d'Orphée , un enfant de fa lyre

De l'ordre des Deſtins interrompant le cours,
Si ma voix...... Mais tout cede à leur arret ſuprême :
Nos offrandes, nos vœux, nos autels, ni toi-même,
Rien ne ſuſpend la mort. Ce monde illimité
Eſt l'eſclave éternel de la fatalité.
A d'immuables loix Dieu ſoumit la nature.
Sur ces monts entaſſés, ſéjour de la froidure,
Au creux de ces rochers, dans ces gouffres affreux,
Je vois des animaux maigres, pâles, hideux,
Demi-nuds, affamés, courbés ſous l'infortune.
Ils ſont hommes pourtant! notre mere commune
A daigné prodiguer des ſoins auſſi puiſſans,
A paitrir de ſes mains leur ſubſtance mortelle,
Et le groſſier inſtinct qui dirige leurs ſens,
Qu'à former le vainqueur de Pharſale & d'Arbelle :
Au livre des Deſtins tous leurs jours ſont comptés.
Les tiens l'étoient auſſi. Ces dures vérités
Epouvantent le lâche & conſolent le ſage :
Tout eſt égal au monde : un mourant n'a point d'âge.
Le Dauphin le diſait au ſein de la grandeur,
Au printems de ſa vie, au comble du bonheur ;
Il l'a dit en mourant, de ſa voix affaiblie,
A ſon fils, à ſon pere, à la cour attendrie.
O toi ! triſte témoin de ſon dernier moment,
Qui lis de ſa vertu ce foible monument,
Ne me demande point ce qui fonde ſa gloire,
Quels funeſtes exploits aſſurent ſa mémoire,
Quels peuples malheureux on le vit conquérir,
Ce qu'il fit ſur la terre ? Il t'apprit à mourir.

14 *Janvier* 1766. *Le Barneveld*, tragédie de M. le Mierre, eſt annoncée comme celle qu'on doit jouer la premiere. Elle a déja paſſé à la Police, & les acteurs en apprennent les rôles. Il y a des choſes hardies, relatives aux circonſtances préſentes qu'on craignoit de voir ſupprimer. Barneveld étoit Avocat général, & l'un des principaux Miniſtres des Etats de Hollande. Il étoit oppoſé à la faction du Prince

d'Orange, & fut condamné en 1619 à avoir la
tête tranchée, à l'âge de 72 ans, sous prétexte
d'avoir voulu livrer le pays aux Espagnols.

15 *Janvier* 1766. Le Cœur, *Piece de M. le Chevalier de Boufflers.*

Le *Cœur* est tout, disent les femmes :
Sans le cœur point d'amour, sans lui point de bonheur :
Le cœur seul est vaincu ; le cœur seul est vainqueur.
  Mais qu'est-ce qu'entendent les Dames,
  En nous parlant toujours de cœur ?
En y pensant beaucoup, je me suis mis en tête
Que du sens littéral elles font peu de cas,
Et qu'on est convenu de prendre un nom honnête
  Au lieu d'un mot qui ne l'est pas.
Sur le lien des cœurs en vain Platon raisonne,
Platon s'égare seul & n'égare personne.
Raisonner sur l'amour c'est perdre la raison ;
Et dans cet art charmant la meilleure leçon
  C'est la nature qui la donne.
  A bon droit nous la bénissons
Pour nous avoir formé des cœurs de deux façons :
  Car, que deviendroient les familles,
  Si les cœurs des jeunes garçons
Étoient tournés ainsi que ceux des filles ?
Avec variété nature les moula,
Afin que tout le monde en trouvât à sa guise.
Prince, Manant, Abbé, Reine, Nonne, Marquise,
Celui qui dit *Sanctus*, celui qui crie *Alla*,
Le Bronze, le Rabin, le Carme, la Sœur Grise,
Tous reçurent un cœur : aucun ne s'en tint-là.
  C'est peu d'avoir chacun le nôtre,
  Nous en cherchons partout un autre.
Nature, en fait de cœurs, se ploye à tous les goûts,
  J'en ai vu de toutes les formes,
Grands, petits, minces, gros, médiocres, énormes.
Mesdames & Messieurs, comment en voulez-vous ?
On fait partout d'un cœur tout ce qu'on en veut faire.

On le prend, on le donne, on l'achette, on le vend ;
Il s'éleve, il s'abaiffe, il s'ouvre, il fe refferre :
    C'eft un merveilleux inftrument.
    J'en jouois bien dans ma jeuneffe,
    Moins bien pourtant que ma Maîtreffe.
    O ! vous, qui cherchez le bonheur,
    Sachez tirer parti d'un cœur.
Un cœur eft bon à tout ; partout on s'en amufe :
    Mais à ce joli petit jeu,
    Au bout de quelque tems il s'ufe ;
Et chacune & chacun finiffent en tout lieu
    Par en avoir trop ou trop peu.
    Ainfi, comme un franc hérétique,
Je médifois de Dieu, de la terre & du ciel :
    En amour j'étois tout phyfique,
    C'eft bien un point effentiel ;
    Mais ce n'eft pas le point unique,
    Il eft mille façons d'aimer,
    Et ce qui prouve mon fyftême
    C'eft que la Bergere que j'aime
    En a mille de me charmer.
    Si de ces mille, ma Bergere,
    Par un mouvement généreux,
    M'en cédoit une pour lui plaire,
    Nous y gagnerions tous les deux.

16 *Janvier* 1766. Mlle. Guimard, danfant
aujourd'hui à l'Opéra, a été renverfée par une
piece de décoration, qui lui eft tombée fur le
bras & le lui a démis net : heureufement Gue-
rin, Chirurgien des Moufquetaires, s'y eft
trouvé & a remis tout de fuite le membre.
On efpere que les fuites n'en feront point funeftes. Cette jeune Nymphe a foufflert l'opération avec beaucoup de courage & fans jetter
un cri.

16 *Janvier*. Mlle. Mandeville a débuté
hier aux Italiens, & a eu beaucoup de fuccès.
Sa voix eft d'un volume très-étendu, & d'un

timbre harmonieux & flexible. Elle joint à une
taille élégante une figure très-avantageufe. Elle
a beaucoup d'expreffion dans fon regard, l'ame
du jeu, & joint à ces talens une grande intelligence. C'eft une acquifition précieufe.

17 *Janvier* 1766. Mlle. La Chaffaigne, dite
Sainval, niece de Mlle. La Mothe, ancienne
Actrice de la Comédie Françoife, a débuté hier
à ce fpectacle dans le rôle de *Phedre*. On fent
bien qu'un pareil rôle, le chef-d'œuvre du Poëte
& du Comédien, a été très-pitoyablement rendu.
On voit dans cette jeune perfonne beaucoup de
fingeries de Mlle. Clairon. Le vrai talent ne
finge perfonne.

18 *Janvier*. Nos Nymphes d'Opéra repro-
duifent les beaux jours de la galanterie antique. Mlle. Allard, célebre Danfeufe, & remarquable par fa gaîté & fes folies choréogra-
phiques, pénétrée de douleur de la mort de
fon Amant, M. Bontems, a déclaré que de fix
femaines elle ne pourroit contribuer aux plaifirs
du public.

Mlle. Baffe, Danfeufe des Chœurs, peu connue par fes talens, mais très-digne de l'être par
fa conftance héroïque, ayant elle-même engagé
fon amant, M. Prevôt, à contracter un mariage que fa famille defiroit, a refufé toutes les
penfions qu'on vouloit lui faire. Elle a demandé
qu'on eût foin de fes enfans, & s'eft retirée
dans un couvent, où elle doit prendre le voile,
après une vocation bien décidée.

19 *Janvier*. On apprend par les Gazettes
de Londres que le fameux J. J. Rouffeau a dé-
barqué à Douvres, le famedi onze Janvier, &
que cet homme célebre, las de faire parler de
lui,

lui, paroît vouloir fe retirer à la campagne & y vivre dans l'obfcurité.

20 *Janvier* 1766. On écrit d'Italie que M. Bof-wel, Gentilhomme Ecoffois, à fon retour de Rome avoit paffé en Corfe, où il avoit été pré-fenté à la fin d'Octobre à Paoli, ce fameux Chef des Révoltés, avec ce compliment fubli-me : *Je viens de voir les ruines d'un peuple brave & libre, j'en trouve un ici digne de le remplacer.*

21 *Janvier.* Dans une Gazette Angloife du 9 au 10, on parle de *la double Méprife*, nouvelle comédie de la façon de Mr. & Ma-dame Griffith, auteurs de la *Flamme Platoni-que*. Cette double méprife confifte dans une multitude de contretems, qui font foupçonner avec affez de raifon une jeune perfonne par fon Amant. A la fin l'erreur eft reconnue. Ce drame eft bien intrigué, & doit être très-comique dans l'original.

22 *Janvier.* L'Académie Françoife a arrêté de faire faire un fervice pour le repos de l'ame de M. le Dauphin. Elle a demandé en même tems la permiffion au Roi d'en faire faire l'Oraifon funebre par un de fes Membres, & l'Abbé de Boifemont a été nommé pour cette cérémonie.

23 *Janvier.* L'on apprend la mort du célebre Servandoni, homme d'un talent fupé-rieur en Architecture, mais d'une inconduite inconcevable.

Nous avons négligé d'annoncer celle d'Ar-mand, Comédien célebre, mort il y a deux mois. Il y avoit des écarts dans fon jeu qui n'apparte-noient qu'à lui & qui le rendoient plus original.

Tome II. N

24 Janvier 1766. *Oeuvres diverses de M. de Marivaux*, *en 4 vol. in-12.* L'infatiable cupidité de plusieurs Libraires & d'un tas d'Editeurs infâmes, non contente d'avoir travesti les vivans, insulte encore à la cendre des morts, en ramassant sans choix tout ce qu'ont fait les Auteurs célebres, & même ce qu'ils n'ont pas fait. Les deux premiers contiennent le *Dom Quichotte moderne*, ouvrage de la jeunesse de M. de Marivaux qui, dit-on, eut beaucoup de succès alors, qu'il ne méritoit pas, & corrigé par l'Auteur dans sa vieillesse. Le troisieme offre l'Illiade en vers burlesques ; projet le plus injurieux à la mémoire de l'Auteur, & dont l'exécution auroit dû étre à jamais ensévelie dans les ténebres. Le dernier renferme quelques dialogues & de méchantes historiettes. En un mot, l'auteur seroit indigné s'il voyoit reproduire au grand jour ces erreurs de sa jeunesse, ou les délires d'une imagination folle, auxquels n'échappe pas toujours l'homme qui a le plus d'esprit.

25 *Janvier.* M. Fréron, dans sa feuille 39, s'égaye & revient sur M. de la Harpe. Il épluche les *Opuscules Poétiques* de ce jeune auteur, & répand sur l'ensemble ce vernis de ridicule & de méchanceté que ce Journaliste fait prodiguer avec tant d'abondance. Il finit par assurer que M. de la Harpe a autant de sécheresse dans l'ame que de ténebres dans l'imagination.

26 *Janvier.* Mlle. d'Oligny continue à donner des exemples d'une sagesse & d'une vertu rares. M. le Marquis de Gouffier, éperdument amoureux d'elle, lui a d'abord fait les

offres les plus brillantes qu'elle a refufées. Il a pouffé la folie au point de la demander en mariage, & de lui envoyer le contrat prêt à figner. Elle a répondu prudemment qu'elle s'eftimoit trop pour être fa maitreffe & trop peu pour être fa femme.

27 *Janvier* 1766. Il s'étoit répandu le bruit que le *Journal de Trevoux* feroit fupprimé. Il paroit un avertiffement du Libraire qui en annonce la continuation. Il eft même queftion de lui donner une exiftence plus folide, en confiant l'exécution de cet ouvrage périodique à la Congrégation de Ste. Genevieve, dont M. Mercier, Bibliothécaire, s'eft déja chargé comme fimple particulier.

28 *Janvier.* Fréron, dans fa 40me. Lettre, finit par un coup de tonnerre : il tombe fur *le Siege de Calais*, & renverfe ce Coloffe Dramatique. Il ne fait que repéter & mettre en ordre les critiques judicieufes que tous les connoiffeurs avoient déja faites *in petto* de cette Tragédie. Il tempere même l'amertume de fa cenfure par quelques éloges, qu'on juge arrachés plutôt par égard pour l'enthoufiafme des fpectateurs, que pour M. de Belloy, dont on fait qu'il fait peu de cas. Il tombe à bras raccourcis fur fa Préface, en fronde les affertions fauffes, le ton pédantefque & dogmatique qu'affecte l'auteur. Dans le courant de la critique, il n'épargne pas Mlle. Clairon, contre laquelle il conferve toujours une dent.

29 *Janvier.* Les Comédiens Italiens ont remis *Tom Jones*, avec des changemens par M. Sedaine. Cette Comédie a eu beaucoup de fuccès à la reprife.

30 *Janvier* 1766. *Le Philosophe sans le savoir* continue avec un succès auquel l'auteur ne devoit pas s'attendre.

La Bergere des Alpes, traînée pendant sept représentations, est enfin terminée. L'auteur s'avoue : c'est M. Desfontaines. On attend avec impatience le même sujet, traité par M. Marmontel.

31 *Janvier*, Fréron, dans sa 40me. Lettre, se fait écrire de Venise la Lettre suivante.

« Le Sr. Gaudagny ayant refusé de chanter à la table du Doge, ayant même répondu & parlé avec beaucoup de hauteur, a été condamné à une prison de quinze jours, les fers aux pieds, & a été ensuite exilé. Une garde de soldats l'a conduit auparavant jusqu'à la chambre du Trône, en le faisant passer par la grande place qui étoit remplie de masques, & après avoir chanté devant la Seigneurie, il a demandé à genoux & obtenu son pardon. Tout le monde a été attendri & touché de la façon avec laquelle il a chanté à travers les pleurs & les sanglots, comme le cygne qui ne chante, dit-on, jamais mieux que lorsqu'il est près de sa mort. Quoi qu'il en soit, c'est ainsi qu'en tout pays on devroit punir les chanteurs & histrions insolens ».

On sent contre qui est dirigée cette anecdote prétendue.

1 *Février*. Vers de M. de Voltaire à M. le Chevalier de Boufllers, sur sa piece *du Cœur*.

Certaine femme honnête, & savante & profonde,
    Ayant lu le Traité du *Cœur*,
Disait en se pâmant : Que j'aime cet auteur !
Il a, je le vois bien, le plus grand cœur du monde :

. . . . vu passer la fleur, &
. . . . telle chose,
. . . . cœur, quand mon amant m'honore
. . . . me fait trop d'honneur.
. . . . . humains, quels destins sont les nôtres !
. . . . . on a mal placé les grandeurs ?
. . . . . on seroit heureux si les cœurs
. . . . . faits les uns pour les autres !
. . . . Chevalier, vous chantez vos combats,
. . . . . . votre gloire & votre empire . . .
. . . . . . heureux comme vous pleins d'appas
. . . . en votre peur qui vous inspire.
Quand Isleret vous dit : Rodrigue, as-tu du cœur ?
. . . . l'éprouve, & dit avec franchise,
. . . . avoit encor plus de valeur
. . . . . . Quand il étoit homme d'Église.

. . . . Janvier 1786. *Le Barneveld*, tragédie de
. . . . M. *la Mierre*, sur lequel on comptoit, essuye
. . . . difficultés. Il y a dans ce drame
. . . . . morceaux qui ont trait aux circonstances
. . . . les. *Barneveld*, comme on sait, fut jugé
. . . . une Commission. En conséquence, fortes
. . . . hardies tirades contre ce Tribunal. Notre
Gouvernement a craint qu'on ne fit des allu-
. . . . . malignes, &c. en un mot, la Police a re-
. . . . cette pièce aux Comédiens.

. . . . La *différence du Patriotisme na-*
. . . . *des François & chez les Anglois*,
. . . . M. *Duport de la Mérille*, premier Avocat
. . . . . *au Parlement de Dijon*. Cet ouvrage
. . . . éloquence & de chaleur se ressent trop
. . . . . de l'auteur. A force de vouloir mon-
. . . . combien le Patriotisme François l'emporte
. . . . le Patriotisme Anglois, il affoiblit lui-même
. . . . il le pousse au point de pré-
. . . . Patriotisme soit nul en Angleterre.
. . . . cet étrange paradoxe.

4 *Février* 1766. M. Bouchaud, Cenfeur Royal, & Docteur agrégé de la Faculté de Droit, vient de publier une Traduction Angloife d'*Effais hiftoriques fur les Loix*, avec des Notes & une Differtation de fa façon.

Le traducteur, qui réunit à une profonde connoiffance de la Jurifprudence, la fcience de l'Hiftoire, & une vafte & agréable Littérature, a dépouillé l'Anglois de fes raifonnemens prolixes & fouvent inutiles, & a jetté dans cet ouvrage autant de favoir que d'agrément.

4 *Février*. Il va paroître inceffamment un *Effai hiftorique* de M. l'Abbé Comte de Guafco, de l'Académie des Infcriptions & Belles Lettres de Paris, intitulé, *de l'ufage des ftatues chez les Anciens*.

On voit déja dans le *Journal Encyclopédique* un extrait détaillé de cet ouvrage, & le Cenfeur en donne la plus grande idée.

5 *Février*. M. l'Abbé Aubert a tiré du poëme de Gefner, intitulé : *La mort d'Abel*, un Drame fur le même fujet, en trois actes & en vers. Il feroit à fouhaiter que cette piece fût repréfentée, elle ramèneroit fur notre Théâtre cette fimplicité dont nous fommes fi éloignés ; auprès de laquelle les ornemens étrangers qu'on lui fubftitue font fi puérils, lorfqu'ils ne tiennent point à l'action. La poéfie eft proportionnée au genre, c'eft-à-dire d'une diction pure, noble & fans enflûre. La piece avoit d'abord été faite en cinq actes. Sur les avis de fes amis, l'auteur l'a refondue & mife en trois actes. Il a fait imprimer féparément les morceaux retranchés, où il y a encore de belles chofes.

A la fuite eft le *Vœu de Jephté*, petit Poëme

u même auteur, pour être mis en chant, dans
lequel on trouve la marche de l'Epopée.

6 Février 1766. Il paroit que Mlle. Clairon
se dispose à satisfaire aux vœux du public, &
qu'elle doit remonter sur la scene après Pâques,
c'est-à-dire à l'expiration de son congé. Cependant elle a toujours sur le cœur cette terrible
excommunication. Elle ne cesse de faire des con-
sultations & d'intéresser quantité de Jurifcon-
sultes dans sa cause. Il y a souvent des Comités chez elle, & l'on vient d'y rédiger un Mémoire pour la Cour de Rome.

Elle souhaiteroit en outre, qu'au lieu de la
qualité de *Comédiens François*, on intitulât sa
troupe : *L'Académie Royale de Déclamation.*

5 Février. Il est assez plaisant de voir un
russe vouloir corriger Racine. C'est ce que vient
de faire M. de Yemzof, de l'Académie Impé-
riale de Pétersbourg, dans un livre intitulé :
*Remarques de Grammaire sur Racine, pour
servir de suite à celles de M. l'Abbé d'Olivet,
avec des Remarques détachées sur quelques
autres Ecrivains du premier ordre.*

Entre un grand nombre de ces Remarques,
ou justes pour la plupart, il en est quelques-
unes de judicieuses. Toutes prouvent en général, dans l'auteur, une grande connoissance de
notre langue, & une longue & très heureuse
étude de nos Auteurs & de notre Littérature.

Le Critique, aux remarques sur *Athalie* &
la *Thébaïde*, a joint des remarques sur les
piéces de Racine, examinées déja par M. l'Abbé
d'Olivet; des remarques critiques sur l'*Art de
peindre*, de M. *Watelet*, sur le commencement
de la *Henriade*, & sur quelques-uns des plus

célebres Ecrivains François, tels que M. de Voltaire, M. de Fontenelle & l'Abbé de Vertot, enfin des Observations sur Boileau.

9 Février 1766. Nous avons parlé d'une femme qui avoit fait des reproches à M. Dorat sur sa Lettre de *Zeila à Valcourt*. Elle trouvoit mauvais que l'auteur eût chargé notre Nation d'une atrocité purement Angloise. Cette fois-ci notre Poëte plus galant ramène son héros aux pieds de celle qu'il a trahie. L'Héroïde est précédée d'une préface, où M. Dorat nous apprend que voici l'avant-dernier ouvrage qu'il produira dans ce genre. Il fera bien, s'il peut tenir parole, Il est trop borné pour ne pas dégénérer en galanterie fastidieuse. Dans cette Epitre, à travers plusieurs tirades qui roulent toujours sur les mêmes sentimens alambiqués, on y trouve des vers heureux, même des morceaux de quelque étendue.

10 Février. Nous apprenons de Londres que M. d'Eon, cet Ecrivain politique dont les ouvrages ont fait tant de bruit, est encore en Angleterre, malgré le jugement du Banc du Roi. Il est chez le Lord Temple, où il grossit fourdement ses compilations. On ne doute pas que cet homme ne fût employé par le Ministère Anglois si la guerre se déclaroit.

12 Février. Les disputes sur l'Inoculation étoient assoupies depuis quelque tems; les écrits sur cette matiere étoient même taris. Il s'en reproduit de nouveaux. On voit dans le Journal Encyclopédique une Lettre de M. Razoux, Docteur en Médecine de la Faculté de Montpellier qui se plaint formellement du rapport de M. de l'Epine. Il prétend que ce Médecin a tiré des in ductions très fauffes des faits allégués par le premier dans l'hiftoire de fes Inoculations à M. Belletête, & que ces faits, bien loin de devoir nuire à cette pratique, ne doivent fervir qu'à la confirmer.

12 *Février* 1766. M. Mehegan, Irlandois, connu par quelques Romans, par fes démêlés avec Fréron, & comme ayant travaillé à quelques Journaux, vient de mourir. Il avoit eu l'illuftration de la Baftille pour fon livre intitulé: *L'origine des Guebres* ou *la Religion naturelle mife en action*, où il y avoit des chofes hardies.

13 *Février.* *L'Antiquité dévoilée par fes ufages*, dont nous avons parlé, fe répand à Paris avec la permiffion de la Police. Il y a déja long-tems qu'elle tenoit en échec un Libraire qui en avoit fait paffer 1,200 exemplaires. Il vient d'avoir permiffion de les débiter avec des cartons.

15 *Février.* Le Sr. Sédaine, auteur du *Philofophe fans le favoir*, à la Comédie Françoife, & de plufieurs Opéra Comiques très jolis, vient de mettre en Poëme *la Reine de Golconde*, Conte du Chevalier de Boufflers. Le Sr. Monfigny en a fait la Mufique, & ce Drame doit être joué à l'Opéra après Pâques.

16 *Février.* *Les Ephémérides du Citoyen*, ou *Chronique de l'efprit animal*, nouvel ouvrage périodique, qui a commencé le 4 Novembre 1765. Il doit rouler principalement fur des matieres de politique & de morale. Il y en a déja deux volumes. Il eft auffi critique & hiftorique. Il s'en publie reguliérement deux feuilles par femaine, qui forment au bout de deux mois un volume 8°.

18 *Février.* Les Comédiens François ont re-

mis le Dimanche gras *Dom Japhet d'Arménie* ;
& doivent continuer à la donner les Dimanches
de Carême. Cette farce de Scarron pétille d'esprit & est très gaie : elle est infiniment préférable aux Comédies froides, noires & tragiques
qu'on nous donne aujourd'hui.

19 *Février* 1766. Les Comédiens Italiens ont
donné aujourd'hui sur leur théâtre la premiere
représentation de *la Bergere des Alpes*, Comédie
en trois actes & en vers, mélés d'ariettes. Ce
Drame de M. Marmontel, préconisé depuis
quelque tems, ne répond point à l'attente qu'on
en avoit conçu. Il est froid, triste & péche en
beaucoup de choses. Le premier acte a fait plaisir, les deux autres sont pleins de remplissage
& dénués d'intérêt. La Musique, qui avoit fait
plaisir d'abord & paru agréable, s'est ressenti de
la foiblesse des second & troisieme, & a dégénéré avec le Poëte. Elle est de M. Rohaut. Cette
Comédie n'aura que très peu de représentations,
à la faveur du titre académique de l'auteur.

21 *Février. Pastorales & Poëmes de M.
Gessner, qui n'avoient pas encore été traduits, suivis de deux Odes de M. de Haller, traduites de l'Allemand, & d'une Ode traduite de
l'Anglois de Dryden en vers françois.* Toutes les
pieces rassemblées ici font honneur à la poésie
Allemande. Les deux principales sont deux Pastorales ; l'une a pour titre *Eraste* ; elle est composée d'un seul acte, & peint les douceurs de
l'amour conjugal entre deux Epoux, dont la
misere ne peut altérer l'union & la tendresse ; le
dénouement en est heureux & d'un pathétique
singulier. L'autre est une imitation de *Daphnis
& Chloé*, elle est intitulée *Erandre & Alcinue*.

L'auteur a conſervé des mœurs, de l'honnêteté la plus circonſpecte.

22 Février 1766. Portrait de Mgr. le Dauphin. Cet ouvrage, attribué à M. le Duc de la Vauguyon, eſt un monument élevé par la douleur & la reconnoiſſance à ce Prince mort à la fleur de ſon âge. On y detaille peu les principaux traits de ſa vie, qui peuvent le caractériſer, mais l'on s'attache ſurtout à ſa mort, qui en eſt l'époque la plus remarquable. L'Eloge eſt ſimple & noblement écrit : il eſt dédié au Dauphin actuel; on prédit à ce Prince qu'il ſera *auſſi grand, auſſi vertueux, que ſon Pere & que ſon Grand-Pere.*

23 Février. On a parlé d'un Drame, intitulé : *la Partie de Chaſſe de Henri IV*, comédie en trois actes & en proſe, de M. Collé, Lecteur de S. A. S. Monſeigneur le Duc d'Orléans. Il ſe répand aujourd'hui imprimé. Ce Prince paroit ici en quelque ſorte en deshabillé. On y peint quelques inſtans de ſa vie privée. L'auteur avertit qu'il a puiſé le fond de cet ouvrage dans une piece Angloiſe, la même dont M. Sedaine a tiré *le Roi & le Fermier.* Ainſi, voilà le mérite de l'invention nul. Celui de M. Collé eſt d'avoir adapté dans ſon premier acte différens traits & diſcours tirés des Mémoires de Sully. Dans les autres il peint la naïveté, la ſenſibilité, les qualités aimables, & les foibleſſes peut-être de ce grand Roi. Quelques gens de mauvaiſe humeur jugent que c'eſt le dégrader : d'autres qu'il eſt conſolant de ſe retrouver dans ſon maître. Quoi qu'il en ſoit, la piece n'a pu être jouée aux François par ces raiſons.

25 Février. M. l'abbé Coyer vient de

faire paroître une brochure, moitié scientifique, moitié burlesque, intitulée de la *Prédication*. Quoiqu'elle se vende publiquement & avec toutes les garanties de la police, nous ne doutons pas que cette brochure ne soit bientôt arrêtée. Il prétend que, depuis Adam, aucun Sermoneur ou Moraliste n'a fait de conversion ; que toutes les belles sentences débitées, soit dans les chaires, soit aux théâtres, soit dans les écoles de philosophie, ne servent à rien pour l'épurement des mœurs. Que c'est au Gouvernement, par une administration fondée sur de bons principes, sévères & soutenus, à former le cœur des citoyens ou du moins leur conduite. En un mot, punir le vice & récompenser la vertu : voilà les deux mobiles sur lesquels doit rouler toute Législation. L'auteur trace d'après ces principes, un plan de police intérieure, aussi ridicule qu'impossible à exécuter. Le livre est écrit avec une sorte de chaleur & de rapidité. En général, cet auteur ne peint ni largement ni à grands traits : sa maniere est petite & mesquine : il y a un tableau de Paris qui n'est point neuf.

26 *Février* 1766. Les Comédiens François ont enfin donné aujourd'hui la 28e. & derniere Représentation du *Philosophe sans le savoir*. Ce bizarre succès seroit étonnant dans un autre siecle que celui-ci.

L'Opéra a joué pour la Capitation des acteurs *Armide*. Cet Opéra ne s'est pas trouvé bien remis.

26 *Février*. Nous avons annoncé les *Oeuvres de M. Guyot de Merville*, mais nous revenons sur sa vie, où il se trouve des détails trop intéressans pour être omis.

Michel Guyot de Merville étoit né à Versailles

failles le premier Février 1696. On fait peu de chofe de fa vie privée, jufqu'au tems où il préfenta trois Tragédies aux Comédiens François, qui les refuferent avec leur morgue & leur infolence ordinaires. Le jeune Merville en fut indigné, & c'eft la fource des querelles qu'il eut avec plufieurs gens de cette troupe ; querelles très-vives qui le dégoûterent du théâtre & peut-être même de fa patrie. Il voyagea, & vint en Suiffe vers 1750. Il y apporta une triftefte occafionnée en partie par fa mauvaife fortune. Il ne recevoit plus fes petites rentes, par l'interruption des fonctions des cours de juftice. Les Comédiens l'avoient traverfé & lui avoient ôté fes reffources : une gouvernante infidele avoit abufé de fa confiance. Il avoit une femme & une fille qu'il aimoit tendrement, dont l'état malheureux augmentoit fon chagrin. Elles avoient donné lieu à fa Comédie du *Confentement forcé* , qu'il ne lifoit jamais fans répandre des larmes. Il fut que M. de Voltaire venoit de s'établir auprès de Geneve. Il s'étoit brouillé avec lui au fujet d'une piece que Rouffeau & l'Abbé Desfontaines lui avoient fuggérée. Il fit les démarches pour fe réconcilier & lui adreffa des vers. Ils furent fans effet. M. de Merville ne fe rebuta pas ; il alla rendre vifite à M. de Voltaire, qui le reçut froidement. Voyant qu'il n'y avoit aucune reffource de ce côté, il revint à Geneve, mit ordre à fes affaires, fit le bilan de fes dettes & de fes meubles : l'un compenfoit & acquittoit l'autre. Il mit ce bilan fur fa table, fortit de la maifon le 13 Mai 1755 , n'emporta qu'une mauvaife capote, &, après quelques autres difpofitions, le bruit a couru qu'il

Tome II.   O

s'étoit noyé. Quelques gens ont assuré qu'il s'étoit retiré dans un couvent au pays de Gex. On a vendu ses effets, comme il l'avoit ordonné, & ses dettes ont été acquittées.

Il avoit fait une *Critique des Oeuvres de M. de Voltaire*; un autre Ouvrage qu'il appeloit *les Epîtres d'Horace*, & *les Veillées de Vénus*. Ces trois morceaux ne sont point dans ses Œuvres.

26 *Février* 1766. On nous envoye de Berlin une tragédie bourgeoise en cinq actes, intitulée : *Charles Drontheim, ou les Dangers du vice.* Cette piece morale y a été jouée en 1764, avec le plus grand succès. Elle est d'un jeune homme, à peine âgé de 23 ans. Elle décèle dans son auteur des talens rares & décidés, mais sur-tout une ame forte, généreuse & vraiment philosophique.

Dans le premier acte, *Drontheim*, le héros de la piece, revenu de ses égaremens, rentre au sein de sa famille, & résiste aux nouvelles séductions de *Blakeville*, jeune scélérat, son ami dont il a jusques-là suivi les mauvais exemples.

Dans le second acte, *Blakeville* joue l'hypocrite : il propose à *Drontheim* de l'aider à délivrer une sœur qu'il a des persécutions & de la tyrannie d'un tuteur infâme. Celui-ci se laisse aller à une action qu'il croit généreuse.

Tout le troisieme se passe en inquiétudes de la part de la mere, sur le départ précipité de son fils : enfin elle apprend son retour par un valet affidé, qu'elle a mis à sa poursuite.

Le quatrieme acte contient le détail de l'expédition de *Drontheim* & de *Blakeville*. Il est inquiet de ne point voir cet ami. Le valet de ce dernier lui apprend que, sous le voile d'une belle action, il a commis le crime le plus atroce. M. *Drontheim* part pour se venger du scélérat.

Cinquieme acte. Cette jeune personne que M. *Drontheim* avoit enlevé & dont il étoit devenu éperdument amoureux, est la même que lui destinoit sa mere. Le Vieillard qu'il a blessé dangereusement, en est l'oncle, pere de Mad. Drontheim, ainsi le grand-pere du jeune homme. Celui-ci, après avoir enlevé la jeune personne des mains du scélérat *Blakeville*, lui donne la vie, qu'il pourroit lui ravir. L'infâme abuse de cette générosité, au point de la ravir à celui dont il tient la sienne : poursuivi ensuite il se tue lui-même, &c.

Ce Drame est rempli de sentimens, de chaleur & d'action.

27 *Février* 1766. Freron, dans sa feuille N°. 36, met à la fin un avertissement, où il rend compte que des affaires de famille l'ont obligé d'aller dans sa province, & qu'une maladie de six semaines survenue ensuite l'a mis hors d'état de donner à ses feuilles toute l'attention qu'il doit au public. On sent ce que cela veut dire, & qu'il cherche en ce moment à se concilier des souscripteurs pour l'année suivante. En conséquence, dès sa feuille 37, il donne un morceau très-travaillé; c'est une critique des *Nouveaux Contes* de M. Marmontel, où il rappelle celle des anciens. Rien de plus judicieux, de plus adroit, de plus méchant & de plus vrai cependant; tant il est facile de jetter du ridicule & de déprimer avec une sorte de justesse les meilleurs ouvrages! Ces *Opuscules* de M. Marmontel ont plu généralement, & l'on ne peut, malgré cela, ne pas souscrire au jugement du Journaliste.

27 *Février* 1766. M. Dorat vient d'enrichir encore pour la derniere fois fon Recueil d'Opufcules légeres d'un nouveau Poëme, intitulé : *les Tourterelles*. Cette Bagatelle ne vaut pas à beaucoup près le *Ververt*. Ce font des vers amoncelés avec beaucoup de facilité, mais nulle invention. La préface eft affez bien écrite, quoiqu'avec un peu trop de maniere : d'ailleurs, elle contient beaucoup d'affertions, entr'autres celle de prétendre que nous n'avons point de Poëme érotique dans notre Langue.

28 *Février.* Les Italiens ont donné hier la premiere Repréfentation du *Braconnier & du Garde-Chaffe*, Comédie en un Acte, mêlée d'Ariettes. Elle a été trouvée déteftable, & l'on dit plaifamment qu'on avoit envoyé le Braconnier aux galeres.

28 *Février.* Les Comédiens François donnerent, il y a peu de tems, *l'Avare*, & Bonneval qui faifoit ce rôle, y a montré une préfence d'efprit dont il faut conferver l'anecdote. Acte 3e. 7e. Scene, après le 3e. couplet, où *Cléante* infinue d'une maniere équivoque fon regret que *Marianne* devienne fa belle-mere au lieu de fa femme, *Harpagon* témoigne fa furprife du compliment, & *Marianne* répond à fon tour. Mlle. d'Oligny qui faifoit ce rôle étant reftée court, & le fouffleur n'y étant point, Bonneval a repris fur le champ, au moment où les trois acteurs paroiffoient ftupéfaits & fur-tout *Marianne : elle ne répond rien, elle a raifon à fot compliment point de réponfe.* Tout le public connoiffeur a fenti la fineffe de la réponfe & l'on a fort applaudi l'intelligence de l'acteur.

Fin du Second Volume.

www.ingramcontent.com/pod-product-compliance
Lightning Source LLC
Chambersburg PA
CBHW071855020726
47502CB00003B/766